UNE AFFAIRE CONJUGALE

Normalienne et agrégée de philosophie, Eliette Abécassis alterne romans intimistes (*La Répudiée*, *Mon père*, *Un heureux événement*), thrillers (*Qumran*, *Le Trésor du Temple*), sagas (*Sépharade*) et essais (*Petite métaphysique du meurtre*, *Le Livre des passeurs*, *Le Corset invisible*). Elle collabore à différents journaux et écrit pour le cinéma.

ELIETTE ABÉCASSIS

Une affaire conjugale

ROMAN

ALBIN MICHEL

© Éditions Albin Michel, 2010.
ISBN : 978-2-253-16667-2 – 1re publication LGF.

*À Florence Godfernaux,
car l'amitié véritable
se révèle dans la nécessité
plus que dans l'allégresse.*

1

Il n'y a pas de vol entre époux.

La serrure toute simple, ancienne, ne devait pas poser de problème. Elle avait été lubrifiée, sans doute pour pouvoir être fermée à clef facilement. Avec un rayon de roue, pris sur un vieux vélo, je fis rebondir le crochet, en appliquant une pression régulière sur les goupilles. Je me concentrais sur le geste et non sur l'ouverture. Mes mains étaient correctement positionnées : certaines articulations immobiles, d'autres en mouvement. Pendant que le majeur et l'annulaire fournissaient un point d'appui, l'index manipulait le rayon. Il fallait visualiser la serrure pour en venir à bout. À force de tâtonnements, je commençais à m'en faire une image précise. Je remarquai qu'une seule goupille bloquait l'ouverture des deux plaques. Grâce au crochet, je forçai sur la serrure en poussant sur la plaque du bas.

Tout en maintenant la pression, je consultai ma montre : il ne devait pas revenir avant deux heures. Même s'il ne m'avait jamais fait la surprise de rentrer plus tôt, je redoutais une arrivée intempestive. Les oreilles dressées comme un chien pour entendre la porte d'entrée s'ouvrir, j'étais prête à bondir à la minute même où il surgirait. La serrure semblait de plus en plus réceptive. Je la sentis prête, cette fois, à céder. Je tentais de rester calme. Encore un tout petit effort. Enfin, j'entendis le déclic. La porte s'ouvrit.

Le bureau était dans un désordre indescriptible. Il y régnait une odeur de cendre froide, d'alcool, de haschisch, et un air de fin du monde. Un bric-à-brac encombrait la pièce : ordinateurs de plusieurs générations, scanner, imprimante, chaussettes, caleçons, livres, photos, séries de câbles et de fils, vieux emballages. Partout, des cadavres de bouteilles de bière, des mégots de cigarettes. Je consultai à nouveau ma montre : dix minutes avaient passé. Avec mon iPhone, je pris une photographie de l'ensemble de la pièce, puis d'une série de détails. J'avais préparé un sac en plastique pour collecter les pièces à conviction. À l'aide d'une spatule, j'y fis tomber les miettes de haschisch qui parsemaient son bureau. Puis je m'installai sur son siège, devant l'ordinateur. L'écran affichait la page d'accueil de son profil sur Facebook. Je me mis au travail. Tandis que je cliquais sur la fenêtre des messages reçus, je branchai un disque dur externe pour faire une copie de ses fichiers. L'ordinateur indiqua que l'opération prendrait une heure quarante-sept minutes. Je sentis mes pupilles se dilater et de nouveau la sueur sur mes paumes : j'avais à peine le temps. Je me hâtai. J'ouvris ses tiroirs les uns après les autres, photographiai les papiers administratifs, les relevés bancaires, les feuilles de salaire et les factures. Puis je revins devant l'écran de l'ordinateur pour consulter ses messages.

C'est à cet instant, je crois, que ma vie bascula.

2

L'amour est fragile. Avec l'ère technologique, il est devenu impossible. Le portable, les ordinateurs et toutes les mutations de notre époque, Internet, Facebook, les sites de rencontre ont saccagé ses derniers vestiges en dévoilant ce qui constitue, sinon son essence, du moins le garant de sa pérennité : le mensonge.

Le 17 novembre 2006, à 2 h 05 du matin, la sonnerie de mon portable m'avait tirée du sommeil. C'était la mélodie personnalisée que j'avais choisie spécialement pour mon mari, une chanson dont j'avais écrit les paroles, *L'homme que j'aime.* Encore endormie, je tendis la main pour prendre mon téléphone. Le cadran affichait une photo de Jérôme, souriant, nos deux enfants dans les bras. Je reconnus sa voix mais le timbre était noyé dans un curieux brouhaha. Après deux « allô » infructueux, auxquels il ne répondit pas, je compris qu'il avait dû m'appeler à son insu, dans un faux mouvement : un *pocket call.* L'homme que j'aimais se trouvait apparemment dans la rue avec ses amis, et j'allais raccrocher lorsque

quelques mots, puis des phrases entières retinrent
mon attention :

— Je ne la supporte plus. Elle est folle. Elle me
rend la vie impossible.

De qui parlait-il ? Mal réveillée, je plaquai le téléphone contre mon oreille mais le bruit d'une moto
masquait le corps du monologue, qui reprit, au
moment même où la petite troupe arrivait devant ce
qui semblait être un club ou une boîte de nuit, si j'en
jugeais par les rires, la musique et les bribes de
conversation autour de lui.

— Tu n'as pas peur qu'elle te quitte ?

— Ce serait trop beau ! Agathe m'adore, et puis, il
y a les enfants. Elle est incapable de s'en séparer.
Allez, les mecs ! On se lance ?

Ils entrèrent dans la boîte. Le fracas de la musique
couvrit la suite, puis je perdis le réseau. Rendue au
silence brutal de ma chambre, je fus incapable de
bouger pendant cinq bonnes minutes. Mon cœur, à
court de pulsations, venait de s'arrêter de battre.
J'étais abasourdie. Ainsi donc, Jérôme me haïssait ?
Peut-être était-il simplement ivre ? Mais pourquoi
parlait-il de moi en public, et d'une façon aussi hai-
neuse ? Était-ce bien de moi qu'il s'agissait ou d'une
autre Agathe ? Quel était le sens de ses insinuations ?
Et que faisait-il avec ces hommes à deux heures du
matin dans une boîte de nuit, alors qu'il était censé
participer à un dîner de travail ? Pendant les jours qui
suivirent, ces questions me rongèrent, mais je décidai
de ne rien dire à Jérôme. Je ne l'interrogeai ni sur ses
fréquentations, ni sur son emploi du temps. Par faiblesse, lâcheté, j'agis comme si cet appel, cette

conversation n'avaient jamais existé. Mais pendant un mois, j'observai mon mari à son insu, sans rien dire ni manifester mes doutes. Lorsque j'eus l'occasion de regarder dans son portable, je découvris qu'un code en verrouillait l'accès. Je décidai alors de jeter un œil sur son ordinateur, mais il avait fermé son bureau à clef, au prétexte que les fils électriques étaient dangereux pour les enfants. Un matin, après l'avoir accompagné jusqu'à la porte d'entrée, je lui dis gentiment au revoir et je crochetai la serrure de son bureau pour pénétrer dans l'antre infernal.

Pendant que le disque dur externe copiait le contenu de son ordinateur, j'entrepris de fouiller les poches de sa veste en cuir. Rien dans celle de gauche, mais dans la droite, une boîte de médicaments était largement entamée. Je notai son nom : Cialis. Je ne l'avais jamais vu consommer aucun remède. Était-il malade ? De quoi souffrait-il ? Pourquoi ne m'en avait-il pas parlé ? Je revins à l'ordinateur pour consulter Google. Quel soulagement d'apprendre que le Cialis ne cachait aucune maladie terrible ou mortelle qu'il aurait eu la délicatesse de me cacher ! Le Cialis était un cousin du Viagra, destiné à guérir les troubles de l'érection. Cependant : ce n'était pas avec moi qu'il utilisait ce médicament, puisqu'il rentrait tard, et me tournait le dos, aussitôt posé sur le lit, pour éteindre la lampe de chevet. Avec qui alors ?

Je fermai la fenêtre Google, effaçai l'historique, et considérai un long moment l'écran toujours ouvert sur la page de Facebook constellée de publicités : « Trouve la Femme Ici », « Consultation de voyance avec Kelane, médium de naissance », « L'amour vous recherche », « Avec eDarling.fr, trouvez près de chez vous des célibataires qui vous ressemblent vraiment. N'hésitez pas à vous inscrire maintenant ! »

Je consultai alors la page qui affichait son profil :

Nom : Jérôme Portal.

Sexe : Masculin.

Date de naissance : 17 juin 1967.

Originaire de : Paris, France.

Situation amoureuse : Non précisé.

Intérêts : Internet et nouvelles technologies.

Style de musique : Jazz vocal, trip-hop.

Émissions de télévision : *Les Experts, Cold Case.*

Films : Thrillers, films d'action.

Citations favorites :

« La force des femmes n'est pas dans ce qu'elles disent mais dans le nombre de fois qu'elles le disent… » (Marcel Achard.)

« Il faut prendre l'argent là où il se trouve, c'est-à-dire chez les pauvres. Bon, d'accord, ils n'ont pas beaucoup d'argent, mais il y a beaucoup de pauvres. » (Alphonse Allais.)

« Les vertus sont les frontières des vices. » (La Rochefoucauld.)

Fonction : Directeur d'entreprise.

Lieu : Paris, France.

Membre de : Êtes-vous métrosexuel ; I Love Rien, I'm Parisien ; Le sarcasme est ma seconde langue ; Y a que sur Facebook que tu peux parler à un mur ; Certains ont de bonnes notes, d'autres ont une vie ; Moi, si j'étais vous, je sortirais avec moi ; Je ne couche pas le premier soir mais passé minuit, ce n'est pas le premier soir ; Je sais, je te fascine, alors on parle de moi ? ; Je ne parlerai qu'en présence de ma vodka ; Le sol est un meuble comme les autres, donc un lieu de rangement adéquat ; Je suis une bombe sexuelle et j'ai du mal à faire face à cette situation.

Amis : 1 602.

Je regardai sa photo : brun, les cheveux longs, une barbe de trois jours, la bouche fine, les yeux bleus, il avait dans le regard quelque chose d'inquiétant qui m'avait séduite au premier abord, mais qui soudain me mit mal à l'aise.

Je regardai à nouveau son profil : il n'avait pas précisé qu'il était marié. Il avait 1 602 amis ; c'était considérable. Comment avait-il fait pour en avoir autant ? Et pourquoi n'en faisais-je pas partie ? Cela signifiait qu'il passait beaucoup de temps à construire un réseau. Enfin, j'ouvris la page de sa correspondance électronique. Les battements de mon cœur redoublèrent. J'étais partagée entre l'effroi et la jubilation de l'explorateur qui vient de découvrir une *Terra incognita*. Au début, je ne vis rien de particulier dans ses messages personnels, tous amicaux ou professionnels. Puis j'eus l'idée d'ouvrir le dossier MESSAGES ENVOYÉS. Il s'agissait d'un courrier qui n'avait pas été supprimé, adressé à l'un de ses amis :

Jérôme Portal

Cette fois, j'ai fait un truc de fou… Enchaîné sur le canapé du salon jusqu'à midi, tu te rends compte ? Ma femme est rentrée à 12 h 30… cinq minutes après le départ de la fille. Elle avait oublié ses dessous dessous (le canapé). Je peux te dire que j'ai eu la peur de ma vie !

Plus je relisais le message, plus il me paraissait abscons. J'en décortiquai chaque mot, chaque expression : Enchaîné ? Était-ce une métaphore ? « Cette fois », cela signifiait-il qu'il y avait eu d'autres fois ? « La fille » : quelle fille ? D'où venait-elle ? Qui était-elle ? Une femme de passage, qu'il voyait dans des « salons » ? Une maîtresse ? sentimentale ? pornographique ? Un coup d'un soir ou une régulière ? Quels dessous ? Je dus le relire au moins vingt fois avant de m'en imprégner, et vérifier encore si j'avais bien vu, bien compris, si c'était le bon mail, le bon ordinateur, le bon bureau, le bon canapé, le bon mari.

Mais oui.

Mon mari se vantait d'avoir fait venir une femme sur mon canapé, dans mon salon, mon appartement, ma rue, mon quartier, ma ville, mon pays, mon continent, mon monde, mon univers, qui s'effondraient. Mon mari, muni de son Cialis, était chez moi avec une fille sans se soucier de ma venue ou de celle des enfants, en plein milieu de la journée, et il trouvait l'anecdote divertissante.

Soudain, les images de lui défilèrent, qui rentrait, tout sourires, qui embrassait nos enfants avec cette bouche qui venait sans doute d'embrasser cette femme touchée, couchée sur mon canapé.

Comment était-ce possible ? Je n'y croyais pas. J'attrapai une bouteille de whisky à moitié vide et en avalai une grande rasade. À ce moment même, il avait tout désacralisé. Il avait trahi nos serments, écrasé mon cœur : il n'avait pas seulement déserté ma couche, ma compagnie et celle de nos enfants, il avait foulé aux pieds ce que nous avions de plus précieux.

16

Dix ans de vie commune. Deux enfants. L'érosion du temps, l'ennui et la rancœur avaient-ils remplacé la béatitude des premières amours ? Ce n'était pas un simple désamour, lorsque la relation s'effiloche et se dissout dans l'ennui, c'était un ravage de nos vies construites ensemble, entremêlées par les enfants que nous avions faits.

Il était marié, mais que lui importait ? Sans se remettre en cause, il avançait dans le secret de son cœur serein, impénétrable, dégagé de tout remords. Parfois la haine l'envahissait, il se disait alors qu'il se vengeait. Avait-il simplement envie de se rassurer sur lui-même, sur sa virilité, sa capacité à séduire, largement entamée par ces années de mariage et de paternité, où il ne se reconnaissait plus dans mon regard, ni dans celui qu'il portait sur lui-même ?

Depuis cet appel nocturne, je soupçonnais vaguement une liaison, sans avoir le courage ni la volonté de me l'avouer, mais, soudain, le voir écrit, là, sous mes yeux, rendait la chose objective, implacable, et en un sens, *définitive*. Désormais, comme dit Charles Aznavour, puisqu'il y avait un désormais. Désormais, je ne pouvais que me résoudre à l'évidence. Et poursuivre la recherche des preuves.

En examinant attentivement l'historique de Firefox, je vis alors apparaître une dizaine de connexions à un site, Ulla. Je cliquai sur le logo et vis qu'il y était inscrit ! Il s'agissait de toute évidence d'un site de rencontres sexuelles, laissant libre cours aux fantasmes les plus débridés. Toutes les pièces du puzzle s'assemblaient dans mon esprit de Columbo en herbe, qui composaient la scène du crime : le Cialis, le canapé, Ulla, Facebook. Mon mari prenait du Cialis pour être à la hauteur des rencontres d'Ulla sur mon canapé et il propageait cette information sur Facebook, car il en était fier, et il le faisait pour montrer à ses amis qu'il était formidablement puissant.

Voilà. Grâce à l'informatique, dix ans de ma vie avaient été écrabouillés, et ce qui restait de mon cœur réduit en miettes, en débris minuscules. Merci Facebook, merci Firefox, merci Ulla de m'avoir mise devant la réalité. Celle que je n'avais cessé d'éviter, celle que je ne voulais pas voir en face, celle que je ne pouvais pas voir. Désormais, je ne pouvais plus rien nier. Désormais, oui.

Dans un caisson sous la table, je trouvai un double de la clef de son bureau, que je pris, avec la boîte de Cialis à moitié vide. Je sortis de la page MESSAGES ENVOYÉS de Facebook, de ce maudit Firefox, de son bureau – que je refermai à clef – et de ce qui était devenu, en moins de deux heures, mon passé.

Nous habitions au cinquième étage d'un immeuble ancien, sans ascenseur, rue Oberkampf, à Paris, sous les combles. Les pièces étaient aussi minuscules que pentues. Dès que nous y avions emménagé, après la naissance de nos enfants, j'avais eu le sentiment que quelque chose n'allait pas. On se cognait tout le temps la tête aux poutres. Souvent, ceux qui venaient nous rendre visite repartaient avec des bosses, car ils n'avaient pas l'habitude d'éviter le danger. D'ailleurs, nous avions fini par choisir nos amis en fonction de leur taille : le plafond étant bas, il était impossible d'en avoir qui mesuraient plus de 1,75 mètre.

Je regardai par la fenêtre du séjour, qui donnait sur le Café Charbon, où j'avais passé tellement de soirées, jusque tard dans la nuit, à boire et à refaire le monde. Dehors, il faisait ce temps grisâtre et sombre des mois de septembre. Des jeunes gens prenaient encore des verres sur la terrasse, et, sur le trottoir, des enfants jouaient, insouciants.

C'est simple. Les enfants aiment leurs parents, en particulier leur mère, lorsqu'ils sont petits. Les enfants pleurent quand elle quitte la pièce, ils n'en profitent pas pour se précipiter sur Facebook et converser derrière son dos. Sauf s'ils sont déjà pervertis par le monde adulte, ils ne connaissent pas la trahison, les faux-semblants, la domination, la manipulation.

Sur le canapé du salon, mes fils faisaient la sieste. C'était un mercredi après-midi. Je n'arrivais pas à croire qu'ils avaient grandi si vite. Six ans déjà. Je m'assis à côté d'eux, puis sursautai en pensant que j'étais sur le lieu du crime. Sacha dut sentir mon trouble car il se réveilla. Je lui caressai ses cheveux aux boucles mordorées. Je n'arrêtais pas de trembler. Je tremblerais longtemps, pendant deux ans peut-être. J'étais glacée et brûlante à la fois. Cette sensation de chaud-froid ne devait plus me quitter, ni le jour, ni la nuit.

Tordu, tout ici était tordu. Moi aussi, je l'étais. Tordue par la souffrance, la tristesse et le regret, à tenter de comprendre pourquoi et comment j'étais devenue une femme trompée. Je me mis à tourner dans mon appartement biscornu, théâtre de l'effondrement de ma vie. Max s'était réveillé. Talonnée par mes fils, je parcourus les petites pièces en enfilade sans parvenir à m'arrêter. D'un pas chancelant, je me rendis dans ma chambre : j'y avais installé mon bureau pour écrire. J'avais rendez-vous, le soir même, avec un groupe de rock. Je m'arrêtai un instant : comment aurais-je le cœur à travailler les textes de leurs chansons ?

C'est ainsi : il y a des moments dans la vie où tout bascule. En l'espace de cinq minutes, j'avais changé d'atmosphère, d'époque, de caractère. On m'avait jeté une grande bassine d'eau glacée pour me réveiller d'un long sommeil : je sortais du pays des songes et voilà que la réalité entrait dans ma peau par l'effraction d'un canif déchirant le voile de ma vie rêvée. C'était comme si je sortais du ventre de ma mère et que je hurlais de peur et de douleur ; comme si une main me prenait au collet et m'extirpait de la caverne où j'étais prisonnière, m'exposant à la lumière du soleil, qui me blessait les yeux. Comme si je voyais, pour la première fois. C'était intense et douloureux. Comment aurais-je pu savoir ? Je venais d'être chassée du paradis après avoir goûté le fruit de l'arbre de la Connaissance et je me retrouvais nue, simple et mortelle. Mon irruption dans le bureau et dans la vraie vie (de mon mari) fait partie de ces événements irréversibles qui donnent un grand coup d'accélérateur ou de balai dans une histoire. Soudain, je n'étais plus la même. Je ne serais plus jamais la même. J'imagine que cela s'appelle devenir adulte.

Dehors, il pleuvait. L'iPod branché sur les enceintes avait choisi tout seul de jouer *Every Time* d'Armand Amar. « *Every time you say goodbye. It breaks my heart a little. And for every time I've made you cry. You know I die a little. Because I love you... I love you like the thunder loves the lightning.* » Cette chanson était nulle, remplie de clichés musicaux. Les paroles étaient stupides. En plus, elle ressemblait étrangement au slow *Time* de Scorpions sur lequel je dansais adolescente. Je m'imaginais alors amoureuse. Je l'étais déjà, éternellement. J'ignorais tout de la vie. Personne ne m'avait prévenue. Tout le monde gardait le secret. *I love you...* ça n'existe pas. C'est un mensonge.

Je sentis les larmes monter : des larmes de petite fille. J'étais blessée. Je ne voulais pas pleurer. Je ne voulais pas que mes enfants me voient pleurer. « *Every time you say goodbye.* » Les larmes coulaient sur mon visage, sans que je puisse les arrêter.

Il était mon mari. L'homme que j'aimais. Je l'aimais encore. Je l'aimais toujours. Ma vie n'avait plus de sens. Était-ce l'amour blessé ? L'orgueil ? L'abandon de rêves d'enfant ? Ou l'accession brutale à la maturité ? La confrontation avec le réel ? La révolte ? L'incompréhension ? Mais pourquoi la trahison ? Pourquoi n'avoir pas eu le courage de me parler ?

J'arrêtai Armand Amar pour passer à Sanseverino. Je fis un tour dans la salle de bains, versai encore quelques larmes, contemplai mon visage ravagé dans le miroir en me demandant si c'était moi, si c'était lui, si c'était nous, si c'était vrai. Puis je me rendis dans le séjour, sous les toits pentus, et, hagarde, je pris une poutre de plein fouet qui acheva de m'assommer.

3

Pour bien faire, il faudrait commencer par divorcer. Et se marier ensuite. On ne connaît pas un homme dans le mariage. On ne connaît pas son conjoint lorsqu'on lui fait l'amour. On ne le connaît pas non plus lorsqu'on lui fait un enfant. Tout cela nous égare vers des chemins qui ne sont pas ceux de la connaissance mais ceux de la vie. Non. La seule façon de connaître vraiment son conjoint, c'est le divorce. Là, on prend la pleine mesure de sa qualité humaine, morale, psychologique. On a accès à l'essence. Avant, je croyais connaître mon mari. Je pensais qu'il était la personne la plus proche de moi. J'étais sûre qu'il m'aimait. Que nous avions construit ensemble une maison, un foyer, une famille. J'ignorais que je ne voyais que la partie non immergée de l'iceberg. Je n'ai découvert la vérité sur lui que pendant l'année du divorce, année durant laquelle j'en ai appris beaucoup plus à son sujet qu'au cours des dix ans de vie commune.

Jérôme était grand et mince. Ses yeux bleu acier avaient une expression intense. Ses cheveux bruns et longs, son visage émacié, tout autant que sa façon de s'habiller – costumes et chemises blanches –, lui donnaient une certaine prestance. Pendant des années, j'avais été sous son charme. Il m'impressionnait, je l'admirais, je le respectais. Chaleureux, séducteur et séduisant, Jérôme forçait la sympathie. Son humour acide et son franc-parler ne faisaient certes pas l'unanimité parmi nos proches, mais il était souvent au centre de l'attention.

Lorsque je l'avais rencontré, il venait de créer une start-up de vente en ligne de lentilles de contact. Il travaillait beaucoup, sortait peu, mettait des lentilles, et vivait dans un petit appartement du douzième arrondissement qu'il avait acheté, sans le meubler ni le décorer. Les murs étaient nus, les fauteuils troués, le lit toujours défait. Je trouvais le tableau poétique. J'étais sous le charme. Il semblait venir d'ailleurs.

En fait, il venait de Bordeaux. Il faisait partie de ces provinciaux venus tenter leur chance à Paris, et qui éprouvaient le besoin de rentrer chez eux au moins une fois par mois. Depuis que nous avions des enfants, nous passions une grande partie des vacances chez ses parents. Jérôme y retrouvait ses repères et ses amis, pendant que je gardais les enfants dans les dunes. Avec ses parents, il entretenait un rapport complexe, fait de rejet et d'adoration – raison pour laquelle il me laissait souvent avec eux, préférant sortir ou s'enfermer dans sa chambre pour travailler. De toute façon, Jérôme n'aimait guère les vacances. Il travaillait beaucoup. Toujours angoissé à l'idée de ne pas y arriver, de ne pas être à la hauteur, il se consacrait presque exclusivement à son site. Il était obsédé par l'idée de gagner de l'argent.

Jérôme était entouré d'amis, pour la plupart des hommes d'affaires jeunes et admiratifs. Ils avaient le plus grand respect pour ses idées et entretenaient des conversations technologiques et économiques qui duraient jusque tard dans la nuit. Que l'un d'eux vienne à faillir ou à émettre une critique, et il était aussitôt chassé du groupe. La paternité, parce qu'elle l'éloignait de ses amis, fut une épreuve pour Jérôme et, d'une certaine façon, elle le fut aussi pour moi. Avec la naissance des jumeaux, j'eus la curieuse impression que ma vue se dédoublait ; je voyais tout en double, et même en triple : il y avait un mimétisme étonnant entre mon mari et ses enfants, ce qui explique sans doute le fait qu'il m'appelait « Maman ».

À notre première rencontre, il m'avait raconté qu'il avait eu de nombreuses maîtresses mais qu'il avait décidé de renoncer à ces relations qui, au bout du compte, lui avaient apporté plus d'ennuis que de satisfaction. Il se disait plus intéressé par la séduction que par l'amour. Il n'avait jamais vraiment vécu avec une femme, en dehors d'une certaine Joanna. Cette fille lui avait ouvert l'esprit, disait-il, et peut-être même le cœur. Je ne savais pas pourquoi il l'avait quittée.

J'ai eu la prétention de croire qu'avec moi ce serait différent, et qu'il allait m'aimer. J'ignorais alors qu'il existe deux types d'hommes, indépendamment de l'orientation sexuelle : ceux qui aiment les femmes, et ceux qui ne les aiment pas. Ceux qui les regardent, les couvent, les couvrent de cadeaux, les protègent, les exaltent, les font exulter : ce sont les amoureux de la féminité. Les autres les méprisent, les limitent, les dévalorisent, les soumettent avant de les détruire : ce sont ceux qui auraient voulu se passer de leur compagnie, mais qui ne le peuvent pas pour des raisons sociales, familiales ou culturelles. Mon mari faisait mine d'appartenir à la première catégorie. Lorsqu'il était en public, il parlait beaucoup de femmes et de sexualité. Il se vantait toujours d'être puissant. À la vérité, il n'en était rien. Il préférait regarder un film, boire, deviser, jouer en Bourse et gagner de l'argent, mais par-dessus tout, être en compagnie d'amis de sexe masculin. Les femmes ne l'intéressaient pas, sinon pour se vanter qu'il les avait possédées.

Après avoir découvert sa vie secrète sur l'écran de son ordinateur, je ne pus feindre longtemps. J'annonçai à Jérôme que j'étais au courant de ses exploits sur le canapé de notre salon. Il pâlit, puis rougit et, tout à trac, il me demanda laquelle des deux l'avait surpris : la femme de ménage ou ma mère. Puis il s'emporta violemment : pourquoi ma mère possédait-elle les clefs de sa maison ? Par une savante dialectique, il retournait la situation : il n'était plus coupable d'adultère, mais victime d'outrageuses effractions domestiques !

— C'est de ta faute, dit-il imperturbable. J'étouffe avec toi. J'ai besoin de respirer, de vivre. Et regarde-toi ! Tu as grossi. Tu es coincée. Comment veux-tu que je m'intéresse à toi, avec ce corps ?

— Admettons que j'ai grossi, répondis-je. Mais pourquoi emmener cette femme ici ? Tu peux m'expliquer ? Pourquoi faire ça sous mon toit, dans ma maison ?

— Et voilà l'hystérie qui recommence ! On ne peut pas parler avec toi, sans que ça tourne au drame.

— C'est tout ce que tu es capable de dire ?!

— Tu vois ?! Et en plus, tu vas réveiller les enfants ! Je ne voudrais pas qu'ils te voient dans cet état. C'est pathétique.

— Je devrais te dire de prendre tes affaires et de partir. Tout de suite.

— Oui, c'est vrai. L'occasion est magnifique ! Si j'étais toi, je saisirais ma chance !

— Non, dis-je, je ne le ferai pas. Je veux que tu puisses réfléchir sur le sens de cet acte. Que tu y penses, et que tu me dises pourquoi tu l'as fait, ici, de cette façon. Après seulement, je prendrai ma décision.

Rassuré, il s'endormit, sans aucun intérêt pour moi, pour mon être, mon chagrin, ma désolation.

Il ne me regardait plus, il ne me posait plus de questions, ne m'aimait plus. Le plus terrible, dans la fin de l'amour, ce n'est pas cesser d'aimer, c'est ne plus être désirée. Et, même quand on n'aime plus, la blessure narcissique reste ouverte, telle une plaie béante.

Pendant des semaines, les affres de la jalousie me tourmentèrent. Lui et cette fille. Cela devenait une obsession. Je l'espionnais. La nuit, je consultais son portable. En son absence, je me glissais dans son bureau pour recueillir des informations. Je n'arrivais plus à penser à autre chose. Je me réveillais.

J'imaginais mon mari qui riait, dansait, embrassait, enlaçait cette fille. J'étais hantée par ces images. Eux ensemble… J'aurais voulu savoir ce qu'elle avait de plus que moi, ce qu'ils disaient de moi, ce qu'elle espérait de lui. Au ton du message qu'il avait envoyé à son ami, il avait l'air d'être sur un petit nuage. Le premier avant la tempête. La tempête que je préparais, moi l'épouse bafouée, l'Amazone, la pirate vengeresse.

Le foyer porte bien son nom. Le foyer peut s'embraser.

Un matin, je profitai de sa douche pour prendre son téléphone portable dans la poche de sa veste. En l'observant à son insu, j'avais fini par repérer son code. Sur son répondeur, son ami le remerciait pour la soirée passée ensemble, le félicitait d'avoir réussi à calmer « l'hystérie de sa femme » et lui demandait quand il comptait revoir « Vanessa ».

Le choc fut aussi violent que celui que j'avais éprouvé dans son bureau. Ainsi, il continuait ! Me prenait-il pour une imbécile ? J'allais lui parler, lui annoncer que je n'étais pas dupe, que j'étais au courant de ses mensonges ! Mais comment m'y prendre ? J'avais l'impression d'être la maîtresse d'école, ou pire : la mère, qui avait pris son fils en flagrant délit. Lorsqu'il sortit de la salle de bains, je lui lançai :

— Qui est Vanessa ?

Je vis la stupeur se peindre sur son visage.

— Mais de quoi tu parles ?

— Ça sert à quoi tous ces mensonges, Jérôme ?

Il commença par nier avec l'indignation de l'innocence bafouée. Puis, devant mon air déterminé, il finit par avouer.

— Je voudrais vraiment – oui, vraiment –, que tu puisses comprendre, Agathe. J'aimerais tellement pouvoir t'expliquer. J'ai besoin de séduire, de me sentir exister en tant qu'homme. Ce n'est pas contre toi. Cela n'a aucune importance, aucune signification. Cette fille est stupide, sans intérêt, elle ne t'arrive pas à la cheville. C'est quelque chose que j'ai fait pour moi, parce que j'en avais besoin. Si tu arrives à le comprendre, alors nous pourrons recommencer autre chose ensemble.

« Et maintenant, ajouta-t-il, à ton tour d'avouer : qui, dans notre entourage, m'en veut au point de raconter toutes ces histoires pour ruiner notre couple ?

Un an plus tard, à quatre heures de l'après-midi, j'étais assise avec Jérôme au Café Charbon. Il faisait toujours ce même temps grisâtre sur la rue déserte. Le café était vide. Moi aussi.

Les enfants étaient à l'école. Ce n'était pas un jour particulier. Il ne s'était rien passé de notable, en dehors de la routine d'un couple qui se délite. Cela faisait un an que mon mari dormait sur le canapé du salon, que je me terrais chez moi comme une bête traquée, que nous nous disputions sans relâche.

La veille, j'avais pris mon portable et j'avais appelé le numéro. Le plus redoutable, le plus terrible. Celui que j'avais déjà composé à deux reprises, depuis que notre relation s'était dégradée. Cette fois-ci, je le savais, était la bonne. Cela venait de loin. Tout avait mûri en moi, au point de tomber comme un fruit mûr. Pourquoi ce jour-là ? Je ne sais pas. Parce que j'étais calme. Parce que c'était le moment, parce que je me sentais prête. Je n'étais pas en colère ; non, j'étais refroidie. Déterminée. Totalement peinée. J'avais pris un rendez-vous avec Me Favre, avocate du droit de la famille.

Je bus mon café. Je reposai la tasse sur la petite soucoupe. J'étais assise sur ma chaise en métal, devant une table en acajou, sous une vieille horloge, devant l'entrée. Je regardais Jérôme, qui ne me regardait pas. Alors, les mots s'étranglèrent dans ma gorge.

— Je veux divorcer.

4

Avant de rencontrer Jérôme, je menais une vie de bohème. Je sortais le soir avec ma tribu. J'allais à des concerts, je prenais des verres, je rentrais à l'aube. J'écrivais des textes pour des chanteurs de rock. À dix-sept ans, la lecture de Simone de Beauvoir avait changé ma vie. Les *Mémoires d'une jeune fille rangée* et *Le Deuxième Sexe* m'avaient décidée à prendre mon destin en main. À dix-sept ans, je donnais des cours de piano pour gagner un peu d'argent et être autonome. J'écrivais des chansons, je rencontrais des chanteuses qui partageaient mes idées, je me rendais aux enregistrements dans les studios, je les accompagnais dans les concerts. Ensuite nous buvions des bières en refaisant le monde jusqu'à cinq heures du matin. C'était une période exaltante. La chanson française était en train de renaître. Des groupes comme Les Têtes raides, puis Debout sur le zinc avaient remis les textes et les mélodies à l'honneur. J'avais les cheveux longs, noirs, les yeux bruns, maquillés en noir, du vernis noir, un piercing dans le nombril, et j'étais exaltée.

Après la naissance de mes enfants, j'avais coupé mes cheveux et renoncé au piercing ; je m'habillais en jean avec des santiags, des pulls ou des tee-shirts : j'étais devenue androgyne. J'abandonnai aussi toute velléité de séduire mon mari, de m'habiller, de me maquiller et de me préparer avant qu'il rentre le soir. Devant l'inefficacité de la démarche, je finis par abandonner l'idée saugrenue de lui plaire comme autrefois. De toute façon, pour lui, je n'étais jamais assez : grosse, mince, sophistiquée, simple, sobre, colorée, distinguée, maquillée, pâle, bronzée, bref, attirante.

J'avais été élevée par des parents musiciens, dans une famille de musiciens ; ma sœur était mariée, elle avait deux enfants. Dans ma famille bohème et romantique, entre Mozart et Chopin, personne n'avait divorcé : le mot même était tabou. Ma sœur enseignait le piano, mes parents étaient professeurs au Conservatoire. Ils évoluaient dans un univers de notes et de rythmes, un monde presque parfait. Toute la journée, ils jouaient. De la musique, des instruments, et aussi à croire au bonheur.

Quand ai-je pris la décision de divorcer ?

Il y avait eu, avant, mille notes dissonantes, mille moments d'indécision. Chaque fois que je l'envisageais concrètement, la perspective du divorce m'échappait. Elle n'était pas dans ma culture, dans mes projets, dans ma façon de voir la vie. Pour m'y résoudre, il m'avait fallu admettre que mon idée de l'amour n'était pas juste, que la musique était un idéal, mais que la vie était autre, et surtout, que le mari que j'avais choisi n'était pas le bon. Et cela blessait, plus que mon orgueil, mon âme tout entière.

Était-ce parce que, après deux ans de mariage, je ne voyais plus mon mari, ou alors très tard, lorsqu'il rentrait épuisé le soir pour poser son corps à côté du mien ? Était-ce parce qu'il s'était mis à fumer tellement de haschisch qu'il était incapable de mener une conversation suivie, et qu'il me regardait les yeux ronds avant de s'endormir dans une béatitude aussi abrutie que solitaire ? Était-ce quand il m'annonça qu'il partait en vacances avec ses amis, pendant ma grossesse, alors qu'il refusait de nous emmener prendre l'air, ne serait-ce qu'un week-end, mes fœtus et moi ? Était-ce au moment où je venais d'accoucher de mes jumeaux, et que je le voyais par la fenêtre de ma chambre, en train de prendre le soleil dans la cour de l'hôpital, me laissant seule et désemparée avec deux bébés qui hurlaient ? Était-ce après la naissance de mes enfants, lorsqu'il se mit à travailler sans s'arrêter ? Était-ce parce qu'il refusait toute relation physique avec moi, depuis que j'étais devenue mère ? Ou était-ce, peut-être, avant la naissance de mes enfants, lorsque j'avais compris, dans la traversée interminable d'un fleuve au cours d'un voyage en Gambie, que le spectre de l'ennui hantait notre jeune couple déjà vieux ? Était-ce lors de ce voyage en Inde, quand, seule avec lui sur une plage déserte, hors saison, je sus, au bout de deux jours, que j'aurais mieux fait d'emporter de la lecture car Jérôme y avait développé tous les symptômes de l'autisme marital (maladie propre au genre masculin, qui se contracte après les noces, et s'aggrave après la naissance des enfants). Était-ce le jour où, lorsque je lui téléphonai sur son portable, il me dit qu'il était toujours au travail, à quoi je répondis que je restais à la maison ? Mais lorsque je descendis au Café Charbon, il était là. Nous avions menti tous les deux : j'y étais pour retrouver mon amie Maud, et lui un des siens. J'aurais dû penser, à cet instant, que c'était fini ; lorsqu'on se ment, lorsqu'on n'est plus capable de se dire : je n'ai pas envie de te voir, je préfère rester en bas que de monter chez moi, ou je préfère sortir de peur que tu rentres, ou je préfère voir mes amis plutôt que ton visage, même s'il y a des enfants qui m'attendent, et je préfère te mentir plutôt que le dire, parce que le dire serait encore donner une chance à notre amour, et ça, je ne préfère pas…

Était-ce durant ces longues heures passées seule à contempler mes enfants, à me dire qu'ils étaient les plus beaux du monde, et en même temps, que ce n'était pas la vie que j'espérais : être seule avec mes enfants à me dire qu'ils étaient les plus beaux du monde ? Était-ce lors de l'allaitement, quand mon mari disait qu'il ne pouvait m'approcher car il ne supportait ni l'odeur ni la vue du lait qui lui donnait des haut-le-cœur ? Était-ce parce qu'il savait jouer avec ses enfants tel un oncle, un grand frère ou un cousin, mais devenait soudain très occupé lorsqu'il s'agissait de les changer, leur donner à manger, les faire dormir, ou même exercer sur eux une quelconque forme d'autorité paternelle ?

Quand donc ai-je commencé à penser au divorce ? Une décision tellement lourde qu'il ne suffit pas d'un moment pour la prendre. Mille petits moments mènent à elle d'une façon souterraine et inconsciente. En fait, il en va d'elle comme de tout choix radical : on ne le décide pas vraiment… Sa nécessité s'impose, un soir, un matin, après s'être proposée des centaines de fois.

J'avais déjà fait deux tentatives. La première lorsque, m'avançant vers mon mari pour l'étreindre, autour du sixième mois de ma grossesse, je l'avais vu me repousser violemment. J'étais sortie, j'avais fait quelques pas, jusqu'au canal de l'Ourcq, j'avais enlevé ma bague de mariage et l'avais jetée dans l'eau. C'est fini, avais-je pensé. J'étais allée voir une avocate qu'une amie m'avait conseillée. Devant elle, je m'effondrai en pleurs. Lorsqu'elle regarda mes feuilles d'impôts, c'est elle qui faillit s'effondrer en pleurs ; elle m'annonça que je ne pouvais pas divorcer, tout simplement parce que je n'avais pas d'argent. Jérôme et moi étions mariés sous le régime de la communauté de biens. Comme j'avais gagné plus d'argent que lui, qu'il ne se versait officiellement presque pas de dividende ni salaire de sa société, il me demanderait des prestations compensatoires, que j'étais bien incapable de lui verser : c'était moi qui assumais les dépenses du ménage depuis le début de notre rencontre : loyer, nourriture, voyages, et je n'avais pas d'économies…

Après l'accouchement, je restai seule avec mes fils, dont je tombai éperdument, follement, incroyablement amoureuse. Pendant un an, entre bonheur et affolement, nuits blanches et journées trop courtes, je me consacrai exclusivement à eux, à leurs soins, leurs bains, leur double allaitement, dans le bonheur enivrant de l'ocytocine, remplie de gratitude pour le monde entier, droguée à l'hormone – et, aussi, épuisée.

Une nuit, je me levai pour boire de l'eau, avec l'un de mes fils dans les bras. Je passai devant le bureau éclairé de mon mari. Des bruits, des cris étouffés attirèrent mon attention. Je tendis l'oreille, et crus deviner, à la véhémence des répliques, qu'il s'agissait d'un film pornographique. J'entrai dans la pièce, et restai là, stupéfaite, le bébé à mon sein, pendant qu'il tentait de faire disparaître l'image de son écran.

— Je croyais que tu étais fatigué ?!

— J'ai eu une journée difficile. On m'a refusé le titre de « jeune entreprise innovante ».

— Eh bien ! Ça ne m'étonne pas ! Tu n'es ni jeune, ni entreprenant, ni innovant.

— Tu es choquée, peut-être ? dit Jérôme avec un air sardonique. Ça ne plairait pas à tes parents ni à tes copines féministes…

— C'est tout ce que tu trouves à dire ?

— Tu sais, dit-il en éteignant son ordinateur, c'est tout à fait normal pour un homme, tous mes amis le font, et si je ne le faisais pas, alors tu pourrais vraiment t'inquiéter. J'ai besoin de voir des vraies femmes, tu comprends, ajouta-t-il, en me regardant, l'air vaguement dégoûté.

Toute honte bue, il se leva, et alla se coucher, l'air le plus naturel du monde.

Comme je n'arrivais pas à dormir, je me rendis dans son bureau, allumai son ordinateur, affichai l'historique, qui témoignait de nombreuses consultations de sites pornographiques, sur les mois précédents. Je cliquai machinalement sur le dernier en date. Évidemment, on était loin de l'icône mariale que j'incarnais avec mes fils. C'était le syndrome de « la maman et la putain ». En m'approchant de l'écran, je m'aperçus que dans le film que regardait Jérôme, il y avait plusieurs hommes au centre de la situation. Dans les films pornographiques, les hommes regardaient-ils les hommes ou les femmes ? me demandai-je, avec perplexité.

Toujours est-il que je comprenais pourquoi mon mari ne me touchait plus. Mon mari avait la sexualité d'un adolescent de seize ans. Il était devenu aussi impuissant et démuni devant moi qu'excité devant son écran. Tout était à la portée d'un clic ; il suffisait d'ouvrir l'ordinateur, entre la machine à laver et le parc auquel les enfants s'accrochaient, tels des lions en cage. La pornographie était dans la maison, comme un de ses objets les plus ordinaires. Après cet épisode, Jérôme ne s'en cacha plus. Il prenait même un malin plaisir à monter le son certains soirs.

Je retournai alors chez l'avocate, déterminée cette fois à ne pas prendre en considération les problèmes d'argent. Mais lorsque je compris qu'il me faudrait lui laisser les enfants au minimum un week-end sur deux et le mardi soir, à nouveau je renonçai à ce projet. Mes petits garçons avaient un an et demi. J'avais reporté sur eux tout mon amour. Il m'était impossible de les laisser, ne serait-ce qu'un week-end sur deux. L'avocate m'avait expliqué que la plupart des juges accordaient la garde partagée lorsque le père la demandait. Même si j'avais vécu avec Staline ou Fidel Castro, j'aurais préféré rester avec eux plutôt que d'abandonner mes enfants la moitié du temps. Et puis, je ne vivais pas sous le totalitarisme communiste. Juste le totalitarisme pornographique qui met en scène la domination du mâle sous sa forme la plus radicale, la plus veule et la plus bête, celle qui rabaisse les femmes au rang d'objets.

Ainsi vont les choses. On fait un enfant par amour. Peu après, on se rend compte que le couple est mort. On est piégé dans un cercle infernal. Parfois on fait un deuxième enfant. C'est un peu la politique de la terre brûlée.

Il me semble que depuis mon mariage, je n'ai jamais cessé de divorcer.

5

Je pris le métro jusqu'à Beaugrenelle, sortis au pont de Grenelle, saluai la petite statue de la Liberté sur l'île des Cygnes. Battue par les vents, le regard perdu vers le lointain, dans sa main gauche elle arbore une tablette qui représente la Loi. Imposante, triomphante, elle brandit son flambeau entre ciel et mer. Lorsque j'étais plus jeune, j'imaginais que sa tablette était celle du mariage. Que c'était lui, l'instrument de sa liberté. J'ignorais que la Liberté n'est pas femme. Que le mariage, le couple, les enfants, le temps, la vie, et maintenant Internet sont autant d'objets de servitude, qui ont tôt fait de lui enlever ses illusions et de faire de sa robe si majestueuse des haillons. Je n'y croyais plus à cette histoire de Cendrillon : le Prince Charmant n'est pas celui qui nous sort du foyer et de ses cendres, c'est au contraire celui qui nous y précipite. Et nous sommes toutes des femmes dont les robes se transforment en lambeaux, et les carrosses en citrouille, après minuit.

D'un pas lourd, j'entrai dans le cabinet du quai Blériot : un appartement cossu, orné de tableaux de maîtres, à la moquette marécageuse et au mobilier futuriste, mais dans un style sobre, élégant et massif, à la Christian Liaigre. Une antichambre donnait sur deux pièces, l'une où l'avocate recevait, et l'autre où une secrétaire travaillait.

Celle-ci ouvrit la porte, l'air débordé – il y a tant de couples qui divorcent. À Paris, plus d'un couple sur deux. J'avais pris connaissance des statistiques : chaque année en France, le nombre des divorces tourne autour de 120 000. Soit 45 % des mariages en 2001, contre 10 % en 1970. Et le demandeur du divorce est la femme, 3 fois sur 4.

La secrétaire me fit signe de m'asseoir dans l'antichambre, l'avocate était encore en rendez-vous. Le lieu sentait la peinture fraîche, on aurait dit qu'elle s'installait, alors que chez moi, ça brûlait. Chez elle aussi, d'ailleurs. Du bureau me parvinrent des éclats de voix.

Peu de temps après, un couple sortit ; tous deux avaient une cinquantaine d'années. Le mari, homme opulent, aux yeux délavés et au teint blafard, était rouge d'énervement. Ils avaient l'air de bourgeois suisses. Pourquoi suisses ? Je ne sais pas. Il me vint à l'esprit que la femme, malgré sa peau tirée, son maquillage outrancier et ses cheveux teints, n'avait pu échapper au naufrage de leur couple douillettement installé dans l'ennui, la satiété et la prospérité. D'après leur physique, j'imaginai aisément leur histoire ; il la trompait, la délaissait, finissait par avoir une maîtresse, du même genre que sa femme, mais plus jeune : elle divorçait, il était obligé de payer. Derrière eux, sortit une pimpante quinquagénaire, les yeux noirs, les cheveux blonds au carré parfait, maquillée, parfumée, habillée avec style, qui leva les yeux au ciel d'un air affolé, en les raccompagnant.

— Celui-là, murmura l'avocate, il m'a donné du fil à retordre.

J'entrai dans son cabinet, petite pièce où trônaient des photos d'elle et de jeunes gens qui lui ressemblaient, probablement ses enfants. Mais où était son mari ?

— Alors ? dit-elle. Qu'avez-vous décidé ?

— Je voudrais… savoir si vous êtes divorcée, dis-je.

— Pardon ?

— Excusez-moi, je voudrais divorcer.

Prononcer à nouveau ces mots terribles, pour qu'ils m'engagent et que je ne puisse plus revenir en arrière. En même temps, cela tombait sous le sens. Sinon, en effet, pourquoi serais-je ici, dans ce bureau ?

— À la bonne heure ! C'est pas trop tôt. Je finissais par croire que vous l'aviez toujours dans la peau.

Elle prit une fiche qu'elle commença à remplir avec application.

— Avant toute chose, je vais vous redemander quelques renseignements. Nom de jeune fille ?

— Amiel.

— Épouse ?

— Portal.

— Prénom ?

— Agathe.

— Date de naissance ?

— 23 novembre 1967.

— Profession ?

— Parolière… J'écris des textes pour des chansons.

— Réside à ?

— Paris, 94, rue Oberkampf, dans le onzième.

— Enfants ?

— Max et Sacha, six ans.

— Vous êtes mariés depuis quand ?

— Nous sommes ensemble depuis dix ans. Mariés depuis huit ans.

— Maintenant, racontez-moi comment ça se passe.

— Très mal. C'est la guerre.

— Que voulez-vous comme type de garde ?

— Je ne veux pas de garde alternée.

— Voyons un peu. Rappelez-moi ce qu'il fait.

— Il dirige une start-up de vente en ligne de lentilles de contact. Quand il n'est pas en province, il travaille sur son site, et quand il ne travaille pas, il est sur des sites de rencontre. Ces activités, voyez-vous, l'occupent énormément. Moi, en revanche, je suis là, puisque je travaille à la maison. Les musiciens viennent me voir. Depuis que j'ai des enfants, j'ai arrêté de les suivre en tournée. Je suis très attachée à mes enfants. Vous comprenez ? Je préfère rester avec lui, plutôt que d'avoir une garde alternée. C'est vous dire…

— Vous savez que, de nos jours, on donne la garde alternée presque systématiquement lorsqu'elle est demandée. Imaginez-vous qu'un juge a même donné la garde alternée pour un bébé de six mois allaité !

— Mais c'est horrible ! dis-je. La garde alternée, c'est vraiment ce qu'on a inventé de mieux pour inciter les femmes à ne pas quitter leur mari.

— Je ne sais pas... Certaines femmes y trouvent leur compte ! Et financièrement, quelle est la situation ?

— Nous sommes mariés sous le régime de la communauté de biens.

— Réduite aux acquêts ?

— Oui.

— Ah oui, je me souviens, il n'y avait pas de contrat de mariage ! Donc, vous partagerez tout ce que vous avez gagné pendant la durée de la communauté. Avez-vous vos feuilles d'impôts de l'an dernier ?

Je lui tendis notre feuille d'imposition, l'air dégagé. Depuis que j'avais des enfants, j'écrivais moins. Cette fois, il n'y aurait pas de problème d'argent.

— Donc l'année dernière, vous avez gagné à peu près le même salaire. C'est-à-dire rien, ou presque. Comment vivez-vous ? Vous n'avez pas de revenus ?

— Mes revenus ont baissé. Mon mari ne se verse presque pas de salaire de sa société.

— Je ne comprends pas comment vit cet homme. Qu'en est-il des années précédentes ?

— J'ai écrit le texte d'une chanson qui a eu du succès, et qui m'a permis de gagner davantage d'argent que mon mari, les premières années. J'ai subvenu à ses besoins.

— Vous avez des biens ?

— Une maison de campagne achetée en commun, même si c'est moi qui l'ai financée en grande partie avec ma chanson, *Une fille toute simple*.

— La « *fille toute simple* », c'est vous, dit l'avocate. Simple d'esprit, je veux dire. Avez-vous songé à écrire une chanson intitulée « la poule aux œufs d'or » ? Tout ça est perdu pour vous.

— Donc, on en est où ?

— Il faut faire une liquidation des biens de la communauté. Que chacun déclare ce qu'il a gagné. Pourquoi n'avez-vous pas fait une séparation de biens ?

— Je me faisais une certaine idée du mariage…

— Gaullienne ?

— Non, féministe. Pour moi, on doit tout partager. Tout devait être à égalité.

— Alors soyez féministe jusqu'au bout. Et gaullienne aussi. Il faut impérativement demander le divorce en premier, vous pourrez alors prendre les devants. Et vous préparer à la guerre ; car avec ce profil de mari, je peux vous assurer que ce ne sera pas une partie simple à jouer. Maintenant, dites-moi pour quelle raison vous souhaitez divorcer.

— Je divorce, dis-je, pour toutes les raisons qui font que les femmes divorcent.

L'avocate leva vers moi un œil étonné.

— Mon mari me délaisse, me laisse dans la misère affective et sexuelle, m'a trompée avec une femme rencontrée sur Internet ; il est alcoolique, se drogue, ne s'occupe jamais des enfants ; il déteste ma famille et n'a que mépris pour mes amis ; il ne s'intéresse pas à mon travail tout en me prenant mon argent et en vivant à mes crochets… Mais tout ça, en fait, oui tout ça ne serait rien sans l'agressivité qu'il manifeste contre moi.

— Donc, dit-elle sans rien perdre de sa contenance, je vous donne rendez-vous dans une semaine, pour venir signer l'assignation. En attendant, voici mes honoraires : je prendrai 8 000 euros, c'est un forfait dans lequel tout est compris.

— Pardon ?

— Mais oui, votre procédure sera longue avec un tel homme. Je pense qu'il va nous donner du fil à retordre, celui-là. Bien, dans une semaine, alors, à mon cabinet ?

Je sortis, étourdie, et j'entrai dans un café. Je n'avais rien mangé depuis le matin, mais je n'avais pas faim. Je commandai une bière, puis une deuxième, en repensant à ce que l'avocate m'avait dit. Un bébé de six mois allaité en garde partagée !

Je me sentis pâlir, j'en suffoquais presque. J'imaginais le pauvre bébé partagé, arraché au sein maternel, affolé, chez le père, en train de tourner la tête de tous les côtés, et de sortir sa petite langue pour téter, mais qui ne trouvait rien d'autre qu'un biberon en plastique froid et un lait artificiel tendus par une main qui s'efforçait de faire rentrer la tétine dans la bouche du nourrisson à l'air furieux. Quel désastre ! Quel animal abandonnerait ainsi son petit non sevré à son géniteur ? Les bêtes savent, elles, qu'un bébé a besoin du sein ; le mâle a tôt fait d'aller chasser d'autres gibiers après la saillie. Comme les hommes, d'ailleurs. Mais la différence, c'est que les animaux ne réclament pas le petit au bout de six mois en les arrachant à la mère nourricière.

J'avais longuement étudié le problème, depuis que mon couple allait mal, et depuis que je me posais sérieusement la question du divorce. Je pensais que le taux de divorce allait baisser, tant cette perspective inspire la terreur aux mères. Ah ! il est loin, le temps de *Kramer contre Kramer* ou de *La Séparation*, de Dan Franck, quand les pères éplorés ne comprenaient pas comment leurs femmes perverties par le féminisme avaient pu les quitter, les laisser seuls, pour ensuite leur voler leurs enfants qu'elles avaient auparavant abandonnés, en vraies mères indignes. Maintenant, on leur donne les enfants. Même s'ils ne savent pas très bien quoi en faire, même s'ils font mine d'être aussi attentionnés que des mères en laissant en douce les enfants à leur propre mère – la seule femme qu'ils respectent.

J'avais lu *Le Livre noir de la garde alternée*, qui montrait à quel point il était désastreux pour les enfants de ne pas avoir de repère, d'être ballottés d'une maison à l'autre… La loi du 4 mars 2002, qui avait octroyé aux juges le pouvoir d'imposer une résidence alternée au nom de « l'intérêt supérieur de l'enfant », était l'œuvre d'un fou ou d'un groupe de technocrates, ou de barbares, ou tous les trois. Ils ont décidé que les enfants âgés de 0 à 6 ans pouvaient être traités comme des biens indivis et qu'ils relevaient d'un droit de propriété. Ils ont eu l'idée formidable de partager un enfant en deux, de le condamner à mener une double vie. Ils sont les vrais responsables des générations d'enfants troublés par une souffrance si indicible qu'elle s'exprime par des crises d'asthme, des troubles du sommeil, une stagnation de la courbe de poids, ou des gestes agressifs à l'égard des parents. De futurs adultes à la personnalité brisée en deux, parce qu'ils n'ont pu vivre la construction d'un lien durable.

Saisie d'une folie d'égalité et du syndrome de la paternité délirante, la société arrache l'enfant à la mère pour le remettre au père. Mais les pères ne sont pas, ne seront jamais des mères. Les premières féministes avaient accompli une révolution sans précédent. Elles s'étaient toutefois trompées sur un point : les femmes ont besoin de leurs enfants, et réciproquement. Ces propos tombent sous le sens, mais apparemment pas sous celui du législateur, gagné par le syndrome de Balavoine, « *C'est mon fils, ma bataille, fallait pas quelle s'en aille.* » Salomon l'avait compris, qui proposa le pire, selon l'histoire bien connue : deux femmes se présentèrent pour réclamer un même bébé devant le roi, et celui-ci proposa tout simplement de couper le chérubin en deux parts égales afin que la vraie mère se révélât. Ce qui advint : cette dernière préférait laisser son enfant à sa rivale plutôt que de le voir tuer.

J'étais ivre. De chagrin, de colère et de terreur.

Le soir, j'entendis les pas de mon mari se rapprocher de ma chambre. Il se rendit à la cuisine et se versa un verre de whisky. Il déambulait dans cet appartement où bientôt, me dis-je, il ne serait plus.

J'allais me faire couler un bain, en pensant à ma libération prochaine, sans délice. Je me demandais comment j'allais trouver l'argent nécessaire pour payer l'avocate. Je me déshabillai et entrai dans l'eau. Du fond de la baignoire, ma tristesse affleura. Comment notre idylle avait-elle décliné ? Quelle avait été l'erreur ? Pourquoi ? Quelle était ma part de responsabilité dans cette chute ? Et pourquoi l'histoire se terminait-elle d'une façon aussi pathétique ? Qu'allaient devenir les enfants ? Nos enfants. Mes larmes se mélangèrent à l'eau. C'est fini, me répétai-je silencieusement. C'est fini.

Jérôme entra dans la salle de bains. Cela faisait longtemps qu'il ne m'avait pas vue nue. Je ne voulais pas qu'il me regarde.

Il se contempla dans le miroir au-dessus du lavabo, comme si je n'existais pas, et commença à se raser.

— J'en ai marre, maugréa-t-il, que ta mère débarque à l'improviste, c'est insupportable, je ne me sens plus chez moi. Et puis, je voulais te dire, tu devrais arrêter de hurler sur les enfants avant de les coucher. Tu n'as aucune patience avec eux.

— Et toi, tu en as peut-être ? Tu n'as qu'à les coucher toi-même.

— Moi, je n'ai pas le temps, j'ai trop de travail en ce moment… Ce que je veux dire, au sujet des enfants, reprit-il, c'est que le coucher devrait être un moment agréable, tu vois, un moment où ils se détendent, pas un moment d'énervement. Tu devrais leur lire une histoire, leur parler, les rassurer avant la nuit ; être plus maternelle, au lieu de quoi tu leur transmets tes angoisses. S'ils ne te sentaient pas aussi nerveuse, je suis certain qu'ils s'endormiraient avec plus de sérénité, et qu'ils ne se réveilleraient pas au milieu de la nuit… Tu es d'accord ?

— Oui, bien sûr.

— Demain soir, tu seras à la maison ?

— Oui, quelle question !

— J'ai une réunion avec mon webmaster à Rennes qui risque de se terminer tard. Je ne rentrerai que le lendemain matin. Tu gardes les enfants ?

— Oui, comme d'habitude. Tu peux aller les chercher l'après-midi ?

— Non, je ne peux pas, j'ai une réunion avec l'expert-comptable de ma société.

— Bon, je vais encore devoir prendre le bus.

— Tu devrais repasser ton permis ; depuis que tu as perdu tes points, tu es devenue une handicapée moteur.

Il se brossa les dents, puis sortit, non sans m'avoir assené :

— Tu penseras à acheter du whisky, il n'y en a plus.

Non, en fait, la fin du couple, c'est quand l'un entre dans la salle de bains sans même un regard pour le corps de l'autre.

Ou, peut-être, quand l'autre dit : « Tu penseras à acheter du whisky », sans « s'il te plaît », « ma chérie », « veux-tu bien ? ». Du whisky pour noyer mon chagrin. Mon chagrin de ne plus t'aimer, de ne plus apprécier l'éclat de tes yeux, de ne plus me reconnaître dans le regard que tu portes sur moi – et celui que tu n'as plus. Mon chagrin de ne pas oser le dire, l'avouer. De ne pas faire face à cette insidieuse évidence : notre décadence, notre déréliction, notre décomposition morbide.

Au début, entre nous, tout était pourtant magique. Désormais, tout vire au tragique. Au début, lorsqu'on se disait : « Peux-tu acheter du pain ? », c'était comme un message amoureux qui voulait dire, j'ai envie de tout partager avec toi, et maintenant, c'est une façon de se dire qu'il n'y a plus rien d'autre qui nous lie, rien que ce quotidien qui nous a brisés. Et cette vie pleine de désamour n'ose pas dire son nom. Le désamour est tellement pudique dans sa violence, tellement implicite dans ses insultes. On se dispute, on peut même se frapper, plutôt que de se dire : « Je ne t'aime plus. » Cet aveu-là est impossible. Même sur l'échafaud de l'amour, après les pires tortures, on le tait. Comme s'il était impossible de renier sa foi en l'amour. Comme si c'était cela, le tabou suprême.

En fait, la fin du couple, c'est quand chaque mot signifie sans le dire la fin du couple.

6

Sa femme. La connaissait-il ? Savait-il qui elle était ? De moi, il ne percevait que les récriminations, les dédains, les revendications, les humeurs. De moi, il ne voyait qu'un esprit mauvais destiné à lui gâcher la vie ; il ne savait plus que j'étais la mère de ses enfants – qu'il disait aimer, eux, sans plus m'aimer. De moi, il ne désirait plus rien savoir, sans pour autant oser partir : il souhaitait que cela vînt de moi.

Sa femme. Qu'il prenait pour une incapable : une femme qui vivait dans son monde enchanté, déconnecté, utopiste. Son monde d'artiste, de poète, de paroles, de musique. Sa femme, qui mangeait macrobiotique, végétarien, qui s'habillait dans les boutiques vintage du Marais, sa femme qui avait plus de mal à acheter une bouteille de lait qu'à écrire une chanson, sa poétesse de femme, alors que lui était dans la vraie vie. Sa femme qui allait dans les soirées au Zic Zinc avec ses amis musiciens, et aux Trois Baudets pour écouter Claire Diterzi, qui aimait le théâtre, les concerts des Ogres de Barback et des Debout sur le zinc. Sa femme, idéaliste, romantique, sa femme angoissée, nerveuse, complexée, dépassée par la vie. Sa femme trompée, bafouée, qui avait décidé de prendre le problème à bras-le-corps.

Sa femme, la tendre, la rebelle, entrait donc en guerre. Consciente qu'il lui faudrait réunir des preuves. Et aussi des armes.

Je réfléchis avec obstination à la question de savoir comment obtenir des informations sur Jérôme, sur sa vie secrète, les traces de son infidélité et de ses forfaits conjugaux. Il ne se méfiait pas, parce qu'il n'avait jamais éprouvé la jalousie, la haine, le rejet de soi. Mon mari n'avait pas l'idée que je puisse commencer à m'intéresser à la technologie moderne dans le cadre de l'espionnage domestique, à en apprendre les rouages, la puissance – et les failles.

Sa femme, rêveuse, certes, mais aussi : secrétaire, intendante, femme de ménage, cuisinière et cuisiniste, architecte d'intérieur, jardinière à la main verte et jardinière d'enfants. Chauffeur, coursier, banquière, financière, plombier, organisatrice et animatrice dans l'événementiel, anniversaires d'enfants et soirées, maîtresse d'école en journée et maîtresse la nuit, pédiatre, médecin urgentiste, serrurier, crocheteuse de serrures, agent immobilier, agent de police, de nettoyage, de sécurité, agent secret. Sa femme-espionne qui ouvrait la porte de son bureau à l'aide du double de la clef, afin de lire et de copier ses mails compromettants sur un disque dur externe.

J'allumai mon ordinateur et entrai sur Facebook. Je créai un nouveau profil : celui de Joanna, la fameuse ex-compagne dont il m'avait si souvent parlé. Après avoir vérifié qu'elle n'y était pas inscrite, je construisis son profil pour que celui-ci fût crédible : elle ne devait pas être isolée, il fallait lui créer un groupe d'amis, et les faire vivre.

Joanna, en toute honnêteté, je ne la connaissais pas. Je l'imaginais, je la recomposais à partir de quelques éléments dont il m'avait parlé, je l'inventais, la fantasmais. Elle était tout l'opposé de moi : j'étais de taille moyenne, avec quelques kilos en trop depuis ma grossesse ; elle était élancée, sportive, musclée. Mon regard, mes cheveux sombres, mon teint clair me rendaient lunaire, alors qu'elle était solaire. J'avais les cheveux courts, elle les avait longs. Je m'habillais d'une façon classique, en pantalon, jamais en robe, sauf lorsque je sortais le soir, c'est-à-dire jamais ; elle avait des vêtements très féminins, mettant en valeur ses formes, et des boucles blondes qui tombaient en cascade sur ses épaules. Tout le monde la remarquait, et en particulier les hommes. Nomade et noctambule, célibataire et sans enfant, Jo avait visité les pays les plus lointains. Elle partait, sac au dos, explorer la forêt amazonienne. Le soir, elle dansait le tango dans des bars argentins, le cha-cha-cha dans les bistrots de La Havane, et le zouk dans des boîtes martiniquaises. J'étais idéaliste, elle était pragmatique, j'étais travailleuse, sérieuse, bonne mère, bonne épouse, elle ne vivait que pour faire la fête. J'étais casanière, elle passait son temps à sillonner le monde à la recherche de sensations extrêmes. Avec Jo, Jérôme avait mordu la vie à pleines dents. C'est la raison pour laquelle elle me paraissait être la meilleure candidate possible pour le séduire – ou plutôt le re-séduire, dans un contexte d'enlisement familial. Le fait qu'elle fût si différente de moi la rendrait d'autant plus attirante à ses yeux. C'était l'appât idéal pour l'éloigner de ce quotidien gris, triste et banal qu'il partageait avec moi, son bourreau, le fossoyeur impitoyable de ses plus belles années.

Depuis que, grâce à Internet, j'avais accès à la vie secrète de Jérôme, je connaissais ses défauts, ses goûts, ses attirances, ce qu'il aimait et ce qu'il détestait, le genre de femme qui lui plaisait, le genre qui lui déplaisait, je savais ce qui le séduisait et ce qu'il abhorrait, je savais ses heures, ses désirs les plus secrets, ses manies, ses défauts, ses faiblesses, ses angoisses, ses rêves, ses aspirations, ses motivations. J'avais surpris des conversations, grâce à l'historique de ses mails, je percevais la surface et le dessous, je savais même des choses sur lui que lui ne connaissait pas, par prétention, car il s'ignorait autant qu'il m'ignorait. J'avais appris de lui. La haine, plus que l'amour, est bon professeur. La haine, lucide, implacable, curieuse, inquisitrice, s'intéresse aux moindres détails, là où l'amour, ce frivole, ne fait que survoler, qu'embellir, qu'esquiver, et emploie toute son énergie à se rendre aveugle et sourd. La haine dévoile ce que l'amour cache, déshabille ce que l'amour couvre – la haine, bel instrument de vérité. Cette fois, il ne pourrait que succomber au piège : j'allais lui offrir la femme de ses rêves, une femme sur mesure, dessinée à la courbe près. Une femme sans enfant, une femme à demeure qui répondrait à ses désirs, une femme rien que pour lui, la femme idéale : une femme virtuelle.

Ouvrir un compte sur Facebook est très simple. Il faut d'abord créer un compte sur Yahoo, par exemple, ce qui se fait en se connectant sur le site, puis en donnant son nom et sa date de naissance. On se dirige alors vers Facebook, où l'on donne l'adresse mail de Yahoo, son nom et sa date de naissance, et le tour est joué. La messagerie est créée en quelques minutes. Mais il ne suffit pas d'ouvrir un compte, il faut élaborer son site personnel, c'est-à-dire se décrire, donner des informations, des photos, des goûts, et surtout, trouver des « amis ». Pour la photo du profil de Joanna, j'hésitais entre celle d'une cycliste et celle d'une skieuse, que j'avais trouvées sur Google Images. Finalement, je pris la photo d'une femme qui faisait du hockey sur glace : l'avantage était qu'elle était masquée, la tête emprisonnée dans un casque, on ne voyait pas son visage. Puis j'élaborai son profil :

Nom : Feltis Joanna.

Sexe : Féminin.

Date de naissance : Non précisé.

Originaire de : Non précisé.

Situation amoureuse : Célibataire.

Intérêts : Amitié, rencontres, hommes.

Style de musique : Chill, soul, sexy house, disco, pop, rock, zouk, raï, musique cubaine.

Émissions de télévision : « Rendez-vous en terre inconnue », « Faut pas rêver », « Thalassa », « Globe cooker », « Fort Boyard ».

Films : *Into the wild, La Marche de l'Empereur, Le Syndrome du Titanic, Un jour sur terre, Les Liaisons dangereuses, Basic Instinct.*

Membre de : Tu sais que tu as le corps d'un dieu ? Dommage que ce soit celui de Bouddha ; Oui, certains bébés sont moches, n'ayons plus honte de le dire ! ; Sexe, Champagne et chocolat ; Énorme ! L'astuce de génie pour voyager gratuitement ; Chute libre parachutisme, Kitesurf, Escalades calanques, Saut à l'élastique ; Partir élever mes chèvres en Amérique du Sud et loin de la civilisation ; Randonnées plein air du Québec ; Sports extrêmes.

Pour la rendre crédible, il lui fallait donc un groupe d'amis. J'ouvris ainsi en série les comptes de mes personnages imaginaires : Philippe Brocard, qui aimait les voitures – j'avais mis la photo d'une Testarosa prise sur Google Images sur son profil ; Élodie Barnez, cycliste ;

Céline Weber, pour laquelle j'avais retrouvé la belle photo d'une parachutiste en plein vol, les pieds et les bras en l'air ; Charles Johnson, financier anglais ; Sébastien Durrieu, qui posait avec sa fille ; Cédric Touchard, qui était en photo avec femme et enfants, c'était le père de famille, écologiste, provincial, bien-pensant ; Christine Dumont, qui avait mis une photo de Shiva, car elle était zen et pratiquait le yoga ; et enfin Fabrice Duflo, qui se prenait pour Tarzan. Ils étaient tous amis. J'avais mis des petits mots sur les murs des uns et des autres, des commentaires passionnants, tels qu'on en trouve sur Facebook : « Alors, la belle, de retour de ton île ? » ou encore : « Ta photo est super, tu as l'air tellement zen », « Ce matin, il neige, quelle tristesse ! », « Je me suis fait un bon café », « Je suis au fond de mon lit », « J'ai pris un bain bien chaud ». J'eus tôt fait de mettre en relation tous les amis, et de créer des liens entre eux. Charles était l'ex-compagnon de Joanna, qui l'avait perdue de vue et la retrouvait grâce à Facebook. Sébastien était le meilleur ami de Joanna, qui était la marraine de sa fille Eléonore. Christine, ancienne amie de classe de Joanna, avait consacré sa vie au bouddhisme et était devenue professeur de yoga. Fabrice était secrètement amoureux d'elle, Cédric était un ami d'enfance de Christine qui ne s'était pas remise de son divorce, même si elle prétendait le contraire en affichant quotidiennement ses pensées positives telles que : « Aujourd'hui, je lâche prise et fais confiance à la vie, je vois la beauté tout autour de moi, je vis chaque moment avec passion, je prends le temps de rire et de m'amuser, je suis éveillée et débordante d'énergie, je suis libre d'être moi-même… » Et il ne restait plus qu'à attendre.

Attendre. Qu'il rentre à la maison, enlève sa veste, embrasse les enfants sans me jeter un regard, sans me demander comment s'est passée ta journée, est-ce que les enfants vont bien. Il avait réclamé que l'on se dise tout de même bonjour. Alors je me pliais à l'usage, bien que j'aie horreur de l'hypocrisie. Il avait l'air enjoué, avec la prestance de l'homme rassuré sur sa virilité.

La nuit, je me glissai dans le salon où il dormait. Je pris le portable qu'il avait posé près de lui, sur la table basse. Comme j'avais peur qu'il se réveille, je m'enfermai dans les toilettes. Soudain j'entendis du bruit : il se levait.

— Agathe, dit-il, c'est toi qui es là ?

Que faire ? Je regardai de tous les côtés pour voir où je pouvais cacher le portable. J'étais nue sous mon pyjama, impossible de le dissimuler, je pensai à le jeter dans les toilettes mais ce serait pire que tout s'il devait le retrouver en pareil endroit. Je pouvais le lancer par la petite lucarne qui donnait sur une courette, mais cela ferait du bruit. Soudain, j'eus une illumination : j'allais le glisser à l'endroit où il ne viendrait jamais le chercher. Je sortis en serrant les cuisses de peur qu'il ne tombe. Il me croisa, un peu étonné de ma démarche. Il m'observa un moment, alors que j'avançais pas à pas vers ma chambre, quand soudain la sonnerie retentit. Je me mis à tousser, de plus en plus fort, me précipitai dans le couloir, puis dans ma chambre. Je fermai la porte et sortis le portable qui affichait « Vanessa ». Puis, en tremblant, j'écoutai à la porte pour savoir si la voie était libre, puis redéposai en vitesse l'engin au salon, à l'endroit où je l'avais trouvé.

Au matin, je me réveillai tôt pour lever les enfants. En jetant un coup d'œil au salon, après une vérification rapide, je m'aperçus que mon mari dormait. Je pris à nouveau son portable que je rapportai dans ma chambre. Je consultai ses messages pour voir ce que Vanessa lui avait dit dans la nuit, mais comme sa boîte vocale était saturée, l'opération prit du temps. Les enfants firent du bruit. Il se réveilla. J'entendis ses pas dans le couloir, il cherchait à droite et à gauche, dans toute la maison en criant : « Personne n'a vu mon téléphone ? »

En sortant de ma chambre, j'aperçus Max et lui fis signe de venir. Je lui tendis le portable et, tel un petit chiot rapportant le nonos, il s'empressa de le donner à son père. Entre-temps, j'avais réussi à écouter le message de « Vanessa » : « Ne t'en fais pas pour cette nuit, lui disait-elle d'une voix suave. Ça arrive à tout le monde. En tout cas, c'était quand même très bien, tu me manques déjà, j'espère te voir bientôt. » Trompée, j'étais une femme trompée. Trompée – mais surtout par elle-même. Car avant lui, c'est moi qui m'étais trompée. D'homme, de décennie, de siècle, de pays, de vie. Soudain, je compris à quel point je n'en pouvais plus de lui, de moi, de nous, j'étais épuisée, découragée.

Le soir même, j'avais rendez-vous chez l'avocate pour signer l'assignation. Je sortis du taxi qui me déposait devant chez elle. En frissonnant, je sonnai, pris l'ascenseur, et vacillai, tout se mit à tourner autour de moi. L'avocate me reçut, maquillée, coiffée, bijoutée, avec le sourire épanoui de la femme parfaitement heureuse en ménage et qui a en plus le temps de s'occuper d'elle. Quant à moi, j'étais en jean, pas maquillée, les cheveux, les ongles et la mine cassés, l'image même de la femme malheureuse, et qui n'a ni le temps ni l'envie de se faire belle. Elle me tendit les papiers, que je pris sans entrain.

— Allez-y, signez, dit-elle avec autorité et bottes en cuir.

— Je ne suis pas sûre.

— Signez, dit-elle. On verra après.

— Vous l'envoyez quand ?

— Demain matin. Vous devez prendre les devants, cela nous permettra de savoir qui est la JAF.

— La JAF ?

— La juge aux affaires familiales. Allez-y, au pire vous aurez encore une nuit de réflexion.

Devant tant d'assurance, je m'inclinai, la main tremblante, le cœur au bord des lèvres. Je signai le décret fatal qui décidait de la fin de mon couple.

— Et maintenant, dit-elle, vous pouvez me faire le chèque d'avance de 8 000 euros.

— Mais c'est impossible, dis-je. Je ne peux pas, c'est beaucoup trop !

— Beaucoup trop, vous verrez que non. Je vous l'ai dit, nous allons avoir du fil à retordre, avec un mari tel que le vôtre ! C'est un forfait. Tout compris. Notaire, frais d'avoué, coursiers, tout.

— Vous ne pouvez pas me faire un prix ?

— Non, mais je peux échelonner les paiements. La moitié maintenant, l'autre moitié dans six mois, si vous voulez. Ça fera 4 900 euros avec les taxes.

— Et en trois fois, c'est possible ?

— Oui, mais alors sur deux mois.

En s'emparant du chèque que je lui tendais, elle me dit :

— Et maintenant, allez voir mon coach. C'est compris dans le forfait.

— Votre coach ?

De qui parlait-elle ? D'un coach sportif, sans doute, qui allait m'entraîner au cardio-training pour calmer mon rythme cardiaque qui venait de battre tous les records pendant l'écriture du chèque. Elle avait pensé à tout.

Cinq minutes plus tard, j'entrai dans une salle où m'attendait une jeune femme au regard sérieux derrière des lunettes carrées.

— Je vais vous aider, dit-elle, à vous préparer à l'audience devant le juge au cours de laquelle vous allez être entendue. Veuillez me raconter votre histoire.

— Mon histoire ?

— Je veux dire, l'histoire de votre couple. Depuis le début, jusqu'à… la fin. Je vous écoute, ajouta-t-elle en s'emparant de son ordinateur.

7

Les yeux pleins de larmes, j'égrenai un à un les moments forts de ma vie avec Jérôme, comme un album photos qu'on feuillette. La première rencontre, les premiers émois, les enfants, les disputes, les pleurs, les cris. L'histoire d'un déclin, d'une tragédie, d'un engrenage fatal, d'un naufrage. L'histoire d'une chute. L'histoire d'un couple, quoi.

J'évoquai le moment où je l'avais rencontré, dans un train, nous étions assis face à face. Je revenais d'un festival de rock français où j'avais accompagné un groupe, il rentrait d'un week-end à Bordeaux, chez ses parents. J'avais trente ans. Après des études de lettres à la Sorbonne, j'avais écrit les paroles d'une chanson qui était passée à la radio et d'un album qui avait eu du succès. J'avais gagné mon indépendance financière et sentimentale. Mais en mon for intérieur, je commençais à être assez complexée de ne pas être mariée.

Toute relation est inscrite dans les premiers mots, comme dans toute musique les premières notes donnent le ton, le genre, le tempo : on sait, dès le début d'un morceau, s'il s'agit de rap, de jazz ou de trip-hop. Dans les premiers mots échangés, on se dit l'essentiel, ce que l'on est, ce que l'on veut, ce à quoi l'on aspire : ce sont des moments de dévoilement, même à travers les échanges les plus anodins, on dit qui l'on est vraiment, mais aussi ce que sera la relation. On peut mettre des mois, des années, voire une vie à se rendre compte que tout était là, en gestation, dans l'attente de son déploiement. Comme l'incipit d'un livre en dévoile tous les motifs et les thèmes, les premiers moments d'une rencontre contiennent la vie à venir, depuis ses prodromes jusqu'à sa fin. Au début d'*Une vie*, Maupassant campe un personnage de jeune femme à la sortie du couvent, qui a fait ses malles et est impatiente de partir, même sous une pluie battante. Tous les espoirs sont permis. Mais l'horizon est sombre, la fenêtre ouverte sur le monde ne sera bientôt que faux-semblants et illusions amères. Henry James commence *Portrait de femme* par la discussion entre un vieux gentleman et son fils sur les femmes et le mariage. Faut-il épouser une jolie femme ou une femme intéressante, indépendante, de celles qui font peur aux hommes ? Le livre pose la question du mariage de ces femmes-là, qui préfèrent courir à leur perte, en épousant un certain type d'homme, plutôt que de choisir la liberté dont elles sont éprises.

Tel le début d'un film qui, s'il sonne faux, ne s'améliorera jamais, les débuts des relations, si elles sonnent faux, resteront discordantes. Désormais, lorsque je vais au cinéma, si les premières images ne me plaisent pas, je sors. Que n'ai-je eu la même attitude dans ma vie ! Je n'aurais pas commis la même erreur qu'Isabel Archer, l'héroïne de James.

Était-ce un hasard ? Lors de notre première rencontre, Jérôme et moi avons parlé divorce. Jérôme évoqua celui de son frère cadet ; je lui dis que j'en étais désolée, il me répondit sereinement :

« Non, ce n'est pas une catastrophe lorsque c'est pour le mieux. Il faut voir les choses dans la durée, dans le temps. »

Pour lui, en somme, ce n'était pas un drame, le divorce. C'était une amélioration, un processus, un aboutissement. Ce n'était pas un problème de saccager la vie d'un couple, de deux êtres unis, et celle d'un enfant. C'était « pour le mieux ». C'était « le positif du négatif », l'étape qui menait, sinon vers la liberté, du moins vers la libération – bref, une conquête. Une chose normale, banale, un réglage. On va chez l'avocat comme on va chez le dentiste pour soigner une simple carie.

Aujourd'hui, une petite voix anti-divorce, à la manière de celle de Pinocchio, me guide dans la vie amoureuse, et murmure à mon oreille les vérités que je ne veux pas entendre. Cette petite voix, si je l'avais entendue, m'aurait prévenue, dès la première rencontre avec Jérôme : non, vous n'avez pas les mêmes valeurs. Sous tes dehors cyniques, tu es une romantique. Lui, c'est l'inverse. Termine tout de suite cette conversation, mets ton iPod sur les oreilles, reprends ta lecture du *Journal d'un séducteur* de Kierkegaard et ne lui parle plus jusqu'à la fin du trajet.

Mais ce ne fut pas le cas. D'abord, j'étais coincée dans ce train, et je ne pouvais pas sauter sur la voie ferrée. Ensuite, il mâchait un chewing-gum. Et j'ai aimé la façon dont il mastiquait, avec élégance, avec détermination, avec calme, ce n'est pas évident de mâcher un chewing-gum avec sérénité. On peut lire toute la personnalité de quelqu'un à la façon dont il effectue cette opération. Certains le font avec hargne, avec nervosité, ou alors en ouvrant la bouche, sans classe. Mais lui, il le faisait élégamment, lentement, sans affect. Et puis, il était beau : grand, les cheveux en bataille, les yeux bleu acier, avec un regard dur, intense. Jérôme : j'aimais ce nom. Il avait une start-up, il était intelligent, réfléchi, il avait les pieds sur terre et il regardait vers l'avenir. J'étais impressionnée, rassurée.

Dans la file d'attente des taxis, à la gare, Jérôme ne me demanda pas de lui donner mes coordonnées. Il se contenta de me regarder, l'air interrogateur, comme s'il attendait quelque chose. Et je finis par lui dire : « Tu ne veux pas prendre mon numéro ? » Mon amie Maud, après que je lui eus rapporté ce détail, me fit la réflexion suivante : « Même si tu es féministe, tu ne dois jamais chasser un homme. C'est l'homme qui doit te poursuivre. »

Nous sommes sortis ensemble pendant quelques mois, au terme desquels Jérôme m'a proposé de m'emmener en week-end en Normandie.

Dès que nous sommes entrés dans la chambre d'hôtel, mon compagnon s'est précipité sur le minibar pour vider une petite fiole de whisky. Il était visiblement mal à l'aise de se retrouver seul avec moi, sans échappatoire, mais je n'y ai vu que du feu. L'alcool déliant les langues, il se vantait, se disait excellent amant, racontait des anecdotes sur des femmes qui se pâmaient dans ses bras et tombaient ensuite amoureuses de lui. Je l'ai cru sur parole, à défaut de le constater. Ce fut rapide, sans brio, sans tendresse. L'essentiel était qu'il fût satisfait. Mais le dimanche matin, dopée par les endorphines, les hormones et l'horloge biologique, je rentrai chez moi persuadée d'avoir rencontré l'homme de ma vie.

Jérôme m'a ravie par sa gentillesse, son énergie, son humour. Il était serein, alors que j'étais angoissée, il était plaisant, agréable à vivre, plein de légèreté et il avait toute une bande d'amis comme lui, avec lesquels je m'entendais à merveille. Avec eux, j'ai découvert le monde du vin et de la gastronomie, les soirées arrosées, les discussions à bâtons rompus sur la vie, les nouvelles technologies, les jeunes entreprises innovantes, les bilans comptables et les fonds d'investissement.

Cependant, lorsque vint le premier été et que je lui proposai de partir en vacances, Jérôme me répondit qu'il n'avait pas d'argent. Entrepreneur débutant, il ne gagnait pas des fortunes. Je lui dis que s'il acceptait ma proposition, je réglerais tout. Je ne voyais pas pourquoi ce serait possible dans un sens, et non dans l'autre. Il avait accepté sans opposer une grande résistance.

Je voulais le voir à l'aéroport, en train d'attendre l'avion, avec ses lunettes fumées. Il me regardait intensément. Amoureusement. Il se disait en proie au coup de foudre depuis ce premier regard que nous avions échangé dans le train.

Je voulais voir le crépuscule à Venise. Le soir qui tombe dans un doux clapotis, les maisons qui se jettent dans la mer, les gondoles qui dansent sur le miroir de l'eau. Je voulais qu'il me dise des mots d'amour, qu'il murmure au creux de mon oreille que j'étais la femme de sa vie. Je voulais le soleil devant nous comme une grosse boule rouge. Je nous voulais beaux et royaux dans notre avancée, lyriques, flamboyants. Je voulais être amoureuse : goûter à cette ivresse-là. Je désirais bâtir les mythes fondateurs de notre histoire, penser que chacun de ces moments compterait, comme les premières pierres d'un solide édifice, ses bases, ses fondations – sans me rendre compte que je construisais sur un fleuve, ce fleuve dans lequel, selon la parole immémoriale, on ne se baigne jamais deux fois de suite.

Nous logions dans un petit hôtel sur le Grand Canal. Dans la chambre, à notre arrivée, Jérôme s'était précipité sur le minibar pour prendre un whisky et, vaguement gêné, il m'avait dit qu'il souhaitait trinquer :

— Que nous sachions toujours combien nous sommes heureux et sûrs, et que ce sentiment soit la source à laquelle nous nous abreuverons !

Nous dînions dans des restaurants sur l'eau, nous marchions main dans la main, en faisant le concours du couple le plus amoureux, nous nous autoproclamions vainqueurs. Nous prenions un bellini au Harry's Bar, nous parlions pendant des heures, et nous nous embrassions place Saint-Marc.

Mais comme Jérôme avait toujours besoin de mouvement, nous étions partis de Venise pour Vérone, et de Vérone pour Florence, de Florence pour Sienne. À Vérone, lorsque nous étions arrivés à l'hôtel, Jérôme s'était précipité sur le minibar pour prendre un whisky. À Florence, lorsque nous sommes arrivés, Jérôme s'est précipité sur le minibar pour prendre un whisky. À Sienne, Jérôme s'est précipité sur le minibar pour prendre un whisky. Mais, à Sienne, il n'y en avait pas, de whisky.

Alors il s'était levé, il avait marché nerveusement dans la chambre, puis il avait eu l'idée d'appeler la réception pour demander deux doubles whiskies. Je commençais à éprouver comme un doute, un sentiment de malaise. Pourquoi Jérôme avait-il tout le temps besoin de changer d'endroit ? Et de boire, dès que nous arrivions dans les hôtels ? Mais l'amour avait chassé les ruminations de la petite voix pour m'entraîner vers une sensation d'exaltation et d'évidence totales.

Après chaque nuit d'hôtel, après chaque voyage, à chaque restaurant dans lequel nous allions, Jérôme m'avait laissé payer pour partir, l'air dégagé, m'attendre dehors. Mais l'abominable romantisme qui guidait mon cœur depuis les contes de fées dont ma mère m'avait abreuvée (au lieu de me lire Simone de Beauvoir) ne souffrait pas de considérer de telles vétilles.

Après notre mariage, Jérôme emménagea chez moi, sans jamais proposer de payer le loyer, ni de contribuer à le faire. En fait, je ne voyais rien, je pardonnais aisément, je trouvais tout charmant. La cristallisation dont parle Stendhal, cette façon de projeter des qualités sur l'être aimé, fussent-elles imaginaires, se traduisit chez moi par un processus alchimique qui transformait tout ce que d'aucuns auraient trouvé négatif en positif : car tel est le miracle de l'amour, rendre miraculeuses les choses les plus insignifiantes. J'aimais l'emmener en week-end et en vacances. Je ne me rendais pas compte qu'insensiblement, j'avais pris aussi le rôle de l'homme.

Nous avons déménagé pour cet appartement biscornu qui allait abriter nos amours naissantes. Comme je travaillais à la maison, je passais beaucoup de temps à nous installer, alors que Jérôme courait par monts et par vaux. Quand il ne travaillait pas sur son site, il voyageait, et quand il revenait, il discutait avec ses amis. Bref, pendant que Jérôme était occupé, je négligeai mon activité artistique : je me perdis dans des problèmes d'intendance. L'appartement était devenu une petite entreprise. Tous les jours, je recevais le plombier, le serrurier, l'électricien, j'achetai un lit, une machine à laver la vaisselle, un lave-linge, la cuisinière, les draps, les coussins, les armoires, les luminaires, les tapis, la vaisselle... en me demandant par quel mystère, après avoir achevé ma transformation en homme amoureux, j'étais devenue femme au foyer.

Lorsque Jérôme rentrait de ses voyages d'affaires, fatigué et heureux, je l'accueillais plutôt sèchement. Je découvrais l'envers du décor de la révolution féministe. Bien entendu, je pouvais ouvrir un compte en banque sans l'autorisation de mon mari. J'étais indépendante financièrement, mais pour être homme, je n'en étais pas moins femme. Mon mari était un homme paresseux. Il ne faisait jamais les courses, ne

descendait pas les poubelles, ne faisait pas la cuis
ne s'occupait même pas d'inviter ses propres am
nos dîners. Il voulait bien partir en voyage, mais
n'avait pas le temps de prendre les billets d'avion, ni
de réserver un hôtel. C'était moi qui organisais les
vacances, faisais son linge, la cuisine et même l'amour,
parce que Jérôme, le soir, était bien fatigué. J'avais
voulu l'égalité. Je me retrouvais clairement au-dessus
en ce qui concernait l'argent et le pouvoir, et au-
dessous pour l'esclavage domestique.

Un soir, alors qu'il était rentré tard, je lui dis que
j'étais à bout. Je ne faisais plus mon travail, je perdais
mon temps à emménager, je ne le voyais plus.
À trente-trois ans, nous vivions comme un couple de
quinquagénaires. Nous étions passés de la tendresse à
la connivence, presque à l'indifférence. Où était-il, le
fameux regard de l'amour, celui qui rend heureux de
regarder l'autre ?

Après trois ans de vie commune, surchargé de travail, il n'avait plus une minute à me consacrer. Il ne
me regardait plus lorsque je quittais la pièce. Les
journées commençaient à paraître insipides. Nous
étions devenus familiers, lui et moi. J'étais sa chose,
son meuble, sa propriété. Je me réveillais déprimée,
avec une sorte de vague à l'âme, une envie de changer
de ville, de pays, d'air, et le sentiment qu'il ne se passait rien dans ma vie. Un soir, nous allâmes dîner au
restaurant. Jérôme avait une passion pour la nourriture. Il disait souvent, pour rire, qu'il préférait une
bonne table à une bonne femme – mais, comme toute
plaisanterie, cette phrase révélait ce qu'il pensait profondément.

— Tu vois, c'est pas drôle de dîner avec toi, dit-il lorsque je passai ma commande. Je connais des filles qui prennent entrée, plat et dessert. Ça, c'est des filles qui aiment la vie ! Toi, tu ne sais pas apprécier ce qui est bon.

— Veux-tu qu'on partage une entrée ?

— Non, j'ai une faim de loup.

— Alors je t'accompagne.

— Mais non, ne te force pas. Ce n'est pas ta nature, de toute façon.

Devant le serveur, je me suis sentie rougir. Je me suis dit : Ça, c'est une désacralisation, calmement, inexorablement, comme le début d'une tragédie, d'un destin, le début de la fin.

Le lendemain, aussitôt après le repas, il s'endormit sur le canapé du salon. J'étais anéantie. Quelque chose n'allait plus, je n'arrivais pas à comprendre ce que c'était. Je le réveillai, tentai de lui parler.

— Qu'y a-t-il ?

— Je suis déprimée, dis-je.

— Viens ma puce, répondit-il, viens dans mes bras. Tu es déprimée ?

— Oui.

— Je sais pourquoi.

— Pourquoi ?

— Tu es déprimée parce que tu veux un enfant.

Mais bien sûr, mon mari avait raison ! Parce que j'avais lu *L'Amour en plus* d'Élisabeth Badinter, je n'y avais jamais pensé ; je me disais que l'instinct maternel n'existait pas, que je n'avais aucun goût pour pouponner, que ce qui m'importait dans la vie c'était de me consacrer à ma carrière et à l'amour.

Jérôme avait raison : il me fallait un enfant ! [...] d'un coup, je songeai avec intensité à cette mater- nité : un petit bébé dans un moïse rose ou bleu, sou- riait aux anges ; mon mari, en jean et tee-shirt mou- lant, le changerait et le sortirait au parc, pendant que je travaillerais. Plus j'y pensais, plus ce désir s'enraci- nait en moi, indépendamment de la réalité de mon couple. Il balaya la réalité de ma vie sans que je m'en aperçoive. J'étais l'objet de mes pulsions. Elles m'entraînaient où elles le voulaient, je ne faisais que les regarder en essayant de lutter contre elles pour reprendre possession de ma vie – mais sans y parvenir jamais.

Une nuit, je fis un rêve. C'était mon enfant qui nais- sait, qui sortait de moi, une fille ; on me la posait sur le ventre, elle avait des poils partout, de grosses jambes velues comme celles de mon mari, elle n'était pas belle, et elle était née avec des lunettes fumées, des lunettes d'aviateur comme celles de Jacques Dutronc.

Après neuf mois de gestation, dont quatre mois d'immobilisation, je donnai naissance, non pas à une fille mais à deux petits garçons, qui ne ressemblaient pas à Jacques Dutronc mais à mon mari et à moi. Des faux jumeaux. Max était le portrait de son père, avec ses yeux clairs et ses cheveux, et Sacha avait mon regard sombre, mon teint pâle et mon sourire. Je fus alors propulsée dans un monde nouveau, envahi de paquets de couches, de layette, de nuits d'insomnie, de petits pots, de purées, de hurlements, de chuchotements et aussi d'éclats de rire parmi les pleurs.

Pendant ce temps, Jérôme se faisait de plus en plus rare à la maison. Je ne comprenais plus rien. Les choses n'étaient pas censées se passer ainsi. N'était-il pas convenu que les pères changent les couches en jean et en tee-shirt moulant, et promènent leurs enfants dans les parcs et les jardins publics ?

Soudain, nous fûmes en guerre. Chacun luttait pour passer les enfants à l'autre et se préserver du temps bien à lui. Il n'y avait plus de complicité entre nous, pas même un rapport fraternel. Au moindre pleur, nous nous regardions comme chien et chat. Incapables de nous retrouver, nous n'avions plus envie de partir ensemble, d'être seuls et amoureux dans de beaux endroits. Était-ce une fatalité ? Qu'était devenue la magie du commencement ? Et le respect ? Et l'amour ? Et les battements de cœur à l'idée de se voir ? Où donc était Venise ?

Je compris peu à peu que cette relation me détruisait de l'intérieur. Je perdais mes idéaux. J'étais lasse, j'en avais marre de tout. Je n'arrivais pas à dormir. À l'aube d'une nuit d'insomnie, j'envoyai à Jérôme une photo de nous sur la lagune, assortie d'un texto : pendant un mois, il pourrait aller à l'hôtel, et dès lors essayer de me reconquérir, m'inviter au restaurant, venir me chercher – tout plutôt que cet enfer domestique et ces disputes incessantes pour des questions de tâches ménagères ; ces petits riens de la vie quotidienne qui ruinent le couple.

Venise ? Huit ans de mariage et deux enfants plus tard, nous ne nous touchions plus, ne nous parlions plus, nous étions devenus les colocataires d'un appartement où nous élevions les enfants tant bien que mal, en essayant de ne pas leur faire porter le poids du désamour qui nous consumait. Nos disputes étaient de plus en plus violentes. Des sujets tels que les parents, l'argent, le sexe, les enfants, la famille, la musique, le travail déchaînaient notre rage. Bref, il ne restait pas beaucoup de sujets de discussion.

Je pensais souvent au divorce, sans oser sauter le pas. Puis vint ce fameux jour où je découvris la face cachée de mon mari, le jour du *pocket call*, celui où je découvris les SMS, la boîte de Cialis, les sites de rencontre et les messages sur Facebook.

Il y eut encore un an de désamour, de mensonges et de haine, et il y eut ce jour où, l'idée ayant fait son chemin, par une âpre évidence, je décidai d'en finir avec mon couple. Fin de la saga. Stop.

Telle était l'histoire. Si je devais en faire le pitch, je dirais ceci : j'ai rencontré un homme. Je suis tombée amoureuse de lui, nous nous sommes mariés, nous avons eu des enfants. Aujourd'hui, cet homme est devenu mon pire ennemi.

Pendant le long moment où je narrai mes mésaventures à la coach, je sanglotais. Quand je me tus, elle s'étonna que j'aie tenu aussi longtemps. Puis elle ajouta :

— Lorsque vous raconterez votre histoire au juge, regardez-le droit dans les yeux.

Et elle leva la séance.

8

Joanna Feltis.

À peine inscrite sur Facebook, qui je retrouve ?
Que deviens-tu ? Où en est ta vie, depuis tout ce
temps ? Cela me ferait plaisir d'avoir de tes nouvelles !

Bises,

Jo.

Jérôme Portal.

Salut ma belle,

Quelle joie d'avoir de tes nouvelles.

Je vis à Paris, j'ai deux enfants que j'adore, j'ai
une start-up dans le e-commerce, je travaille dur,
voilà où j'en suis.

Et toi, que deviens-tu ?

Joanna Feltis.

Entre New York, Shanghai et Paris, je voyage
beaucoup, j'ai une vie compliquée mais je suis
super-heureuse ! Je ne t'imagine pas du tout papa !
Et la mère des enfants, toujours dans le paysage ?
As-tu refait du saut à l'élastique ?

Jérôme Portal.

Oui, tous les jours. Le saut à l'élastique, c'est ma vie en ce moment. Je suis au bord du divorce mais je tiens bon à cause des enfants.

Pianotant sur mon clavier, j'avais le cœur qui battait très fort. Il avait mordu à l'appât ! Il était dans la pièce d'à côté ; il croyait écrire à une ex, et j'étais assise devant mon bureau, dans ma chambre à coucher, à contempler ce mail sans oser y croire. D'emblée, Jérôme lui signifiait qu'il était libre, qu'il n'aimait plus sa femme, qu'il restait avec elle à cause des enfants. Au moins, c'était écrit ! Il ne m'avouait jamais explicitement qu'il restait à cause des enfants. Dans les moments où il savait que je n'en pouvais plus, il affirmait même le contraire : il restait parce qu'il m'aimait, parce qu'il éprouvait, disait-il, l'envie de reconstruire quelque chose avec moi. Où était la vérité et où était le mensonge ?

Menteur, enjoliveur ! Ainsi donc, il changeait d'opinion, d'attitude, de sentiment en fonction de son interlocuteur. Lequel de ces personnages était-il vraiment ? La technologie moderne débusquait enfin tous ses mensonges. Grâce à elle, j'entrais dans le monde du vrai, du réel, victoire paradoxale des mondes virtuels. Autrefois, les gens mentaient, mais en faisant bien attention, ils ne laissaient pas de preuve. Aujourd'hui, les preuves sont partout : les ordinateurs, les téléphones portables, les agendas électroniques sont des mouchards quotidiens, des traceurs qui colportent toutes les données de nos vies. Auparavant, le mensonge maintenait l'équilibre des couples, préservait la vie des enfants et l'orgueil des femmes. Aujourd'hui, il n'y a plus aucune place pour lui. Nous sommes dans l'époque de la traçabilité et du retour de l'écrit. Tout est gardé, consigné, documenté. On peut brûler les papiers, on peut perdre un ordinateur, mais on ne peut jamais effacer le virtuel. Le virtuel, c'est le réel. C'est donc une époque d'espionnage que la nôtre. D'où l'importance prise par la téléréalité : les gens adorent observer, rentrer dans l'univers intime des autres, parce que c'est possible. Avant l'ère des portables, nous vivions dans un monde de faux-semblants, nous voilà dans l'ère du vrai. Avant l'ère technologique, les petites et les grandes infidélités, les trahisons passaient comme des lettres à la poste. Mais depuis qu'il n'y a plus de lettre à la poste, c'est devenu impossible. Nous sommes dans le temps de la surveillance, traqués par nos portables, pourchassés dans nos moindres faits et gestes, et à moins de maîtriser parfaitement l'outil qui a envahi notre quotidien le plus intime, il est devenu presque impossible de mentir à son conjoint. Les comptes se piratent, les boîtes vocales, gardiennes des secrets les plus compromettants, s'écoutent, les portables conservent les traces de tous nos coups de fil et l'on peut suivre précisément la journée de chacun à travers le déroulé de ses SMS. Les outils technologiques sont des révélateurs de nos vies, les indicateurs qui pistent nos pas. Jamais il n'avait été possible de connaître aussi bien son prochain. À présent, nous le pouvons. Et c'est pire que ce que nous pressentions.

Joanna Feltis.

Je pense souvent à toi sans comprendre vraiment pourquoi on s'est séparés…

J'attendis quelques instants, le cœur battant. Je voulais savoir pour quelle raison Jérôme avait rompu avec Joanna. Qu'est-ce qui s'était passé ? Il ne répondait pas. Je me mordis les lèvres. Étais-je allée trop loin ? Il réfléchissait ? Que faisait-il ? Le bruit de la chasse d'eau apporta une réponse opportune à mon interrogation. Le message finit par arriver, quelques minutes plus tard.

Jérôme Portal.
Où as-tu fait des sauts ?

Où, en effet. Où fait-on du saut ? Je n'en avais pas la moindre idée, il fallait que je me documente sur le sujet. Je consultai sur Internet « saut à l'élastique », et je relevai en vitesse les endroits concernés par la question.

Joanna Feltis.
Le saut, c'est génial en Australie, dans le Grand Canyon, en Nouvelle-Calédonie ou en Afrique du Sud.

Cela ressemblait à un catalogue de vacances sportives. J'enlevai l'Afrique du Sud, et ajoutai, pour le flatter :

Dans le Grand Canyon, c'était une des expériences les plus folles de ma vie. Avec cette année passée avec toi.

Non, c'était trop. J'enlevai la dernière phrase et j'envoyai.

Jérôme Portal.
Justement, je pars à Marseille la semaine prochaine. J'aimerais bien en profiter pour faire un saut ou deux dans le Sud.

Je l'entendis qui se levait. Je me déconnectai aussitôt, alors que ses pas résonnaient dans le couloir.

Il arriva dans ma chambre, sans un sourire. On sentait que sortir de son antre et se retrouver chez lui, chez nous, l'angoissait, lui tordait le ventre. Il était fou de joie de voir ses enfants – quelle pitié que sa femme fût à leurs côtés. Il avait toutes les raisons du monde pour me fuir. Son travail, son surmenage, ses déplacements, puis chez lui, l'ordinateur, son bureau, cette chambre aux relents infernaux où il se terrait. Dès qu'il arrivait, il s'y enfermait. Tel le héros de Maurice G. Dantec, Andréas Schaltmann, il aurait pu évoluer vingt ans dans ses détritus, voire toute une vie. Cela faisait désormais deux ans qu'il n'avait plus de rapports avec sa femme, mais pour lui, ce n'était pas une raison pour divorcer. Il fallait faire croire, et se faire croire, qu'il avait une famille, un couple, une histoire.

Il avait certes tout fait, tout essayé pour me faire partir ; et moi, pour des raisons mystérieuses, je m'accrochais à lui. Comme la coach, je me demandais à présent comment je faisais pour tenir. Et aussi comment nous faisions pour vivre ainsi, en horde, comme un troupeau de mammifères qui restent ensemble parce qu'ils ont décidé de se reproduire.

— Les enfants dorment déjà ?

— Je les ai mis au lit à huit heures, et c'est beaucoup mieux car ils sont moins fatigués le lendemain, ils ne rentrent pas épuisés de l'école.

— Ça s'est bien passé l'endormissement ?

— Comme d'habitude.

— Ma mère est à Paris. Elle viendra les chercher demain.

— Non, je les emmène chez le pédiatre.

— Pourquoi il faut toujours que tu te mettes en opposition avec moi ?

— Allons, allons. Je te dis que j'ai rendez-vous chez le pédiatre.

— Tu ne veux pas que ma mère prenne les enfants, c'est ça ?

— Non, cela ne me dérange pas du tout qu'elle prenne les enfants, au contraire.

— Au contraire ! Quelle hypocrisie ! Tu ne peux pas supporter ma mère.

— C'est toi qui ne supportes pas la mienne, je te le signale.

— Tu es la reine des perverses ! On ne peut rien te dire ! Tu es dans un délire d'aliénation parentale.

— Un délire d'aliénation parentale ?!

— Tu ne supportes pas qu'un autre que toi s'occupe des enfants. Et pourtant, tu ne supportes pas non plus de t'en occuper... Tu veux que je te dise ? Je n'aime pas te voir avec les enfants. C'est une souffrance pour moi. Tu ne sais pas jouer avec eux, tu ne fais que hurler. Tu devrais te regarder, parfois.

— Si tu m'aidais un peu, peut-être que je serais moins énervée, non ? Tu n'es jamais là.

— Oui, d'ailleurs, tu n'as pas oublié que je pars à Marseille. Je vais avoir deux jours de travail intense pour préparer ma réunion avec le fonds d'investissement.

— Tu me prends vraiment pour une imbécile.

— Je ne veux pas entendre parler de tes problèmes d'ego. Tu devrais aller traiter ça chez ta psy. Demain soir, tu seras là pour les garder ? Je dois sortir.

— Oui, demain je suis là. Tu peux les déposer à l'école ?

— Non, j'ai un rendez-vous.

— J'en ai marre, Jérôme.

— De quoi ?

Un blanc. Nous nous regardions, sans savoir quoi dire. En fait, il n'y avait plus grand-chose à dire. À part que nous n'étions plus un couple. Et à peine des parents.

— De les déposer en bus à l'école.

Je pris un bain, mis mon pyjama, me glissai dans mon lit, m'endormis en position fœtale, en pensant au ravage de ma vie, terrorisée par l'avenir.

J'avais mis mon réveil à trois heures du matin. Je me faufilai hors de ma chambre, passai dans le salon pour vérifier qu'il était assoupi. En effet, il ronflait. À côté de lui, sur la table basse, dormait son téléphone portable, en mode veille. Je le pris, puis, à pas de loup, je me glissai vers la salle de bains et composai son code. J'ouvris la boîte à SMS, mais rien. Depuis qu'il avait changé de téléphone, c'était encore plus simple d'accès et on trouvait le traçage de toutes les conversations depuis la première jusqu'à la dernière. Mais il avait tout supprimé. Cependant mon regard fut attiré par une petite icône dessinant une poubelle : je l'ouvris. Elle contenait tous les SMS supprimés. Il n'avait pas vidé la corbeille de son Nokia !

C'est alors que je vis un SMS de « Vanessa ». Il voyait donc toujours cette fille !

« Demain soir, c'est bon pour toi ? »
« Demain, rendez-vous au Pershing Hall. Emporte ce qu'il faut. »

De rage, de désespoir, et par soif de vengeance, je me glissai vers son bureau, que j'ouvris d'un tour de clef. Je fouillai son blouson, y trouvai sa carte bleue, dont je notai le numéro complet, y compris la date d'expiration, et les trois chiffres du dos, qui permettaient de conclure les achats.

Jusque tard dans la nuit, je fis un ravage avec sa carte Visa sur Internet : l'acquisition d'un ordinateur, d'une imprimante, d'un scanner, des courses sur Telemarket – j'en profitai pour commander du vin, et trois caisses de bouteilles de champagne –, des albums sur iTunes. Sur le site de Sephora, je pris du maquillage, de la poudre, du mascara, du parfum de chez Guerlain et de la crème StriVectin qui coûte 135 euros le tube : tout ce que je n'avais jamais osé m'acheter. Sur un site de lingerie, je m'achetai pour

1 000 euros de dessous. À bout de courses, et de souffle, comme je ne me sentais pas encore tout à fait calmée, je tentai d'acquérir un iPod sur Pixmania mais le site exigeait une vérification d'identité. Découragée et pixélisée, je décidai de m'arrêter, à cause de la fatigue, et je m'endormis du sommeil du juste, en murmurant : « Il n'y a pas de vol entre époux. »

9

Le lendemain, je me réveillai brutalement. J'étais en nage. Mes draps étaient trempés. Des voix avaient résonné toute la nuit dans mon esprit : « En attendant, allez voir mon coach », « Je veux divorcer », « Vous devez me raconter votre histoire, je veux dire, l'histoire de votre couple », « Tu peux garder les enfants demain soir ? », « Demain soir, c'est bon pour toi ? »

Je me mis à pleurer, comme si je sortais d'un cauchemar.

Se rencontrer, s'aimer, partir en voyage ensemble, faire l'amour, se marier, avoir des enfants pour aboutir à un pathétique courriel derrière une porte fermée à clef : c'est donc si minable que ça, l'amour ?

Parmi toutes les chansons qui parlent d'amour, aucune ne dit la vérité. La vérité, c'est que le mariage est une hypocrisie sociale, que l'amour est une illusion romantique, que les enfants, loin de souder les couples, en sont les fossoyeurs, que les hommes trompent leur femme, avant de s'en défaire lorsqu'elle prend de l'âge, du poids ou des enfants, ou les trois, avec des temps d'attente plus ou moins longs, selon les individus. La vérité, c'est qu'on commence par s'aimer, par se livrer entièrement, âme, corps et biens, et qu'on finit dans un bureau fermé à clef où s'accumulent les preuves et les documents de la trahison, de la rancœur, du mépris et de la haine. Il n'y a pas de vol ni d'effraction entre époux. En revanche, entre époux, il y a : tromperie, manipulation, mensonges et abus.

Comme le petit cochon, j'avais bâti ma maison avec de la paille et le loup venait d'y mettre le feu. À moins que ce ne fût moi, le loup, et lui, le porc : en cherchant à connaître la vie secrète de ce petit cochon qui vivait sous mon toit, j'avais dynamité ma demeure. Je m'en voulais d'avoir choisi cet homme. Je culpabilisais d'avoir gâché ma vie avec lui et d'avoir donné un tel père à mes enfants. Je repensai à ce moment où nous nous étions rencontrés, dans le train, où nous avions parlé, pendant quatre heures, lorsqu'il mâchait un chewing-gum. Il le faisait calmement, doucement, d'une façon un peu trop maîtrisée peut-être ? Ce que je prenais pour de l'élégance n'était peut-être qu'un manque d'énergie, de passion, d'appétit sexuel. En fait, il le mâchait sans conviction, ce chewing-gum. À la fin, c'était moi qui lui avais proposé de prendre mon numéro. Il allait partir, sans doute, sans me le demander. En tout cas, c'est ce que je m'étais imaginé. Alors, d'une façon un peu trop rapide, je le lui avais proposé. Cela ne se fait pas quand on est une fille. Maud avait raison : il ne faut jamais pourchasser un homme.

Mais il y avait les enfants. Au moins eux avaient été conçus dans l'amour. C'était ma seule consolation.

Les enfants : comment leur dire, comment annoncer ? Et surtout, comment me séparer d'eux ?

Fébrile, je composai le numéro de mon avocate.

— N'envoyez pas l'assignation, dis-je.

— Pourquoi pas ?

— Je ne peux pas, dis-je, je n'en suis pas capable. Un silence.

— Ne me dites pas que vous l'aimez toujours ?

— Non, ce n'est pas ça… Je ne l'aime plus… plus du tout.

— J'ai lu le rapport de mon coach. Vous êtes sous emprise, dit-elle. Je ne vous laisse pas le choix. Je l'envoie.

Sur ces entrefaites, elle me raccrocha au nez.

J'étais éberluée. Je tentai de recomposer le numéro, et brusquement, j'arrêtai.

J'étais bouleversée, mais aussi vaguement soulagée qu'elle ait tranché à ma place. Pour moi, c'était une décision impossible à prendre : celle de ravager la vie de mes enfants, celle de voir à jamais leur espoir brisé, leur conception de l'amour et du couple saccagée, leur idéal à jamais piétiné. Celle de se dire qu'on s'est trompée, qu'on a choisi le mauvais époux, le mauvais père, le mauvais homme. Celle de comprendre que l'amour n'est qu'une illusion, une névrose, une anecdote estivale. Je ne pouvais tout simplement pas l'assumer. J'étais épatée qu'elle l'ait compris et qu'elle ait décidé de faire le sale boulot à ma place. Entre moi et moi-même, cela changeait tout. Cela m'exonérait.

Je retrouvai une chanteuse au Zic Zinc pour travailler avec elle. Dondon, le patron du bar, nous accueillit, avec son chien à l'air débonnaire. Je ne sais pourquoi nous en vînmes à parler des Beatles. Il me semblait qu'ils étaient restés ensemble pendant longtemps, mais, si on y regardait de près, ils s'étaient séparés à jamais au bout de huit ans. Comme un couple. Trois ans, sept ans, vingt-cinq ans, sont les trois grandes crises. Celle de trois ans est la fin de la passion physique, celle de sept ans est la fin de l'amour, et la dernière, celle de vingt-cinq ans la plus dure, la plus terrible, la plus sanglante est la fin de la famille, lorsque les enfants grandissent et qu'il ne reste vraiment plus rien.

La séance de travail se solda par un échec. Je ne trouvais pas mes mots. J'aurais aimé écrire, être inspirée, légère, mais je n'y arrivais pas. J'étais incapable de penser à autre chose qu'à mon divorce.

Écrire un texte pour une chanson, c'est un peu comme écrire un poème, sauf qu'il faut tenir compte de la musique et de la prononciation, ajouter des syllabes, en enlever, jouer avec les mots comme des outils sonores, des instruments de musique, et trouver l'alchimie improbable du son et du sens. Parfois, avec les chanteurs, on écoutait la musique, d'autres fois on partait du texte. Le moment magique, c'est quand les mots se posent sur le son, dans une parfaite évidence, comme s'ils traduisaient la mélodie. Lorsque la mélodie raconte une histoire, il suffit de la composer. Lorsque les mots forment une musique, il suffit de l'écrire. Et bien sûr, tout est une question d'inspiration, d'humeur et d'envie : une définition de la poésie.

L'après-midi, j'allai chercher les enfants à l'école. Je les attrapai en hâte, leur enfilai leurs bonnets et manteaux, sans même saluer la maîtresse. « Maîtresse » : je ne voulais plus entendre ce mot. Je les emmenai chez le pédiatre. Je patientai dans la salle d'attente, en regardant mes enfants se disputer. J'étais tellement vexée que je ne supportais plus leurs cris, leurs caprices, tout me pesait.

Le soir, dans un énervement extrême, je leur donnai le bain, je leur fis à manger, je les mis au lit, avec le souhait secret de me débarrasser de la trop lourde tâche d'être mère. Bien sûr, comme ils sentaient mon angoisse, ils étaient eux-mêmes agités. Max s'agrippa à moi, l'air affolé, alors que Sacha me regardait sans comprendre. Où est Papa ? demandèrent-ils. Papa est au travail. Alors que je voulais dire : Papa est avec sa maîtresse. Comme vous, oui. Sauf que sa maîtresse, c'est elle qui reçoit des fessées. Mais je ne pouvais rien dire, je pouvais juste me taire. Je ne voulais pas détruire l'image paternelle. Mais comment me taire alors que je respirais comme une bête traquée ?

Je me couchai enfin. Impossible de fermer l'œil. Je me sentais bafouée, méprisée, détruite. Je ne comprenais pas comment j'en étais arrivée là. Pourquoi n'avais-je pas vu le vrai visage de Jérôme ? Comment m'étais-je laissé abuser ? Par quel chemin étais-je passée pour concevoir des enfants avec lui ?

J'avais l'impression de me retrouver dans un songe qui avait tourné au mauvais rêve. Seule dans mon lit, mon lit à deux places, dans notre chambre qui était devenue ma chambre, je broyais des idées noires, toujours les mêmes, dans une répétition infernale.

J'étais damnée.

10

À deux heures du matin, j'allumai mon ordinateur et me connectai à Facebook : un message de Jérôme m'attendait – plutôt attendait mon avatar, Joanna Feltis.

Jérôme Portal.
Et toi, Jo, où en es-tu ?

Joanna Feltis.
Salut Jérôme, je suis dans le même état d'esprit que toi... Peut-être que c'est du désespoir, après tout ! La seule réponse : un peu de légèreté, ça fait du bien, la vie m'a appris ça ! Vivre dans l'instant, le moment présent, en esthète, profiter de la beauté des choses et des êtres, sans penser au lendemain. Voilà mon credo !

Jérôme Portal.
Comme je te comprends... Je suis moi-même en pleine exploration de ma capacité à être libre. Pas évident, de se libérer de ses chaînes. Mais quelle ivresse aussi, n'est-ce pas ?

Joanna Feltis.

Je sens bien la libération ! Mais quelles sont tes chaînes ?

Jérôme Portal.

C'est ma femme. Elle est insupportable. C'est une guerrière, elle ne cherche que le conflit. Au début, je ne disais rien pour avoir la paix. Mais maintenant, je n'en peux plus. Je me rends compte que j'ai épousé une vraie hystérique.

Joanna Feltis.

Tu veux te séparer d'elle ?

Jérôme Portal.

Les enfants compliquent les choses, c'est difficile de tout arrêter et de la jeter par la fenêtre.

Joanna Feltis.

Ça m'a l'air violent votre histoire !

Pas besoin de jeter son conjoint par la fenêtre, le divorce ça existe, quand ça va très mal ! Tu ne voudrais pas essayer de changer, d'arranger un peu les choses, de faire un pas vers elle pour la comprendre ou essayer de vous rapprocher ?

Jérôme Portal.

J'en ai marre de venir vers elle avec mon romantisme, mon idéalisme, et de ne rien recevoir en retour que ses sarcasmes. Elle ne veut pas m'épargner, ni épargner les enfants, de toute façon.

Joanna Feltis.

Tu…

J'entendis ses pas dans le couloir. Il passa devant ma porte. J'eus juste le temps de mettre l'ordinateur en veille.

— Tu fais quoi ? dit-il, surpris de me voir assise les yeux rivés à un écran vide.

— C'était bien ta soirée ? lançai-je.

— Oui. Une soirée de copains.

— Tout ça n'a pas beaucoup de sens, n'est-ce pas, Jérôme ? On ne se voit plus, on ne se touche plus, tu me trompes, tu me mens.

— De quoi parles-tu ? Tu es paranoïaque, ma pauvre.

— On n'a plus rien en commun, répétai-je. Tu me fuis, tu ne t'intéresses plus à moi. À quoi ça sert ?

— Je ne m'intéresse plus à toi ? Tu sais pourquoi ? dit-il en s'énervant soudain.

Son regard était trouble, il avait l'air d'avoir bu.

— Parce que tu es inintéressante, ma pauvre. Depuis la naissance des enfants, tu t'es transformée en vraie harpie. Tu m'accueilles avec des reproches, tu ne me parles que de couches et de plombier. Les seuls livres que tu ouvres, ce sont ceux de Laurence Pernoud, *J'attends un enfant*, et puis *J'élève mon enfant* ; le prochain, ce sera : *Mon enfant a quitté la maison* ? Pauvre fille !

— Tu vois, tu n'as plus aucun respect pour moi. On dirait que je te dégoûte. Tu te branles devant des films porno et tu as une maîtresse !

— S'il te plaît, surveille un peu ton vocabulaire ! Tu vois, je te parle avec sincérité, et toi, il faut toujours que tu ironises, que tu me dévalorises.

— Et toi ? Que fais-tu pour moi ? Tu crois que tu me rends heureuse ? Moi aussi, j'ai beaucoup souffert avec toi, il a fallu que je me protège. J'ai trente-neuf ans, je suis encore jeune.

— Et alors, ça veut dire quoi tout ton laïus ?

— Ça veut dire que je ne crois pas qu'on puisse continuer pendant vingt ans comme ça ; ça ne marchera pas. Je te l'ai dit l'autre jour, je veux divorcer.

Il y eut un silence. Puis j'entendis, à ma stupéfaction :

— Le divorce, c'est comme le mariage. Il faut être deux. Et je ne suis pas d'accord. De toute façon, tu n'en es pas capable. Tu te vois toute seule ? Moi ce qui m'intéresse, ce n'est pas le passé, c'est le futur, c'est ce qu'on va construire maintenant, toi et moi. Si tu es restée tout ce temps, Agathe, ce n'est pas pour les enfants. C'est parce que tu m'aimes. Avoue-le !

— Tu crois que tu me connais, dis-je. Tu crois que tu sais mieux que moi ce que je vis et ce que je ressens. Mon pauvre ! Tu n'as pas idée de qui je suis, tu n'as pas idée de ce qu'est ma vie.

En le regardant droit dans les yeux, je lui répétai, distinctement :

— Tu n'as pas idée de qui je suis.

— Je sais exactement qui tu es, dit-il, péremptoire. Je suis le seul à te connaître vraiment. Je suis celui qui te connaît le mieux.

Il ne voulait pas voir. Il ne voulait pas savoir. Il ne voulait pas comprendre. C'était comme lorsque j'avais demandé à mon fils de me dessiner, et qu'il avait fait un rond avec un cheveu dressé sur la tête, et des bras autour du crâne. C'était ainsi que mon mari me voyait, et voyait la vie. Comme un rond avec un cheveu dressé sur la tête, deux bras et c'est tout.

— Si seulement tu étais capable de m'aimer. Si seulement tu étais capable d'aimer.

Il se leva, soudain énervé.

— Tu sais quoi ? Tu n'es pas heureuse avec moi, tu es la mère de mes enfants, j'ai de l'estime pour toi mais je ne te rends pas heureuse, trouve-toi un autre homme, va vivre avec lui, et on divorce, OK ?

Quoi, c'était tout ce qu'il était capable de dire ? Il ne faisait aucune tentative pour me reconquérir, pour m'aider, pour m'aimer, pour me rasséréner. Il bâilla ostensiblement, et en ce moment même où je pensais qu'il avait commis le pire envers moi, la plus exécrable trahison, je constatai que c'était faux, c'était maintenant le pire : se coucher et s'endormir tranquillement, dans le salon, alors que nous étions en train de divorcer.

Je me mis à sangloter. Je pensai à mes fils, bientôt séparés, écartelés entre deux mondes, deux vies, deux foyers, mes fils sur le pas de la porte avec leurs sacs, en train de me dire au revoir, le vendredi. Au moment où elle se refermerait sur eux, je me laisserais glisser le long de cette porte, avec l'envie de mourir.

Je pensai aux petits dans mes bras, qui s'accrocheraient à moi, comme des bateaux amarrés sur une mer démontée ; et je savais que c'était moi leur rivage, leur univers. Jour après jour, ils apprenaient l'indépendance, ils se forgeaient leur personnalité, ils avaient besoin du sol sous leurs pieds pour prendre force, et le sol, c'était moi. Comme lorsqu'ils étaient dans mon ventre et qu'ils me cognaient de leurs pieds minuscules.

Je n'arrêtais pas de pleurer alors que Jérôme me regardait, sans rien faire. Que nous était-il arrivé ?

J'entendis Sacha qui sanglotait.

Je quittai le salon, rentrai dans sa chambre et le pris dans mes bras.

— Qu'est-ce qu'il y a, chéri ?

— L'Amour se quitte ! dit-il. L'Amour se quitte !

— Mais non, l'Amour ne se quitte pas. Les gens se quittent, mais l'Amour reste. Tu as fait un mauvais rêve.

Je le recouchai, le bordai et lui donnai un baiser.

— Reste avec moi, maman.

J'allai chercher mon ordinateur et m'installai sur son lit, en attendant qu'il se rendorme. Je me connectai à Facebook, où un message de Jérôme attendait mon avatar.

Jérôme Portal.
Et toi Jo, qu'est-ce que tu fais en ce moment ?

Joanna Feltis.
Je suis à Shanghai. 18 millions d'habitants, 5 000 tours, 120 gratte-ciel. De la fenêtre de mon hôtel, j'ai une vue sublime sur le Pudong. Je m'éclate !

Jérôme Portal.
C'est génial ! Tu sors un peu la nuit ?

Joanna Feltis.

Je n'arrête pas ! Je danse, je fais la fête, j'en suis épuisée ! C'est une ville qu'il faut explorer la nuit. Les accros de la fête et de la boisson peuvent sortir tous les soirs sans problème et même en semaine. Le Bar Rouge, 7F, Zhongshan Dong Yi Road, 18 200002 Shanghai, Le Mao, Yueyang Lu, 46 18200003 Shanghai.

Jérôme Portal.

Merci pour les adresses, mais je ne pense pas y aller ce soir. Je suis chez moi. Je viens encore de me disputer avec ma femme.

Joanna Feltis.

Tu as peur de divorcer, on dirait ?

Jérôme Portal.

Oui, j'ai peur pour les enfants, je ne crois pas que ma femme soit capable de divorcer, quand la séparation se précise, elle devient une vraie serpillière. J'ai peur d'imaginer mes enfants avec elle, je crois que ça me terrifie plus que tout.

Joanna Feltis.

Mais tu t'es marié avec un sacré boulet ! Tu n'as vraiment pas de chance ! Tu dois être déprimé.

Jérôme Portal.

Non, pas du tout, je suis très en forme. En pleine crise de la quarantaine. Je vis une seconde adolescence, et je croque tout ce qui bouge !

Joanna Feltis.

Je dois te laisser, j'ai rendez-vous au Zapata Bar. Le mercredi, c'est la Ladies Night. La clientèle du bar est principalement composée d'expats avec un bon tiers de cinquantenaires accompagnés par de jeunes Asiatiques.

Jérôme Portal.

OK, amuse-toi bien.

À plus.

Je l'entendis sortir de son bureau. Le bruit de la clef dans la serrure me fit sourire : il pensait qu'il gardait toute sa vie cachée. Il ne savait pas que j'en avais la clef ; et il ignorait que je n'en avais même pas besoin pour y accéder.

Il se rendit aux toilettes, à la salle de bains, puis il traversa le couloir pour aller se coucher sur le canapé du salon. Je déconnectai mon ordinateur, en pensant non sans satisfaction que j'avais réussi à nouer une relation avec lui, que je commençais à en savoir un peu plus sur lui, même si j'ignorais toujours la raison pour laquelle il avait rompu avec Joanna, et que j'avais la preuve juridique de son infidélité.

Et aussi, que j'étais seule. Totalement, profondément, désespérément seule.

11

Ce jour-là, c'était le jour de mon anniversaire.

Pendant des mois, je m'étais demandé si j'allais célébrer mes quarante ans. On m'avait parlé d'une femme à qui le mari avait organisé une fête en plein désert avec tous ses proches, qui apparurent autour d'elle vers minuit comme par magie. Une autre, du même âge que moi, avait pris rendez-vous avec une dermatologue pour combler ses rides avec du Botox. Quant à moi, j'avais commencé à faire des listes d'amis à inviter. Mais je me rendis compte à cette occasion que je n'en avais que deux ou trois tout au plus. Les autres, je n'avais vraiment pas envie de les voir. Quarante ans : un couple détruit, des enfants adorables mais épuisants, beaucoup d'amis mais peu d'amis, une famille bizarrement distante depuis que je parlais de séparation.

J'avais eu un déjeuner familial, avec mes parents, ma sœur, Laura, mon beau-frère et leurs enfants. Nous avions l'habitude de fêter nos anniversaires dans un petit restaurant de la rue des Rosiers, où l'on servait de la cuisine traditionnelle. Ma famille savait que je ne m'entendais plus avec Jérôme. J'étais suffisamment proche de Laura pour la tenir au courant de toutes mes disputes avec mon mari, mais j'épargnais les détails à mes parents, pour ne pas les inquiéter. Le jour de mes quarante ans, il était absent. Je ne pouvais plus mentir. Je ne savais pas comment leur dire, comment leur annoncer la nouvelle. Ce fut Laura qui posa la question en premier.

— Jérôme n'est pas venu ?

— J'ai demandé le divorce.

Laura me regarda d'un air inexpressif, cet air qu'elle avait souvent, comme pour dire que rien ne l'affectait, qu'elle restait extérieure à tout, qu'elle n'en pensait pas moins mais qu'elle évitait de parler pour ne pas créer de tensions.

— C'est sûr ? dit-elle.

— Oui, cette fois, c'est vrai.

— Bon, dit-elle. Que prendras-tu, comme dessert ?

Les enfants étaient là, avec nous, les siens et les miens. Je compris qu'elle voulait changer de sujet.

Mes parents me considéraient, l'air déboussolé.

— Que vas-tu devenir ? murmura ma mère. Et les enfants ? As-tu pensé à eux ?

— Je ne peux plus continuer ainsi.

Un silence de mort accueillit le gâteau, dont je soufflai les bougies, avec nos enfants, qui, excités par l'événement, vinrent combler le vide que mon annonce avait créé, comme si tout d'un coup, on avait coupé la bande-son du film de ma vie.

Après le repas, je me rendis au Café Charbon avec Maud, qui ne s'était toujours pas remise de son divorce. Elle l'avait demandé, pourtant, et je sentais que, même si elle ne se l'avouait pas, elle regrettait de l'avoir fait. Après cette épreuve, elle avait engagé un véritable parcours de survie avec ses trois enfants, seule, appauvrie. Assistante d'un manager de groupes de rock français, elle travaillait beaucoup et n'avait pas vraiment le temps de rencontrer des hommes. Elle avait fini par s'inscrire sur Meetic, et elle menait ses rendez-vous amoureux tambour battant, comme des entretiens d'embauche. Elle ne voulait plus entendre parler d'amour. Elle recherchait la sécurité. Elle voulait juste être rassurée sur son avenir. Cela faisait des années qu'elle me dissuadait de divorcer, en prétextant que je ne trouverais pas mieux, et qu'il ne fallait s'y résoudre que lorsqu'on y était forcée, réduite à la dernière extrémité. Elle m'avait avertie des inconvénients du divorce pour la femme, jamais reçue par ses amies qui la considéraient comme un danger, car libre et décidée, en général, à profiter de sa liberté chèrement acquise. La femme divorcée se retrouvait souvent maîtresse, mais jamais compagne des hommes qui redoutaient de jouer les beaux-pères pour ses enfants, et finalement condamnée à la solitude, dans une détresse telle qu'elle se mettait à regretter sa vie passée, eût-elle été horrible et intolérable.

Maud était en train de développer l'idée que la famille était quelque chose « d'organique » au sens d'organisme naturel, indissociable, lorsque nous vîmes mon mari se précipiter chez le fleuriste d'à côté.

— Tiens ! dit Maud, l'air stupéfait. Tu vois ! Tout n'est pas perdu ! On dirait qu'il va t'offrir des fleurs !

Lorsque je rentrai chez moi, quelques instants plus tard, en effet, des roses blanches étaient sur la table.

— Elles sont belles, merci, dis-je.

— Je les ai prises chez le meilleur fleuriste de Paris, dit-il, j'ai fait toute la ville pour les trouver.

Je souris bêtement, ce mensonge était grotesque. Tout comme les autres.

— C'est l'histoire de ma vie, ajouta-t-il. Je t'offre des fleurs pour ton anniversaire, et voici ce que je reçois.

Il me montra le papier d'assignation en divorce. À côté, une boîte à moitié déballée.

— Ton cadeau, murmura-t-il, les dents serrées, l'air furieux.

C'étaient les dessous que j'avais commandés sur Internet avec sa carte bleue.

— Eh bien, dit-il, il ne reste plus qu'à faire les comptes.

— Les comptes de quoi ?

— Les comptes de ce que tu me dois, ma belle. Et je ne parle pas seulement de ce que tu as acheté avec ma carte bleue sans m'en avertir. Mais les comptes pour la liquidation des biens de la communauté. Tu vas voir si tu veux toujours divorcer… Parce que ces cadeaux, tu peux considérer que ce sont les derniers ! Joyeux anniversaire !

Je pris mon sac, j'embrassai rapidement les enfants et je sortis. Maud m'avait donné rendez-vous au Zic Zinc, avec Laura et quelques amis. Je n'avais pas envie d'y aller. Comment leur expliquer ? Quel désastre, quarante ans et un divorce. Repartir de zéro, tout reconstruire, tout reprendre, et surtout comprendre que j'avais fait fausse route, que mes plus belles années avaient été gâchées, que c'était trop tard pour moi, que dorénavant il me faudrait passer ma vie, ou en tout cas les dix prochaines années, à expier ce terrible désastre : ma rencontre avec Jérôme, et cette idée farfelue d'avoir fait des enfants avec lui.

En sortant, je me sentais un peu triste, un peu traîtresse. J'avais laissé mes enfants. Loin d'eux, j'étais loin de moi. Mais les enfants, chaque jour, grandissaient. Ils n'étaient plus des bébés. Ils n'avaient plus besoin de ce lien si fort de la jeune maternité. Moi aussi je devais grandir. Il était temps.

J'errai dans la rue, pendant un moment. Maud m'avait gentiment forcé la main avec cette soirée. S'il y avait une chose que je ne souhaitais pas, c'était bien faire la fête. J'aurais préféré m'enfoncer dans mon lit comme dans une mer sombre. J'avançais, le pas lourd, avec l'idée de fuir, de revenir en arrière, de rentrer chez moi. Il faisait froid, j'enfonçai les mains dans mes poches.

Rue Saint-Maur, l'ambiance était joyeuse, entre guitares, accordéons, violoncelles et violons, clarinettes, maracas, murs verts et plafond rouge. Dondon était là, derrière le zinc, avec son chien. Il versait des pintes de bière noire, des ballons de vin et des cocktails bizarres dont il avait le secret et qu'il mettait en petites doses dans des éprouvettes, à boire cul sec. Autour du zinc, toute une bande de familiers devisaient de tout, d'amour, d'enfants, de politique et surtout de musique. Dondon s'enthousiasmait pour un groupe italien. Les membres du groupe Debout sur le zinc prenaient des bières après leur concert à la Cigale. Des multitudes d'affiches de groupes rock, de flyers parsemaient les murs, autour d'un placardage politique, parodie du FN, qui annonçait : LA FRANCE AUX FRANCILIENS.

Dans une lumière tamisée, les gens dansaient et frappaient des mains pendant que les Debout sur le zinc entamaient *Les Mots d'amour*, ma chanson préférée. Il y avait une trentaine de personnes, des amis, de la famille, des couples, des célibataires. Je fis semblant de rire, de parler, de m'intéresser aux autres. J'étais triste à mourir. « *J'aimerais écrire des mots d'amour, parce que le reste, c'est pas grand-chose.* » Je n'arriverais plus jamais à écrire des mots d'amour. Et pourtant, c'est vrai que le reste n'est pas grand-chose.

Laura et Maud m'apportèrent mon gâteau d'anniversaire. Je dus trouver le souffle pour éteindre les bougies. Maud m'embrassa, alors que Laura me regardait avec crainte, et distance. Tout le monde était ivre et chancelait. La musique avait déjà repris. Après trois bières, cela allait mieux. C'est donc ça, la vie ? À redécouvrir après toutes ces années de maternité, passées à allaiter, à langer, à sortir, à nourrir les enfants qui me dévoraient tout entière, apportant avec eux autant d'amour que d'inconfort.

Je dansais sur *Rester debout* lorsqu'un homme s'avança vers moi. Je ne l'avais pas remarqué. Je n'avais sans doute pas fait attention à lui. Brun, de taille moyenne, le regard intense. Nous nous saluâmes, et Maud me dit : « Je te présente Samuel. » Je sentis les effluves de son parfum, mélangés à ceux de sa peau. Un parfum d'homme : odyssée vers des contrées lointaines. Épicée, sucrée, douce, avec une note piquante, cette fragrance évoquait quelque chose de charnel, presque animal, elle était sophistiquée et en même temps en appelait aux origines, à la simplicité d'une main qui touche une main, deux corps qui se rapprochent. Orientale, puissante, envoûtante, elle emportait vers un autre espace-temps, un souk bigarré, en Afrique du Nord, dans les années trente. Du musc, des fruits secs, du bois. Profonde, humaine, riche, elle était un voyage de sensations fortes, remplies d'un flot d'émotions tristes et contenues, des émotions du genre de celles qu'on a oubliées.

Je lui souris et dans ce sourire, il y avait comme des mots, qui disaient : qu'est-ce qui est important ? Ce qui est en train de se passer entre toi et moi, ici et maintenant. Une rencontre. « *Parce que le reste, c'est pas grand-chose.* » Nous nous sommes parlé. Quelques secondes plus tard, nous nous disions tout. Oui, l'essentiel est dit dans les premiers mots échangés. Que nous étions mariés, que nous avions chacun des enfants. Et que nous avions envie de nous connaître, de nous revoir, d'être ensemble.

Vers cinq heures du matin, Samuel proposa de me raccompagner. Nos pas résonnaient sur le trottoir de la rue Saint-Maur, nous étions deux silhouettes dans la nuit. Lorsque nous nous retrouvâmes devant ma porte, nous ne savions plus quoi dire. Je le regardai. Ses yeux sombres à la courbe charmante, sa bouche, son sourire… j'eus peur. J'étais empêtrée dans ma vie, mon mal-être. Je me sentis prise de vertige. Peut-être avais-je trop bu ? Tout ce que j'avais subi m'avait atteinte, au plus profond de mon être. Je ne me sentais ni aimable, ni capable d'aimer. Lorsqu'il me prit la main, je la retirai. Lorsqu'il voulut poser un baiser sur mes lèvres, je fis mon code et ouvris la porte, que je refermai rapidement devant lui.

De retour chez moi, j'étais bouleversée. C'était la première fois depuis des années que quelqu'un me regardait comme une femme.

12

Durant les jours qui suivirent mon anniversaire, l'ambiance se dégrada à la maison. Mon mari et moi nous nous observions, nous nous regardions, tels les duellistes à l'aube avant l'affrontement.

Pour tenter de savoir qui était cet ennemi en face de moi, je me reconnectai à Facebook : depuis qu'il avait accepté Joanna comme amie, j'avais accès à son profil qui permettait d'observer ses activités et ses « statuts ».

« Jérôme Portal revient d'un congrès à Amsterdam.

Jérôme Portal est à Bordeaux.

Jérôme Portal est à l'Internet Retailer Show de Chicago.

Jérôme Portal est en train de faire ses bagages pour Londres.

Jérôme Portal est à Roissy en train de boire un whisky avant un vol pour Madrid.

Jérôme Portal est à Madrid.

Jérôme Portal est au Global E-Commerce Summit à Monaco.

Jérôme Portal est à la E-Commerce Expo de Londres.

Jérôme Portal fait ses valises pour Tokyo. »

Les informations mises bout à bout, je m'aperçus que mon mari avait passé son année à voyager, aux frais de la princesse. Pour son « travail », bien sûr. Je ressentis combien j'avais été seule, et à quel point le désamour avait atteint jusqu'à mon estime de moi, au point d'avoir pu tolérer cette situation.

Joanna Feltis était forte. J'étais toujours insatisfaite, elle était très contente d'elle-même. Sur son « mur », elle affichait des photos d'elle, avec gants et casque de hockey, masque et tuba, combinaison de ski ou de plongée, en train de conduire un bateau, ou un petit bimoteur. À New York, à Moscou, à Hanoï, devant les chutes Victoria au Zimbabwe, ou en plein stage de yoga, en Inde. Des photos, que je prenais, bien sûr, sur Google Image, en glanant des visuels de jeunes femmes aux cheveux blonds et à la silhouette longiligne, en train de faire du saut à l'élastique, au beau milieu d'un volcan, dans une forêt tropicale, ou en pleine escalade de sommets rocheux. Et c'est en effet ce qu'elle faisait : escalader une montagne, traverser un océan à la nage, se lancer dans une chute libre. Parce que le poisson était dur à pêcher... Il ne venait pas régulièrement dans ses eaux troubles.

Joanna Feltis.

Salut Jérôme, je t'écris du Grand Canyon, où je fais du saut à l'élastique. C'est génial ! Je vois que tu es à Monaco, est-ce que tu as fait des sauts dans la région ?

Jo.

Jérôme Portal.

Salut Jo !

Je suis rentré. Et, non, je n'ai pas fait de saut à l'élastique, mais j'ai sauté… tout ce qui bouge !

Joanna Feltis.

Oui, j'imagine, mais peux-tu m'en dire plus ?

Jérôme Portal.

J'étais logé à l'Hôtel de Paris. Un peu esseulé, quand même. Du coup, j'ai eu de la compagnie. Escort-girls, hôtesses d'Air France, jeunes Monégasques… Je me suis bien éclaté ! Grâce au Cialis, j'ai retrouvé une nouvelle jeunesse !

Joanna Feltis.

Et ta femme, elle n'est pas au courant, je suppose ?

Jérôme Portal.

En ce moment, vu l'ambiance, il ne vaut mieux pas !

Joanna Feltis.

Quelle santé ! Fais attention à ton cœur, quand même.

Jérôme Portal.

Et toi, je vois sur ton mur que tu n'arrêtes pas de voyager. Le Grand Canyon, c'est comment ?

Le Grand Canyon… Je n'y avais jamais mis les pieds, et certainement pas pour faire du saut à l'élastique. Une chute dans le Grand Canyon, qu'est-ce que cela fait ? Je cherchai sur Internet « saut à l'élastique, Grand Canyon ». Je découvris alors qu'il y avait des gens qui n'avaient vraiment rien à faire. Leur vie était tellement pauvre qu'ils étaient prêts à faire n'importe quoi pour tenter d'y échapper. Ils se prenaient pour des héros. Ils parlaient de leurs sensations, du nombre de sauts qu'ils avaient faits ou qu'ils espéraient faire. Ils passaient des brevets, ils faisaient partie d'une sorte de caste, comme les surfeurs : mais ce n'était même pas du sport, juste de la bêtise à l'état pur, aussi pur que l'air qu'ils respiraient lorsqu'ils étaient tout en haut et qu'ils se jetaient en bas comme des crétins. Pour moi qui ai la phobie de l'avion et des espaces vides, et le vertige à partir du deuxième étage, cela représentait le cauchemar le plus sordide. Mais pour Joanna, c'était autre chose.

Joanna, elle, n'avait pas peur du vide : au moment où elle se jetait dans l'abîme, elle avait une petite appréhension, rien du tout, un doute à peine, puis elle se lançait vers le vaste monde, irréel, étrange, envoûtant. Lorsqu'elle tombait, elle ressentait une folle sensation de liberté : ce corps pesant et lourd devenait léger, aérien, tel celui d'un oiseau. Elle volait, elle était en train de vivre quelque chose d'inouï. Elle adorait cette impression de corps qui tombe, qui n'arrête pas de descendre, inéluctablement entraîné vers le bas, jusqu'au moment où il rebondit comme un pantin désarticulé, s'élance à nouveau vers le haut, puis vers le bas, où il finit par s'immobiliser, inéluctablement.

Jérôme avait raison. On aurait dit une métaphore du mariage.

Joanna Feltis.
Tu te souviens, quand on sautait tous les deux ? Quand l'instructeur te poussait, la peur que tu avais…

Jérôme Portal.
Et comment que je m'en souviens ! Tu te rappelles quand on a sauté ensemble ?

Je ne savais pas quoi répondre. Et si c'était un piège ? S'il se doutait que je n'étais pas la véritable Joanna et qu'il me posait cette question juste pour me tester ?

Joanna Feltis.
Tu devrais me voir dans le Grand Canyon, c'est génial ! Cette sensation au-dessus des montagnes, c'est irréel. J'avais l'impression de voler, au-dessus des Rocheuses, avec une accélération inimaginable, rien de comparable avec ce que j'ai connu avant. J'aurais voulu que ça dure, éternellement !
Pas trop dur en ce moment ?

J'avançais prudemment, pour tenter d'établir une communication, m'immiscer dans son cœur, savoir ce qu'était devenue sa vie, avoir accès à cette vérité-là, même l'espace d'un instant. Être dans ses pensées, si toutefois c'était possible.

Jérôme Portal.

Non ça va, ne t'inquiète pas pour moi, de toute façon, je n'ai jamais pu supporter une femme plus d'un an et c'était toi ! Là, ça fait presque dix ans, c'est déjà pas mal.

Joanna Feltis.

Es-tu heureux, soulagé à l'idée de divorcer ?

Cette question que je n'arrivais pas à lui poser quand j'étais moi, et à laquelle il ne parvenait pas à répondre quand il était lui, enfin, je la formulais. Mais il ne répondit pas. Étais-je allée trop loin ? Était-il en train de réfléchir ?

Sur l'icône du bas, je remarquai qu'il était bien connecté sur son compte. J'avais été trop audacieuse, j'avais fait une erreur, je l'avais effrayé et il avait fui !

Je relus mon message : il devait se dire à présent que je voulais être avec lui, et cela ne lui plaisait pas. Il aurait aimé avoir le beau rôle, celui du séducteur, les hommes n'apprécient guère qu'on leur vole les attributs symboliques de la masculinité.

Il passa devant ma chambre, j'éteignis mon ordinateur que je cachai sous mes draps et pris un livre, l'air concentré. Je l'observai du coin de l'œil, je le trouvai rassuré, content de lui, ayant repris confiance en sa capacité de séduction – et c'était important pour lui. Il me jeta un regard à la pupille dilatée, se rendit à la salle de bains et se brossa les dents. En pensant à elle ? J'avais l'étrange sentiment de le reconquérir, tout en le perdant davantage.

Il repassa devant ma chambre, et cette fois s'arrêta.

Il s'assit sur le lit, alluma une cigarette et me regarda, l'air bizarre.

— Tu lis à l'envers, Agathe.

— Pardon ?

— Ton livre, là, le *Journal d'un séducteur*, tu ne le tiens pas dans le bon sens.

— Ah oui ? C'est exprès, bien sûr ! Pour en faire une autre lecture, différente des précédentes.

— Tu es sûre que ça va ?

— Sûre, dis-je, touchée par sa sollicitude.

— Tu sais, Agathe, toi et moi, on a surmonté beaucoup d'épreuves, c'est déjà pas mal de pouvoir vivre ensemble, il ne faut pas trop en demander. C'est un miracle qu'on soit encore là, à se parler, et non pas à s'échanger les enfants.

— Que veux-tu dire ?

— Toi et moi, si on a tenu tellement longtemps, c'est à cause de l'amour. Moi, je sais maintenant que je préfère m'occuper des enfants, quand tu n'es pas là. Je n'ai plus peur du divorce. Si je n'ai pas envie de divorcer, c'est pour toi – parce que je t'aime, Agathe, je t'aime toujours, et je pense que quelque chose est encore possible entre nous. Je ne veux pas divorcer. Parce que tu es ma femme.

13

Sa femme.

Mais qu'avait-il fait de sa femme ? Qu'avait-il fait pour garder sa femme ? Où était Venise ? Nos serments éternels ? Nos promesses, nos baisers, notre fidélité ? Qu'avions-nous fait de nos *je t'aime* ? Des nuits d'amour, des projets et des rêves ? Il était mon premier amour. Il était mon seul amour. Avant lui, je n'avais jamais aimé.

Tenait-il encore à moi, comme il me l'assurait ? Ou ne m'aimait-il plus, comme il le laissait entendre à Joanna ? Comment concevoir l'amour dans le mensonge et la tromperie ? Et moi, quels étaient mes sentiments ? Comment aimer dans la trahison ? Qu'étions-nous devenus ? « *Le cœur à la dérive, je n'attendais que lui.* » Comment trouverais-je la force de survivre ? Devais-je croire à sa déclaration ? Ou n'était-ce qu'une manipulation de plus ? « *Je rêvais d'absolu, de choses impossibles.* » Je n'avais plus la force d'y croire. Et s'il m'attendait encore, comme il le prétendait, pourquoi ne m'avait-il pas prise dans ses bras ? Que valait l'amour si ce n'étaient que des mots ? Et que valaient les mots, si ce n'était pas de l'amour ? L'amour sans la fidélité, quel espoir donne-t-il ? Que se passait-il dans sa tête ? À quoi pensait-il, que savait-il, que faisait-il ? Quel cœur, quel corps, quelle âme ? Fallait-il lui donner encore une chance ? Quelle était ma part de responsabilité dans cette déchéance, qu'avais-je fait de mal, de faux, de médiocre, pourquoi et comment l'avais-je perdu ? À quel moment, à quelle heure, à quelle seconde ? Étais-je devenue trop mère, ou pas assez ? N'étais-je plus drôle, plus folle, plus suffisamment exotique pour lui ? Ma faute était-elle de l'avoir choisi ou de l'avoir perdu ?

De toutes les chansons qui parlent d'amour, aucune ne pouvait répondre à mes questions. Pourquoi, alors que je le haïssais, le désirais-je encore ? Pourquoi, alors que je contemplais avec horreur cette image de lui en train de me trahir, avais-je envie qu'il me prenne dans ses bras ? Pourquoi, lorsqu'il disait qu'il m'aimait, étais-je prête à y croire quand bien même je n'y croyais plus ? Pourquoi un jour l'amour avait-il choisi de déserter nos deux cœurs ? Pourquoi étais-je incapable de le jeter dehors, cependant que mon plus cher désir était de ne plus le revoir ? Pourquoi un jour avais-je été amoureuse de lui, m'étais-je mariée avec lui, avais-je eu deux enfants avec lui, alors qu'aujourd'hui, si je le rencontrais, je ne lui adresserais même pas la parole ? Comment avais-je pu le trouver si beau alors qu'il était quelconque ? Tellement intelligent alors qu'il était seulement pétri d'orgueil ? Drôle alors qu'il était sinistre ? Intéressant alors qu'il n'avait rien à dire ? Pourquoi ce qui m'avait plu en lui, sa liberté de pensée, son pragmatisme, son approche de la vie, était-il en vérité ce que je haïssais le plus ? Comment avais-je pu autant le surestimer, et me sous-évaluer à ce point ? Comment avais-je pu m'aimer aussi peu ? Comment avais-je pu l'aimer ? Et comment ne plus l'aimer ?

Samuel Friedmann m'avait rappelée plusieurs fois, j'avais annulé plusieurs rendez-vous, au téléphone. Il prit prétexte du fait qu'il était directeur artistique dans une maison de disques pour me voir, car il connaissait des chanteurs à la recherche de textes. À la fin, dans la nécessité de recouvrer des fonds pour payer mon avocate, j'avais répondu oui.

Avec une vraie panique, telle une adolescente en train de faire le mur, je me préparai dans la salle de bains. Je pris une douche, fis plusieurs essais avant de trouver la bonne tenue, me maquillai, chaussai des talons, enfilai une petite robe noire que je sortis d'une pile de vêtements entassés dans mon armoire, datant d'avant (avant le déclin de notre couple), arrangeai mes cheveux courts, trop courts, mis des boucles d'oreilles et du vernis sur mes ongles. Je voulais être à la hauteur de la sensation que j'avais eue devant son regard.

Je retrouvai Samuel à l'Hôtel du Nord, quai de Jemmapes. À la lumière des bougies, devant la Seine, il me parla de son couple, à la dérive depuis plusieurs années, disait-il. Il dormait sur le canapé du salon, il n'échangeait rien avec sa femme, il n'avait plus rien à lui dire. Comme moi, il avait parcouru tous les stades du couple : l'Enthousiasme délirant, l'Ennui et la Colère. Lors de vacances aux Seychelles, il avait amèrement regretté de n'avoir pris aucune lecture.

— Les Seychelles, dit-il, c'est un test pour le couple. Il n'y a rien à faire là-bas. On ne peut pas échapper à l'autre. Ce paradis est un enfer conjugal.

— De toute façon, les vacances, c'est à proscrire dans le cadre du mariage. Quelle catastrophe de se retrouver face à face, sans le sas du travail ! Mais il y a pire que les Seychelles. C'est la descente du fleuve Gambie sur un bateau.

— Je suis bien d'accord. C'est comme le Mékong. Ça dure dix heures. Et le restaurant, les soirs d'anniversaire, lorsqu'on veut se jouer la comédie du couple qui a tant à partager ?

— Pour le coup, j'ai trouvé la parade. Plus d'anniversaires !

— Nous, nous invitions un couple d'amis. Les dernières années, nous allions au cinéma.

Nous eûmes un fou rire. Décidément, nous avions de nombreux points communs. Nous étions des grands brûlés du couple, des désespérés de l'amour.

— Ça vous a rendue cynique ? demanda Samuel.

— Je traverse une phase de grande noirceur, c'est vrai. Je ne crois plus dans l'amour, cette mascarade.

— En quoi croyez-vous ?

— Dans mes enfants.

— C'est incroyable, ce qu'on peut endurer pour eux, n'est-ce pas, Agathe ?

À ces mots, je ne pus m'empêcher de sourire.

— L'amour d'une mère, c'est l'amour de *Belle du Seigneur* du début, mais qui dure, dure éternellement, dis-je.

C'était pour eux, pour mes fils, pour les protéger, que j'étais restée avec Jérôme. Jusqu'où peut-on aller par amour pour un enfant ? Jusqu'au bout de soi, au sacrifice complet, qui n'est même pas un sacrifice mais un état de fait, simplement parce qu'on ne peut pas faire autrement.

Cela commence dès les premiers mois de la conception. Quel homme serait capable de supporter les nausées, les vomissements, le reflux de la grossesse ? Quel homme pourrait abriter un être humain à l'intérieur de lui, pendant neuf mois, sans vouloir le jeter dehors ou le laisser seul en prétextant un voyage d'affaires ? Quel homme mettrait de côté sa carrière, sa profession, son corps, et même son couple pour donner la vie à un enfant ? Quel homme pourrait l'allaiter, en restant attaché à lui vingt-quatre heures sur vingt-quatre pendant des mois, voire des années ? Ces enfants, c'est moi qui les avais portés, nourris, bordés, c'était en moi qu'ils avaient grandi ; cela, Jérôme ne pourrait jamais me l'enlever. Il n'en avait même pas idée. Il n'imaginait pas l'absolu de l'amour maternel.

— Racontez-moi en détail l'histoire de votre couple, dis-je... En me regardant dans les yeux, il paraît que c'est très important.

— Qui vous a dit cela ?

— La coach de mon avocate.

Samuel, les yeux dans les yeux, m'expliqua qu'il s'était marié par amour. Il avait eu deux enfants, et aujourd'hui, il se trouvait enlisé dans un mariage de convenance avec une femme dont il avait découvert, après les premiers émois, la vraie personnalité, froide, distante, calculatrice. Mais il lui était impossible de partir à cause de ses enfants, encore trop jeunes.

Ce discours, je le connaissais par cœur. C'est celui des hommes qui cherchent des maîtresses pour pouvoir supporter leur vie conjugale. Maud, citant Oscar Wilde, avait raison de dire que les chaînes du mariage sont parfois si lourdes à porter qu'il vaut mieux être trois. Je n'étais pas dupe. Je ne l'étais plus. Je connaissais l'envers du décor. Il était hors de question que je lui serve d'alibi pour qu'il reste avec sa femme.

Comme j'étais incapable de parler d'autre chose, je l'entretins de mon divorce. Je me limitai à ce sujet, d'ailleurs. J'étais en boucle. Je ne parlais plus que par sigles : JAF, ONC, ou par expressions consacrées : assignation, audience, pension alimentaire, partage patrimonial, dissimulation de biens communs, divorce pour faute, altération du lien conjugal, consentement mutuel, garde alternée, main courante, etc. Mais Samuel suivait, me demandait le sens des mots cryptés que j'employais, et m'écoutait d'une oreille attentive. Il me posait des questions pertinentes, me guidait, me donnait des conseils avisés, se révolta de l'attitude de mon mari, et des découvertes que j'avais faites à son sujet.

— Vous me parlez de ce que vous a fait votre mari d'un ton tout à fait neutre, comme si cela ne vous touchait pas, remarqua-t-il.

— Cela m'a beaucoup affectée, au début. Mais je me suis protégée ; aujourd'hui je suis hors d'atteinte. Tout glisse sur moi comme si j'étais imperméable. Je ne ressens plus rien.

— Et comment le justifie-t-il, de son côté ?

— Il martèle que tous les hommes le font, mais qu'ils le cachent à leur femme.

— Cet homme est un salaud, murmura Samuel. Mais pourquoi avez-vous supporté cette existence ?

— Comme vous. À cause des enfants. J'aurais peut-être pu endurer davantage, je ne sais pas. De toute façon, le bonheur conjugal n'existe pas. Le seul bonheur conjugal, c'est le divorce.

— Savez-vous ce que j'ai rétorqué à un collègue de bureau qui m'annonçait qu'il divorçait parce qu'il n'aimait plus sa femme ? Je lui ai dit : « Mon pauvre, tu n'as rien compris. On te demande de remplir le contrat que t'as signé. Et t'as signé pour être là un minimum, t'occuper des enfants, et être un mari pour ta femme. »

— C'est ce que vous faites, vous ?

— Autant que je peux. Parfois, c'est dur. Trop dur.

— C'est pour ça que vous la trompez ? Pour pouvoir supporter l'enfer conjugal ?

— Je ne la trompe pas, Agathe. Vous ne me croirez peut-être pas si je vous dis ça, mais, enfin, ce qui m'est arrivé, l'autre soir, avec vous… cela ne m'est jamais arrivé avant !

— Vous avez raison, répondis-je. Je ne vous crois pas.

Dans sa voiture, après le restaurant, devant la Seine, Samuel m'embrassa. Un baiser langoureux. Un baiser d'adolescent, interminable. J'étais troublée. Derrière les vitres, il me déshabilla, m'enlaça, ôta le siège bébé de l'arrière, me souleva, me fit passer sur le fauteuil, enleva son jean, ma robe, ses chaussures, mes dessous achetés avec la carte bleue de Jérôme, sa chemise, et tout se mit à tourner autour de moi, comme un vertige, un vortex qui m'aspira dans un élan de tendresse. Ce fut comme une déchirure dans le ciel, un éclair après l'orage. Il y avait si longtemps… J'avais tout oublié. Jérôme avait vraiment fait de moi une serpillière.

Je regardai Samuel, en caressant son visage, et en me disant que grâce à lui, j'avais retrouvé le sens – et en même temps, que cela n'avait aucun sens. Après, je sortis de la voiture. Je lui fis un dernier signe de la main, qu'il me rendit, avec son magnifique sourire.

14

Pour une fois, j'étais rentrée plus tard que Jérôme, qui s'était enfermé dans son bureau, comme à l'accoutumée. Je fis un pas vers sa porte, et je m'arrêtai. Heureuse, rassurée, femme. Vengée de tout ce qu'il m'avait dit, de ce qu'il m'avait fait, de ce qu'il m'avait fait croire. Dans une étrange douceur, comme si chaque chose reprenait sa place. Et moi, la mienne.

J'étais forte. J'étais prête à résister. Autant à ses assauts d'amour que de haine. J'aurais tellement aimé pouvoir lui expliquer qu'il ne devait pas me détester, que je n'étais pas son ennemie, malgré tout ce qu'il m'avait fait. S'il m'aimait vraiment, c'était trop tard, je m'échappais ; s'il ne m'aimait plus, ce n'était pas un drame non plus, il fallait essayer de trouver une conciliation, une vraie : pas un accord qui ne tiendrait compte que de ses désirs à lui. Pour une fois dans sa vie, la première peut-être, il devrait commencer à compter avec moi.

Je pris mon inspiration, je frappai à la porte de son bureau et j'entrai.

— Bonsoir, dis-je. Tu travailles bien ?

— Oui, répondit-il sans lever les yeux de son ordinateur.

Il ne me demandait pas où j'étais, ce que j'avais fait. Peu lui importait.

— Alors, ajouta-t-il, l'air sûr de lui, tu as réfléchi à ma proposition ?

— Ta proposition ?

— Veux-tu qu'on essaye de sauver notre couple ? J'ai regardé sur Opodo. Je t'emmène à Venise. Tu te souviens ? Les bellinis au Harry's Bar ? Les gondoles sous les ponts ? Les serments d'alcoolique ?

— Oui, dis-je. Les serments d'alcoolique, je m'en souviens bien. J'ai réfléchi. J'ai bien pesé le pour et le contre, et c'est gentil pour Opodo mais c'est non.

— C'est non ? dit-il, l'air surpris.

— C'est trop tard, Jérôme. Je veux divorcer.

— Tu vois quelqu'un ? demanda-t-il.

— Non. Et toi ?

— C'est étonnant : quand on ne te donne pas d'attention, tu en demandes, et quand on t'offre l'amour, tu le refuses.

— Il fallait le faire avant, lorsque je te le demandais.

— Très bien, dit-il, en tournant vers moi l'écran de son ordinateur, sur lequel apparaissait un tableur Excel. Il faut que tu saches qu'on est associés pour certaines choses, qu'on le veuille ou non.

— Tu veux discuter de chiffres ! Je t'annonce que je veux divorcer !

— L'objectif premier n'est pas de discuter de chiffres, mais que tu te confrontes au réel. Et le réel, ma petite, c'est que ton travail m'appartient aussi.

L'argent qui est à droite et à gauche, ça ne m'intéresse pas, tu peux garder tes petits bonus. Je te parle des autres travaux en cours, en particulier tes projets de contrat avec les producteurs de musique.

— Quelle classe, dis-je. Tu veux enlever le pain de la bouche d'une artiste… parce que tu as beau être innovant, tu n'es pas un artiste, toi ! Tu passes ta vie à vendre des lentilles, mais tu n'as pas les yeux en face des trous !

— Ah oui, pardon ! répondit-il sans quitter des yeux l'écran de son ordinateur. Eh bien, Madame l'artiste va pouvoir payer à mesure de son génie ! Légalement, les contrats que tu as signés avant le divorce et qui appartiennent à la communauté sont dans la communauté.

— Et alors ? Qu'est-ce que tu veux dire par là ?

— Tu vois, un bon moyen de se sortir de tout ça serait que tu me laisses ta part de la maison de campagne ; ça t'irait ? Je pense que c'est une bonne lecture de ce qui se passe.

— Et si je ne te cède pas la maison, je peux te faire un chèque ?

— Non, je ne suis pas d'accord pour prendre un chèque.

— Alors là, on a un problème.

— La solution que je te propose est doublement saine.

— C'est moi qui choisis. Donc, combien tu prends ? Tu m'aimais, disais-tu ? Tu voulais nous donner une chance, aller à Venise, tu rêvais d'Opodo ?

— Je ne suis pas d'accord pour jouer cette scène.

— Es-tu d'accord pour que je te fasse des virements ? Tu acceptes de faire crédit à la mère de tes enfants ou pas ? Tu veux tout cash ?

— Tu sais ce qu'on va faire ? On va lister nos biens, je veux juste qu'on ne parte pas d'une interprétation du réel, mais du réel. On va dire au notaire tout ce qu'on a, et il va nous dire ce qui se passe.

— Écoute : on se sépare, et tu auras tout, mes titres, et la maison, même si c'est moi qui l'ai payée, tout ! Comme ça, je n'entendrai plus parler de toi !

— Et mes enfants aussi, c'est ça qui est intéressant.

— Alors, ça, il n'en est pas question !

Il y eut un silence.

— Je te trouve quand même bien renseigné, dis-je. Avoue que tu as pris un conseil.

— Bien sûr que j'ai pris un conseil. Ça fait des mois que tu parles de divorce, Agathe.

Lorsqu'il me parlait sur ce ton, comme un maître d'école, je prenais toujours la position de la victime.

— C'est triste, non, de réagir comme ça ? T'es pas content de prendre un peu le large ?

— Toi, t'es Alice au pays des merveilles, et tes merveilles sont mes horreurs.

— Alors que veux-tu ? Pourquoi critiques-tu toujours tout, si ce n'est pas pour partir ? À quoi bon ?

— Je suis capable de te dire que j'en ai marre de voir ta mère chez moi, mais ça ne signifie pas que je veuille divorcer.

— T'es quand même un spécimen en ce moment, un cas extrême, non ?

— Non, je pense que je suis le mari idéal.

— Tu sais quoi ? On va se séparer, d'accord ?

Cette nuit-là, je me réveillai en sursaut, en sueur, dans les draps mouillés. Comment pouvait-on perdre autant d'eau ? En me levant, je m'aperçus qu'il ne dormait pas, lui non plus. Il devait être en train de travailler à son site. Ou alors d'aligner soigneusement les comptes sur son tableur Excel.

15

Joanna Feltis.
Alors ton boulet ? Tu t'en sors ou pas ?

Jérôme Portal.
Insomniaque ?

Joanna Feltis.
Non ! je suis en Martinique, où je fais du kite-surf. Une dizaine de spots couvrent la Martinique. Essentiellement sur la côte Atlantique, mais pas seulement. Du côté des Caraïbes, la baie de Fort-de-France offre des virées mémorables. Plusieurs centres nautiques se sont spécialisés, et proposent des demi-journées découverte ou des stages d'initiation et de perfectionnement. Certains organisent des sessions encadrées, ouvertes aux sportifs de tous niveaux. Pour naviguer en toute sérénité. Mais toi ?

Jérôme Portal.
Ah, tu es déjà rentrée du Grand Canyon ?! Ma femme m'énerve, je n'arrive pas à dormir.

Joanna Feltis.
Elle est fâchée à cause de tes incartades ?

Jérôme Portal.
C'est pas si simple.

Joanna Feltis.
Il me semble que tu te crées des problèmes, alors qu'en fait tu t'amuses bien ?

Jérôme Portal.
Je suis bien d'accord.
Mais que veux-tu, je rêve toujours de calme et de sérénité. Et puis, je suis juste angoissé à l'idée de changer de vie. Me retrouver seul avec les enfants. Chercher un autre appartement… Recommencer de zéro. Tout ça à cause d'elle. Je lui en veux de tout le mal qu'elle nous fait, aux enfants et à moi.

Joanna Feltis.
Qu'est-ce que tu lui reproches, au juste ?

Jérôme Portal.
C'est une malade, une caractérielle. Elle m'accueille avec un fusil. Rien que de la voir m'angoisse. Elle me crie dessus. Elle hurle sur les enfants. Elle n'est même pas capable de s'en occuper. Lorsqu'elle n'en peut plus, c'est-à-dire tous les jours, elle appelle sa mère. Elle a quinze ans d'âge mental. Et moi, elle me pourrit la vie. Elle fait son théâtre, quoi. Tout ce qu'elle veut, c'est la

guerre. Et cette fois, je peux te dire que je ne me laisserai pas faire.

Joanna Feltis.
Tu t'es acheté un revolver ?

Jérôme Portal.
Non, mais je suis prêt à tout : je ferai faire des faux témoignages s'il le faut. J'ai plein d'amis qui sont prêts à m'aider. Je vais lui préparer un dossier très salé à cette chienne. J'ai posé des petits enregistreurs numériques dans le salon et dans sa chambre à coucher pour écouter ce qu'elle dit.

Joanna Feltis.
Tu as bien raison ! Ne te laisse pas faire !

Jérôme Portal.
Et toi et moi, poupée, quand est-ce qu'on dîne ensemble ?

Je considérai la proposition, avec stupéfaction. Je ne m'y attendais pas. Il voulait m'emmener dîner. Cela faisait au moins cinq ans qu'il ne me l'avait pas demandé !

Joanna Feltis.
Viens me voir à Punta Cana ?

Jérôme Portal.
Je croyais que tu étais en Martinique ?!

Joanna Feltis.

Oui. Mais je pars demain faire un stage de plongée au centre Scuba Caribe, Playa de Arena Gorda, avec des fonds sous-marins spectaculaires. Après, j'irai aux Maldives.

Jérôme Portal.

Si tu viens à Paris, fais-moi signe… Tu seras bien accueillie.

Je m'endormis sur ces mots doux, apaisée, heureuse qu'il eût accepté de rentrer à nouveau en communication avec moi, sans m'inquiéter outre mesure du fait qu'il venait de me traiter de chienne, après m'avoir proposé de partir à Venise, puis de me spolier de tout ce que j'avais – et que j'étais en train de devenir complètement schizophrène.

16

Quelques jours plus tard, je reçus un courrier du notaire de mon époux qui réclamait trois pages de listes de pièces comptables. C'était bizarre : lorsque Jérôme dépensait mon argent sans compter il ne demandait pas à voir mes contrats. Je devais établir la valorisation de mes droits d'auteur à venir sur mes œuvres écrites pendant le mariage, la justification des sommes que j'avais au jour de mon mariage et qui étaient entrées en communauté, la justification des droits d'auteur que j'avais perçus pendant le mariage pour une œuvre écrite avant le mariage, le détail de mes comptes en banque avec leur valorisation. Dix ans de vie commune réduits à des chiffres.

Je retournai voir mon avocate. Elle trônait dans son bureau avec son regard ironique et son brushing impeccable. Cela m'exaspérait, sans que je sache trop pourquoi. Cette femme tenait mon avenir entre ses mains manucurées. Quelle relation de confiance ! Il fallait qu'elle organise d'une façon ou d'une autre le chaos dans lequel s'était émiettée ma vie. À elle de remettre de l'ordre là où il n'y en avait plus. Elle m'annonça que Jérôme avait pris une avocate qui était une vraie star du barreau, redoutable et très méchante. Me Roquais – c'était son nom – avait demandé un renvoi : la date d'audience était trop rapprochée pour qu'elle puisse préparer son dossier.

En attendant, il fallait commencer à faire les comptes pour proposer « le partage patrimonial ». N'ayant aucune notion de droit, ni d'économie ni de fiscalité, je me trouvais dans le flou artistique dans lequel j'avais mené ma vie jusqu'alors, de façon inconsidérée. J'allais devoir ingurgiter toutes ces disciplines qui m'avaient fait défaut pendant mon mariage.

Le notaire de l'avocate, Me Rotter, me reçut dans un bureau cossu du huitième arrondissement de Paris. Effacé, timide, distant, il notait ce que je disais, en s'abstenant de tout commentaire, et en éludant mes questions : « Il faudra demander à Me Favre, moi, je ne suis ici que pour faire le partage patrimonial. »

Je lui donnai les relevés de mes comptes bancaires où il apparaissait que j'avais toujours tout payé, loyer, vacances, cadeaux, enfants, et même la clinique dans laquelle j'avais accouché. En regardant attentivement ces comptes, je me fis la réflexion que quelque chose n'allait pas. J'accusai le coup, avec un moment de désespoir, lorsque je m'aperçus que, non contente d'avoir tout payé, j'avais aussi financé mon mariage, et jusqu'à l'hôtel où nous avions passé notre nuit de noces. Autrement dit, j'avais savamment et activement orchestré ma perte.

On peut tout savoir d'un couple en regardant un relevé bancaire. À travers l'économie domestique, c'est l'économie psychique qui se dévoile. Moi, j'avais toujours tout payé : c'était comme si j'avais acheté l'amour de Jérôme, et encore au prix fort, parce que mon mari était un homme peu généreux.

— Tout cela n'entre pas en considération, marmonna le notaire, en me rendant mes relevés bancaires. Vous êtes en communauté de biens et ce qui est payé est perdu… Pourquoi n'avez-vous pas partagé les frais, madame Portal ?

— Jusqu'en 1965, les femmes n'avaient pas le droit d'ouvrir un compte en banque sans l'autorisation de leur mari. Je voulais payer.

Je voulais payer, oui. Mais à sa place. Comme si c'était moi l'homme de la maison. Et lui la femme. Quoi d'étonnant si, après dix ans de ce régime, il avait eu recours au Cialis ?

— Inutile de faire des comptes très précis sur toutes les années où vous auriez dû partager, votre mari et vous, me dit le notaire. Dites-moi plutôt ce qui s'est passé avec la maison de campagne.

— C'est moi qui l'ai payée en grande partie, avec les droits d'auteur de mes chansons.

— Cela ne compte pas. Vous êtes en communauté de biens.

— Mais je ne comprends pas pourquoi la communauté de biens est toujours en sa faveur ! C'est INJUSTE ! Je suis une femme, et je vais me retrouver ruinée par ce divorce ! Si ça continue, je vais devoir payer des prestations compensatoires !

— Ah, ça, je ne vous le fais pas dire. Je vous rappelle quand même que c'est une loi qui a été faite pour protéger les femmes, madame Portal. Avant, c'étaient les hommes qui payaient, figurez-vous.

C'était pour que les femmes puissent divorcer, vous comprenez ?

C'était vrai. Comment avais-je fait pour dilapider toutes mes économies dans ce mariage ? Pour la même raison, sans doute, que j'avais épousé Jérôme et eu des enfants avec lui : par amour. L'amour rend aveugle, sourd et surtout bête, très très bête. L'amour m'avait entraînée dans des sentiers de perdition. L'amour m'avait ruinée, dans tous les sens du terme.

— Il faut faire des comptes, madame Portal, pour voir exactement ce à quoi vous avez droit. Vous devez prendre rendez-vous avec un expert-comptable.

L'expert-comptable, M. Vielle, me reçut dans un cabinet cossu du huitième arrondissement. Effacé, timide, distant, comme fossilisé, il répondait aux questions que je lui posais par : « Il faudra demander à Me Rotter ; moi je ne suis ici que pour faire les comptes pour le partage patrimonial. » Il m'indiqua que je devais récupérer toutes les attestations concernant les chansons que j'avais écrites avant le mariage mais qui avaient généré des droits après, et vice versa. Ce qui impliquait de téléphoner aux différentes maisons de disques, même les petites, celles du début (certaines avaient fait faillite depuis), et aussi les cessions étrangères (il y en avait une vingtaine) pour réclamer lesdites attestations. Puis il y avait tous les droits dérivés des chansons : ceux comptabilisés par la SACEM, des chansons qui avaient été prises dans des films, et il fallait appeler les maisons de production, chaque fois, pour obtenir le papier. Un travail de titan, pour moi qui n'avais jamais fait aucun compte. L'expert m'indiqua que pour mener à bien ce travail, il faudrait faire appel à son assistante, Mme Dumas.

Je quittai son bureau, et entrai dans celui de Mme Dumas. Effacée, timide, etc., elle répondait à toutes mes questions par : « Il faudrait demander à M. Vielle. Moi, je ne suis ici que pour préparer les comptes pour que M. Vielle puisse les authentifier. »

Je sortis de là, exsangue. Je venais de comprendre dix ans d'aberration économique. Notre couple vu sous l'angle de l'argent. Tout était dit, étalé, de façon objective, réelle. Jérôme avait raison. L'argent, c'est le réel. Pourquoi avais-je été si généreuse ? Ou plutôt si dispendieuse ? D'où m'était venue cette folie ? Et pourquoi mon mari avait-il profité de mon argent sans jamais me dire d'arrêter de dépenser autant pour lui ?

L'argent dit tout. D'un homme, d'une femme, d'une âme, d'une vie, d'un couple. Le rapport à l'argent exprime ce qu'on n'ose pas dire. Il signifie d'une façon brutale : je t'aime ou je te déteste. Je te désire ou je ne veux pas de toi. Je suis un homme ou je n'en suis pas un. Je m'aime ou je me déteste. On peut dire en regardant son portefeuille si un homme sera un bon amant ou un piètre partenaire. Les hommes pingres, les avares, les comptables, ceux qui n'ont jamais leur carte bleue ni de liquide sur eux, ceux qui n'invitent pas au restaurant, ceux qui partagent la note, sont ceux qui, dans le divorce, veulent la plus grosse part et refusent de payer une pension : ce sont les âmes étriquées, basses et mesquines, qui ne savent pas aimer, car ils ne savent pas s'oublier.

Ceux qui ne laissent jamais une femme ouvrir son sac, ceux qui savent payer avec discrétion et détermination, sans en faire quelque chose de sensationnel, ceux qui offrent les billets d'avion, les hôtels, les bijoux et autres cadeaux petits ou grands, sont les amoureux de la vie, ils aiment les femmes, comme ils s'aiment eux-mêmes : dans le rire, le don, le partage.

Ces chiffres disaient, de façon brutale, qui était mon mari, et aussi bien qui j'étais. Pourquoi avais-je toujours tout payé pour lui et jamais pour moi ? Pourquoi avais-je plus de mal à m'acheter une paire de chaussures qu'à offrir une maison à mon mari ? Parce que, dans le fond, je pensais que je n'en valais pas la peine, que je ne le méritais pas. Parce que je voulais acheter son amour. Inconsciemment, j'avais compris sa vénalité, et je l'avais exploitée pour le retenir. Et, tragiquement, en le gagnant, je le perdais : car je le dominais, je m'attribuais les apanages du pouvoir, de la puissance, et je le castrais davantage. Notre rapport à l'argent en tant que couple disait que j'étais l'homme et qu'il était la femme. Les rôles s'étaient inversés. Symboliquement, sa bourse était vide. Il puisait dans la mienne. Le couple allait inexorablement à la faillite.

17

Après notre soirée, Samuel me rappela presque tous les jours. J'étais paniquée à l'idée que mon mari eût enregistré nos conversations. Depuis qu'il avait confié à Joanna qu'il avait dissimulé des enregistreurs numériques dans notre appartement, j'avais fouillé la maison et j'en avais trouvé un, caché dans une bibliothèque, au salon, que je gardai, sans lui faire part de ma découverte.

Samuel et moi avions un code : si le conjoint de l'un ou de l'autre survenait dans la pièce, nous raccrochions, sans dire au revoir, ou bien nous disions : « c'est magique » pour prévenir l'autre qu'il fallait changer de sujet. Au cinéma, on projetait *La Vie des autres*, qui évoque l'espionnage des particuliers en ex-Allemagne de l'Est. Après avoir regardé ce film, je devins encore plus paranoïaque. J'avais l'impression d'être épiée, écoutée, surveillée en permanence. Qui aurait pu s'imaginer que je vivais chez moi, à chuchoter au téléphone, à monter très haut le volume de la musique ou à sortir sur le balcon lorsque je désirais avoir une conversation privée ?

Samuel insistait beaucoup pour me revoir, mais l'idée d'avoir une relation avec un homme marié me révulsait. Je me sentais étrangement solidaire de sa femme, et plus ou moins coupable aussi. Je me disais que si toutes les femmes étaient unies, les hommes seraient fidèles, par la force des choses. Et aussi, je n'en avais pas l'énergie. L'idée même du couple me dégoûtait, me répugnait viscéralement. Lorsque j'allais au cinéma et que je voyais une scène d'amour, j'avais des haut-le-cœur.

Un après-midi, Samuel me téléphona et me pria de sortir sur mon balcon. Il avait garé sa voiture devant chez moi. Il me fit signe de descendre, ce que je fis. Il était beau, avec ses grands yeux ourlés de sourcils sombres. Mais je ne lui parlai que du divorce : je ne pouvais toujours pas m'intéresser à un autre sujet. Lorsqu'il prit mes mains dans les siennes, je me mis à suer ; j'avais honte d'avoir les mains moites. Je les retirai et regardai ma montre, l'air pressé, comme pour montrer que je devais partir. Il finit par dire, vexé, qu'il s'en voulait d'insister et qu'il avait l'impression d'être pesant. Peut-être valait-il mieux ne plus se voir dans ces conditions ? Je ne répondis pas. Médusée, je voyais ma vie défiler devant moi comme dans un film, dans l'incapacité d'agir.

En revenant dans l'appartement, je me rendis dans ma chambre pour qu'on ne me voie pas pleurer. Je passais à côté de quelque chose de beau, de grand, de noble, mais je n'en étais pas capable. J'avais tellement souffert, tellement pris sur moi, tellement refoulé que j'étais devenue inhumaine. J'étais un monstre mono-maniaque. La seule chose qui m'intéressait, c'était mon divorce. Excepté lui, tout m'était égal. Le divorce était mon symptôme, ma névrose, mon os à ronger. J'étais incapable de penser à autre chose. Je me levais en y pensant, je mangeais en y pensant, je m'occupais des enfants sans arrêter d'y penser. Le divorce m'empêchait de dormir, me coupait l'appétit, rendait grotesque et inutile le fait d'aimer, de m'attacher, de faire des projets. Le divorce avait envahi tout le champ de ma conscience. Le divorce était ma vision des choses, ma détermination première, le sens de ma vie, mon seul horizon, l'objectif numéro un, l'origine et la fin, sans lesquels le monde n'existait pas et moi non plus. J'étais née par le divorce. Le monde lui-même était divorce. Il me semblait d'ailleurs qu'autour de moi, tous les couples divorçaient ou divorceraient bientôt. Je les regardais, au Café Charbon, ceux qui sortaient dans la rue, bras dessus, bras dessous, et je ricanais intérieurement en me disant que d'ici trois ans, tout serait fini et qu'ils se feraient la guerre. À mes yeux, les couples étaient divisés en deux catégories : ceux qui osaient et ceux qui n'osaient pas, ceux qui l'avaient fait, et ceux qui le feraient. Ceux qui se révoltent et ceux qui renoncent. Ceux d'avant (le divorce), et ceux d'après.

Pour ce qui était de la garde des enfants, Mᵉ Favre m'indiqua que je devais obtenir des lettres de témoignage sur mon mari, sur son comportement vis-à-vis de moi et des enfants, son abandon et les tromperies. Comme mon mari avait pris la redoutable Mᵉ Roquais, il fallait s'attendre à devoir croiser le fer.

J'avais déjà le dossier de Facebook que j'étais en train d'alimenter jour après jour, selon le principe cher au lieutenant Columbo : *si tu n'as pas de preuves, fabriques-en.* Je me lançai également à la recherche de témoignages. Je demandai à plusieurs ex-nounous, avec lesquelles j'avais gardé de bons rapports, d'écrire des lettres indiquant que Jérôme n'était jamais présent, et que c'était moi qui m'occupais des enfants. L'une, qui avait travaillé pour moi pendant cinq ans, eut peur et refusa de faire la lettre. L'autre accepta tout de suite, et cela me fit chaud au cœur. La troisième, qui avait travaillé pour Jérôme avant d'être chez moi, accepta si spontanément que j'en fus stupéfaite. Elle savait, elle. Elle avait tout vu. Jérôme, enfermé dans son bureau, pendant que je langeais les enfants. Elle connaissait notre vie et elle était révoltée par la façon dont Jérôme me traitait. Elle me dit qu'elle aurait bien aimé avoir une mère comme moi. J'en pleurai d'émotion dans ses bras.

Puis il y eut les amis. C'est là, je pense, dans le divorce, que l'on prend la mesure des amis et des proches. Les surprises sont grandes. Et les déceptions si amères que l'on ne s'en relève pas.

Il y a peu d'occasions de prouver son amitié. Le divorce est de celles-ci. J'avais des amis dont je pensais qu'ils m'étaient proches et fidèles, que je pensais fiables et qui se révélèrent lâches et fuyants, lorsque je leur demandai une lettre de témoignage. J'ai une amie avec laquelle j'étais fâchée et que je ne voyais plus depuis deux ans, qui en revanche accepta immédiatement, sans sourciller, de me faire la lettre que je demandais. Je mesurai alors, pour la première fois de toute ma vie, la valeur des gens qui m'entouraient, et la sincérité du sentiment qu'ils me portaient. Certaines

« amies », à qui j'avais tout donné, que j'avais aidées, me laissèrent tomber sans explication. D'autres se payaient de conseils, me disaient que « par amitié », « comprenant ma détresse », elles pensaient que cela ne servait à rien de témoigner de son alcoolisme, parce qu'il fallait des preuves, et que j'allais m'épuiser dans un combat qui n'en valait pas la peine.

Certaines, que je pensais jalouses, méfiantes, infidèles, prouvèrent leur amitié et leur zèle en m'envoyant immédiatement la lettre, sans demander d'explication, sans supplication ni sommation, et sans prodiguer de conseils. D'autres encore me proposèrent spontanément de témoigner. En ce domaine, ce fut la surprise qui recomposa entièrement la carte du Tendre de mon amitié. Je reléguai des amies proches aux oubliettes et me rapprochai de certaines qui s'étaient éloignées. Tant il est vrai que l'amitié véritable se révèle dans la nécessité plus que dans l'allégresse, quand il est simple et peu onéreux de montrer un cœur généreux. Dans les moments difficiles, il est intéressant de voir ceux qui répondent présent, et les autres, les hypocrites, les manipulateurs, ceux qui se servent de vous pour parvenir à leurs fins, usant votre générosité jusqu'à la corde, sans jamais rien donner en retour. J'en ai connu, de pareilles engeances, et je les plains. Même entourées, elles seront toujours seules : elles le sont déjà. Pour les autres, à l'inverse, même seules, elles sont toujours entourées.

Je sollicitai aussi mes contacts professionnels pour qu'ils témoignent que je m'occupais de mes enfants avant tout, ce qu'ils firent, sans poser de questions, et cela aussi me réconforta. Le désaveu d'amour était si fort que je ne savais plus si j'étais digne d'être aimée. En leur suggérant d'écrire ces lettres, je leur demandais à tous aussi ce qu'ils pensaient de moi, s'ils avaient compris combien j'avais souffert, et surtout, s'ils m'aimaient.

Les deux coups de poignard vinrent de là où je m'y attendais le moins. Maud, qui avait vécu chez moi juste après son divorce, que j'avais recueillie, que j'avais aidée, secourue, moralement, financièrement et psychologiquement, refusa de me faire une lettre de témoignage, en vertu du fait que dans son divorce, elle avait entendu trop de mensonges pour en reproduire le schéma. Mais lorsque j'insistai auprès d'elle, lui expliquant à quel point il était important et urgent de se battre pour les enfants, et qu'il ne s'agissait aucunement de faire un faux témoignage, soudain, elle ne savait rien. Elle qui m'avait vue pleurer lorsque Jérôme m'insultait, me harcelait, elle qui l'avait observé si souvent ivre mort, les pupilles dilatées, décomposé par la drogue, elle qui avait mangé, dormi, vécu chez moi pendant des mois, elle qui avait pleuré sur mon épaule lorsque son mari l'insultait et la bafouait, n'avait rien vu.

Le pire, c'est de se dire qu'on s'est trompé. Le pire, c'est de comprendre à quel point on s'est trompé et pendant combien de temps. C'est de savoir que l'on vit dans un système inhumain et mensonger, que la réalité n'est pas ce qu'on croyait. Le pire, c'est de découvrir la face noire de l'humanité. Voilà ce dont on ne se relève pas, dans le divorce. Plus encore que de la fin de l'amour et la fin de l'idéal.

18

Le divorce est une école de la vie. On n'est pas adulte quand on n'a pas divorcé. On ne peut rêver arrachement à soi-même plus radical. C'est une transformation, un voyage sans retour dans le pays de la vie véritable qui s'appelle aussi Amère Déception. J'aurais préféré ne pas quitter l'enfance et chérir mes illusions. J'aurais voulu ne pas savoir. Maintenant mes yeux sont dessillés. Mon cœur est meurtri. Je regarde le monde avec nostalgie et détestation. Ma lucidité m'a remplie de désespoir. Je suis passée par toutes les phases, toutes les émotions, de la tristesse à l'espoir, de l'espoir aux regrets, des regrets à la colère, de la révolte à la dépression puis à la joie paradoxale. La peur, l'angoisse et la terreur furent pendant ces années mes compagnes d'infortune. Je ne saurais expliquer pourquoi je n'ai pas pris d'antidépresseurs. Sans doute une question de chance ou de culture. J'aurais pu boire, moi aussi, pour oublier. Mais je n'ai rien fait de tout cela : j'ai tout pris en pleine figure, sans échappatoire. Je l'avais sans doute voulu ainsi.

J'avais toujours entretenu de bons rapports avec ma sœur aînée. Je ne lui cachais rien de ce que je vivais, et elle me regardait, mi-dubitative, mi-compa-tissante. J'étais surprise, quand elle venait chez moi, de la voir montrer autant de chaleur et de sympathie pour mon mari, presque plus que pour moi. Elle n'ignorait rien de ses agissements ni de la façon dont il me traitait, même si Jérôme prenait un malin plaisir à faire étalage en public de marques d'affection et état de son dévouement total à mon égard. Mais je me disais que ma sœur restait civile, voilà tout. Son mari avait tissé une sorte de lien viril avec Jérôme, par lequel il se moquait souvent de ceux qu'ils appelaient « la famille Amiel », et qui avait, selon leur opinion, tous les maux alors qu'ils avaient des parents par-faits…

Ma sœur aînée, professeur de piano dans un conservatoire, souffrait de n'avoir pas réussi comme elle l'espérait. Elle était souvent triste, et insom-niaque. Son mari et elle avaient connu des crises majeures, mais c'était le propre de tout couple, et ils s'en étaient bien sortis, même si j'avais du mal à m'expliquer qu'il n'y eût pas de porte à leur chambre à coucher. Malgré ce détail intrigant, son couple tenait bon, envers et contre tous : c'était l'un des rares dans mon entourage à ne pas avoir divorcé. Chacun s'arrangeait, entre petit et grand mensonge. Ma sœur avait un amant occasionnel, marié lui aussi, et cette double vie leur convenait à tous les deux. Vis-à-vis de moi, Laura hésitait entre la relation protectrice d'aînée et celle de petite sœur des pauvres, puisqu'elle me demandait régulièrement de lui prêter de l'argent, alors qu'elle était propriétaire de son appartement et moi pas ; mais le surendettement la mettait dans des difficultés financières. Et moi, j'hésitais, vis-à-vis d'elle, entre l'attitude de la sœur prodigue et celle de la petite sœur de la petite sœur des pauvres, lorsque je lui rappelais de me rendre l'argent qu'elle me devait.

Je demandai donc à Laura de témoigner de ce qu'elle avait observé tout au long de ces années où elle m'avait vue souffrir de l'attitude de Jérôme à mon égard. Elle commença par me répondre qu'elle ne voyait pas à quoi la lettre pourrait me servir, puisque c'était une lettre de famille qui n'aurait aucune crédibilité. Ce à quoi je rétorquai que, outre le fait que ce n'était pas à elle de juger, mon avocate avait dit que c'était utile, j'en avais besoin, c'était très important pour moi et pour les enfants. Je lui donnai tous les détails pour écrire la lettre : il fallait qu'elle fût manuscrite, avec une photocopie de la carte d'identité. Je voulais lui faire comprendre qu'entre sœurs, il n'y avait même pas de question à se poser à ce sujet.

Elle me répondit par texto : « C'est une question de logique. Tu sais bien que je suis avec toi, mais il est hors de question pour moi de mentir et de produire un faux témoignage. Et en plus, dévaloriser le père ne servira pas tes enfants, parce qu'ils le sauront, tôt ou tard, et donc, il faut dire la vérité. »

Sans relever l'étrange formule « dire la vérité » – elle qui avait tout vu, qui savait tout –, je lui assurai que mes amis l'avaient fait, et que si je ne pouvais pas compter sur le soutien de ma sœur dans ces circonstances, c'était triste et irréversible en ce qui me concernait.

— Tu me fais du chantage, me dit-elle, lorsque nous nous retrouvâmes au Café Charbon. En plus, tu me prends pour une imbécile. Tu oublies sans doute ce que j'ai fait pour toi, et combien je t'ai soutenue.

— Mais si j'avais besoin d'être soutenue, c'est qu'il me faisait du mal, non ? lui dis-je.

— Agathe, tu détestes tellement ton mari que cela finit par tout emporter, même notre relation. Tu deviens folle. Ressaisis-toi. Demande-moi de t'aider, mais ne me demande pas des choses impossibles : c'est une insulte à mon amour pour toi, qui est inconditionnel, tu le sais bien ma chérie.

Ainsi elle m'aimait, au point de ne pas vouloir écrire de lettre pour me soutenir. Au point de penser que c'était moi qui détestais mon mari. Au point de vouloir protéger mon mari contre moi. Avec ce type d'« amour inconditionnel », en effet, je n'avais pas besoin d'ennemis.

Devant mon insistance – je tenais à lui laisser une chance de se rattraper à mes yeux –, elle argumenta d'une façon différente, disant qu'elle était débordée de travail et qu'elle verrait dans quelques mois si sa situation s'améliorait. Je lui fis remarquer qu'après le divorce, sa lettre ne me serait pas d'une grande utilité. Comme elle était mon amie sur Facebook, je regardai son profil, qu'elle alimentait quotidiennement de tests, de proverbes, de pensées édifiantes, et de photos d'elle avec ses enfants, sans que le mari n'apparaisse jamais. Je lui collai sur son mur : « Contente et soulagée de voir que tu as trouvé le temps d'alimenter ton mur sur Facebook. Bon courage pour la suite ! »

C'était bizarre. Pourquoi diable refusait-elle d'écrire cette lettre ? Cette question me laissait perplexe face à l'insondable mystère de l'homme. Pourquoi ne pas prendre parti ? Avait-elle peur de Jérôme ? Au point de ne pas soutenir sa sœur dans cette période brûlante ? De quoi avait-elle peur ? De qui ? Pourquoi cherchait-elle à préserver une relation qu'elle n'avait plus avec mon mari, plutôt que celle qu'elle avait avec moi ? Cela dépassait les bornes de l'entendement, c'était en dehors du champ de ma conscience, il devait bien y avoir une façon de comprendre, mais laquelle ? Qu'avais-je fait pour mériter tant de haine ? Que n'avais-je pas fait ? Quel manquement avais-je eu à son égard ? Ne lui avais-je pas tout donné, depuis toujours ? N'avais-je pas prêté, donné de l'argent à Laura lorsqu'elle me le demandait ? N'étais-je pas son alibi lorsqu'elle voulait voir son amant sans que son mari le sache ? Lorsqu'elle était partie à Maurice avec son ami, dans la suite « Full Moon » d'un hôtel de luxe, qui se morfondait dans la chambre d'à côté en entendant leurs ébats ? Elle était frustrée, sans doute malheureuse, et le fait que je divorce la mettait face à son incapacité de faire évoluer sa propre vie. Elle faisait partie de ceux qui restent, ceux qui n'ont pas le courage de changer, ceux qui renoncent, ceux qui meurent. Le fait que j'ose la remettait sans doute en cause, profondément, et la plaçait face à son choix de vie, son manque de courage. Laura aurait rêvé de quitter son mari, sans doute, mais elle n'osait pas le faire. Ma sœur m'admirait secrètement mais elle ne m'aimait pas. Elle aurait voulu me voir à terre, malheureuse, détruite, punie pour ce que j'avais fait. Comme je l'étais, d'ailleurs, elle ne ferait rien pour me relever.

Cela expliquait pourquoi elle projetait de partir « en famille » pour les vacances, sans me convier, comme si soudain je ne faisais plus partie de sa famille.

Mes parents, mariés depuis soixante ans, s'abstinrent de prendre parti pour l'un ou l'autre de leurs enfants. En ne disant mot, ils consentaient. Dans le fond, je savais qu'ils désapprouvaient aussi l'idée de ce divorce. Ou en tout cas, ils ne comprenaient pas. Ils aimaient bien Jérôme, même s'il se montrait odieux avec ma mère lorsqu'elle venait s'occuper des enfants. Ils pensaient que tout était ma faute ; je ne devais pas abandonner mes enfants et mon mari. Vivre une vie de femme libre.

De tout ce que j'eus à vivre pendant cette année, je crois que cet abandon fut le plus terrible et le plus inexorable. Cette trahison des miens, de mes proches, m'atteignit, me déstabilisa au plus profond de moi. Étrangement, peut-être plus que la fin même de mon couple.

Il est des moments où il faut savoir choisir son camp. Dans les guerres, notamment. Il est des moments où la neutralité est malveillante. Ma sœur avait choisi le sien : ce n'était pas le mien.

Tout ce qui formait mon univers – mon mari, ma famille, mes amis – s'effondrait comme un château de cartes, les unes entraînant les autres. Le divorce me mettait brutalement face à un constat, que j'avais déjà fait en lisant les livres d'histoire ou en regardant la télévision, mais que je n'avais jamais expérimenté intimement : l'humanité ne vaut rien. Il n'y a rien à en attendre, rien à en espérer, rien à sauver. L'amour, la famille, l'amitié : des illusions d'optique, des légendes urbaines. La vérité est que l'idée de la famille, du lien du sang, nous maintient dans la culpabilité. Ce sont des mythes sur lesquels les civilisations construisent leurs dépravations.

De cela, je n'allais jamais me remettre.

Je pénétrais là, par la petite porte, dans un domaine qui allait être mon quotidien : celui du Mal, du Mensonge et de la Médisance.

19

Alors vint le moment où il fallut parler aux enfants. À leurs questions, je compris qu'ils commençaient à se rendre compte qu'en dépit de nos dissimulations maladroites, la maison était en train de brûler.

Jérôme m'en avait fait la demande à plusieurs reprises, mais j'avais reculé le plus loin possible cette échéance. Chaque fois que je l'évoquais en imagination, je pleurais sans pouvoir m'arrêter. J'avais si souvent renoncé au divorce à cause d'elle ! Cette scène dramatique à partir de laquelle leur vie ne serait plus jamais la même. Cette scène, dont ils se souviendraient toujours, serait la scène fondatrice, originelle, épouvantable, digne du plus horrifiant des films d'horreur. Cette scène qui, toute leur vie, alimenterait leurs cauchemars, après avoir peuplé les miens.

Ils sont là, assis au salon, tel Adam avant d'être chassé du paradis, et ils auront bientôt l'impression d'avoir commis la même faute, grave, terrible, irréparable. Sauf que leur paradis est un enfer. Mon enfer conjugal. Sacha nous regarde gravement, sentant qu'on va s'adresser à lui. Max court à droite et à gauche, comme pour fuir le débat. J'ai l'impression d'avoir posé un revolver sur la tempe de mes fils pour leur faire exploser le cerveau.

Nous sommes le vendredi 28 décembre. Il est quatre heures de l'après-midi. Nous ne savons pas quoi dire, Jérôme et moi, ni qui va parler le premier. Alors, en fermant les yeux, j'appuie sur la détente :

— Papa et Maman vont se séparer. Papa va bientôt déménager dans une autre maison.

Les mots s'arrêtent. Les larmes montent. J'ai la gorge nouée. Je ne dois pas pleurer. Non, je ne vais pas pleurer. Je vais penser à autre chose, à la musique d'Armand Amar, par exemple. *Everytime, you say goodbye.*

— Pourquoi Papa va-t-il aller dans une autre maison ? demande Sacha.

— Eh bien vois-tu, dis-je, Papa et Maman ne s'entendent plus, Papa et Maman veulent se séparer mais ils ne veulent pas se séparer de vous, ce n'est pas votre faute, et Papa et Maman vous aiment très fort.

J'ai débité mon discours d'une traite, mais les mots s'arrêtent dans ma gorge, je n'arrive pas à poursuivre, à leur servir la soupe des livres de psychologie. Comme si cela allait épargner leurs petits cœurs, à jamais brûlés par le chalumeau de notre bêtise, de notre inconséquence et de notre égocentrisme. Qui peut avoir l'arrogance de faire des enfants si c'est pour les séparer en deux ?

— Papa et Maman se sont aimés très fort, mais c'est fini, ils ne s'aiment plus, paraphrase Jérôme. Et donc ils vont se séparer.

— C'est fini pour nous mais pas pour l'Amour ! dis-je, pour ne pas briser leurs rêves. Il y a des papas et des mamans qui continuent de s'aimer mais nous, nous n'avons pas de chance, ce n'est pas le cas. Nous, on se dispute trop pour rester ensemble.

— Alors vous vous aimez encore ? demande Sacha.

— Oui, bien sûr. Quand on s'est aimé, on s'aime pour toujours.

Je ne peux pas m'empêcher de pleurer. Jérôme me fusille du regard.

— Tu peux pas retenir ton hystérie, juste une fois dans ta vie ? murmure-t-il.

Dans un éclair de lucidité, je comprends soudain qu'il confond hystérie et sentiments.

— Alors pourquoi vous ne restez pas ensemble ? demande Max.

— Ce n'est pas ça, l'amour, vous savez, dis-je. On ne vous a pas donné une belle image de l'amour. L'amour, c'est dormir dans le même lit, c'est s'enlacer, se caresser, s'embrasser, c'est prendre soin l'un de l'autre, c'est penser à l'autre, à chaque moment de la journée, c'est être présent, dans les moments joyeux et dans les moments difficiles, c'est prendre plaisir à parler avec l'autre, l'écouter quand il parle, l'attendre quand il s'absente, c'est avoir du désir pour lui, c'est chercher le contact de son corps, c'est vouloir son bien, le respecter, le protéger, le chérir. L'amour, c'est l'appeler au téléphone pour voir s'il va bien, s'il a besoin de quelque chose, c'est lui faire des cadeaux, c'est l'emmener en vacances, au restaurant, au cinéma, c'est partager chaque moment de la vie, c'est se réveiller le matin et s'émerveiller de voir l'autre. Et Papa et moi, on ne fait rien de tout ça. Au lieu de ça, on ne fait que se disputer.

— Mais qu'est-ce que tu fabriques, Agathe ? s'exclame Jérôme, stupéfait. Tu leur fais un sermon sur l'amour, alors qu'on divorce !

— Mais pourquoi vous vous discutez ?

Max dit toujours « discuter » au lieu de « disputer ». Depuis qu'il est enfant, discuter se résume pour lui à se disputer.

— On se dispute parce qu'on n'est d'accord sur rien, dis-je. On se dispute parce qu'on n'a pas la même conception de la vie.

— Tu veux quoi ? demande Sacha.

— Je ne veux plus être malheureuse.

— Ça veut dire quoi ?

Bonne question.

— Je ne sais pas.

— En fait, dit Sacha, je sais pourquoi vous vous discutez. C'est à cause de nous.

— Mais non ! C'est pas à cause de vous ! On se disputait déjà avant votre naissance !

Jérôme me regarde, l'air furieux, comme si j'avais dit une énorme bêtise. C'est vrai. Quelle image vais-je leur donner du couple ? Mais comment les sortir de ce sentiment de culpabilité ?

— En fait, poursuit Max, implacable. Si on n'existait pas, vous resteriez ensemble.

— Mais non, c'est pas vrai, voyons. Cela n'a rien à voir avec vous. Au contraire, c'est vous qui nous avez empêchés de nous séparer avant. Si vous n'étiez pas là, ça fait longtemps qu'on ne serait plus ensemble, Papa et moi.

158

— Mais l'important, dit Jérôme, c'est que vous sachiez qu'on vous aime, Maman et moi, et c'est pas parce qu'on se sépare, qu'on s'arrête de vous aimer. On se sépare l'un de l'autre, mais on ne se sépare pas de vous.

Max gambade à nouveau autour de nous, accomplissant sauts périlleux et escalades audacieuses, au risque de se rompre le cou.

— Mais on va aller chez qui ? demande Sacha.

— Chez les deux, dis-je. Vous serez pendant un moment chez moi, puis chez Papa et ainsi de suite…

— Max et moi aussi on va se séparer ?

— Pas du tout. Vous serez toujours ensemble. Et on vous aime, vous avez compris ?

C'est faux, ce que je dis. Si on vous aimait vraiment, on n'en serait pas là, non ? On n'est même pas capables de vous aimer.

— Bon, dit Jérôme, en se levant. Voilà.

— Voilà ?!

— On leur a dit, non ? C'est bon ?! Ou tu veux continuer ton théâtre ? C'est une belle scène pour toi, n'est-ce pas ? Tu en profites bien, j'espère. Parce que c'est toi qui l'as voulue.

Oui, bien sûr, Jérôme. Même cela, tu ne peux pas y faire face, et c'est normal. Qui le peut ?

Le soir, les enfants viennent me rejoindre dans mon lit. Nous sommes enlacés, tous les trois, comme dans un radeau sous la tempête.

— Dis Maman, murmure Max, peut-être que Papa et toi vous allez vous réconcilier plus tard, si on est très gentils Sacha et moi ?

— Non, chéri. Nous avons bien réfléchi. Nous ne pouvons pas faire autrement. Il n'y a rien que toi ou ton frère puissiez faire pour que nous nous remettions ensemble.

Sacha, lui, me regarde avec ses grands yeux bleus, et en battant des cils :

— Je voudrais ne pas exister.

— Pourquoi tu dis ça ?

— Parce que, si je n'existais pas, je ne saurais pas ce qui est en train de se passer, alors je préférerais ne pas exister.

— Mais si tu n'existais pas, je serais très malheureuse. Qu'est-ce que je ferais sans toi ?

— Alors, pourquoi tu nous l'as dit ? J'aurais préféré ne pas savoir. Maintenant je sais. Et la tristesse est dans mon cœur. Et je ne pourrai plus jamais l'enlever de mon cœur.

Sacha me regarde, alors que Max s'est lové contre moi, en position fœtale.

— Tu sais pourquoi la pluie tombe ? dit Sacha.

— Non ?

— C'est Dieu qui pleure.

De grosses larmes coulent sur ses joues roses.

Salies à jamais par ceux en qui ils avaient confiance, ceux qu'ils aimaient le plus au monde. Nous. Les parents les plus crétins du monde.

20

Les couples vont mal : on divorce, on recommence tout. On s'imagine que ce sera simple et facile.

Il n'en est rien.

Le divorce est une traversée infernale qui pulvérise non seulement la famille, mais aussi les individus : il les laisse exsangues, échoués sur la berge, tels ces poissons qui suffoquent à l'air, après un raz de marée.

Nous étions prêts à déclencher les hostilités. Nous n'étions d'accord sur rien. Mais comment aurais-je pu soupçonner à quel point ce serait violent ? Il faudrait avoir déjà divorcé pour le savoir, pour ne pas avancer à tâtons, dans l'obscurité, comme je le faisais. Si on avait déroulé devant moi l'histoire de mon divorce, peut-être aurais-je agi différemment.

Cette période imposée avant l'ordonnance de non-conciliation était une absurdité : sous le même toit, en train de faire la guerre, de s'espionner, avec les enfants qui ramassent les balles perdues. Je ne pouvais pas quitter la maison, sous peine d'être accusée de désertion du domicile conjugal, tandis que Jérôme ne voulait pas quitter les lieux pour me mettre sous pression. Je ne pouvais plus parler au téléphone, je n'osais plus bouger depuis que j'avais décelé une minuscule caméra numérique dissimulée entre deux livres dans ma chambre. Je ne faisais plus aucun reproche aux enfants, de crainte d'être enregistrée ou filmée. J'étais terrorisée.

Quel législateur a ignoré le danger qu'il y a à laisser un couple se déchirer dans la même maison après l'annonce d'un divorce ? Quel législateur a négligé l'orgueil blessé d'un homme qui se voit rejeté et la puissance de la haine, lorsqu'elle est engendrée par l'amour ? Toutes les semaines, on entendait à la radio qu'un homme avait tué sa femme car elle voulait se séparer de lui. Parfois, il massacrait femme et enfants avant de se donner la mort. Jamais on n'a vu une femme brandir un fusil sur son mari et ses enfants parce qu'elle était abandonnée. L'orgueil blessé d'un homme donne naissance à l'ultime violence. À croire qu'il y va de l'essence même de sa virilité. Lorsque je divorçais de Jérôme, c'était comme si je lui avais dit que je n'étais plus dupe de son impuissance : il ne me pardonnait pas de l'avoir démasqué.

En journée, Jérôme se promenait dans l'appartement avec nonchalance, fumait dans le salon, salissait des assiettes, mangeait ce que j'avais acheté, utilisait mes serviettes de bain, se faisait faire son linge par la femme de ménage, tout en m'insultant devant les enfants qui nous regardaient, l'air de plus en plus hagard. Après avoir joué dix minutes avec sa progéniture, il me laissait le soin de leur donner le bain, de leur préparer à manger, puis il s'enfermait dans son bureau, pour comploter et fumer un joint derrière mon dos comme un gamin en révolte contre la terre entière.

Tous les jours, des affaires à moi disparaissaient. Des photos des enfants étaient décrochées, des jouets, des habits, des albums-photos se volatilisaient : il emportait tout, ailleurs. Comme lui, je fermais la porte de ma chambre. Un soir, en arrivant, je découvris qu'il l'avait également crochetée : j'y avais rangé tous mes dossiers, ma comptabilité et mes contrats. Je mis tout ce qui restait dans des sacs que j'emportai chez mes parents qui m'observaient, l'air incrédule.

Dossiers, contrats, contacts, clefs USB, je ne pouvais plus rien laisser à sa portée. Un soir, en allumant mon ordinateur, je notai plusieurs fois de drôles d'anomalies. Des dossiers s'ouvraient sans que j'aie rien fait. Par moments, je perdais le contrôle de ma souris. Des programmes étaient lancés, comme par magie. Je m'aperçus alors que j'étais infectée par un logiciel, « Log me in », qui permettait de prendre le contrôle de mon ordinateur à distance. Jérôme avait infiltré jusqu'à mon Mac ! Paniquée, je fis une copie de tous mes fichiers sur le disque dur Time Machine, puis je vidai le tout dans la corbeille. Sur ma boîte électronique, je transférai les messages que je voulais conserver vers une autre messagerie que je créai sur Yahoo, puis je les effaçai méthodiquement pour qu'il n'en suivît pas la trace. Enfin, je plaçai un programme Firewall, qui filtrait toutes les communications de ma machine. À chaque connexion, je m'empressais de vérifier que mon ordinateur n'était plus sous son contrôle.

Après cette mésaventure, j'eus alors l'idée de vérifier mon iPhone pour voir si Jérôme ne l'avait pas également piégé. Je m'aperçus avec stupéfaction qu'il y avait mis une application qui permettait de me localiser. Ainsi donc, il savait où j'étais, ce que je faisais, ce que je pensais, même lorsque je n'étais pas chez moi ! Je détruisis l'application. Mais je n'étais plus sûre de rien.

Je me déplaçais avec ma maison sur mon dos. Tous mes dossiers, mon ordinateur, mon disque Time Machine étaient entassés dans une petite valise que j'emportais le matin en emmenant les enfants à l'école, et ensuite à tous mes rendez-vous. Chaque fois, on me demandait si je partais en voyage ou si j'en revenais : non, j'étais juste une nomade chez moi.

Lorsque Jérôme s'absentait, je m'introduisais dans son bureau pour tenter de voir ce qu'il préparait. Un matin, j'eus la surprise d'y trouver une sacoche remplie de billets de banque : il était en train de transférer l'argent de notre compte courant vers un autre compte. Dans quel but ? Je tentai d'obtenir des informations sur son ordinateur, mais il avait mis un code. Je pris alors le disque de démarrage que j'insérai dans l'appareil pour le faire redémarrer sans mot de passe. Grâce aux forums sur Internet, je m'étais renseignée sur la procédure à suivre.

Cela dépassait tout ce que j'aurais pu imaginer. Mon mari versait de l'argent sur un compte en Suisse. Depuis quand ? J'en étais stupéfaite. Stupéfaite que son intérêt pour l'argent fût si fort qu'il pût aller jusqu'à déposséder la mère de ses enfants. Et encore plus stupéfaite par ma naïveté de lui avoir fait confiance pendant toutes ces années. Pour éviter qu'il s'aperçût que j'avais réinitialisé son ordinateur, je fis sauter les plombs de la maison, comme s'il y avait eu une coupure de courant qui aurait court-circuité son disque dur. Je sortis de son bureau, que je refermai soigneusement à clef.

À chaque nouvelle découverte, c'était comme si je prenais un coup de couteau en plein ventre. La haine envahissait tout mon paysage, il fallait que je me venge, que j'exorcise, que je trouve un exutoire, que j'exécute un objet. La haine m'attachait à lui d'une façon plus radicale, plus viscérale et plus passion-nelle que l'amour. En le haïssant, sa présence m'était insupportable au point de devenir obsessionnelle ; il fallait que j'en fasse disparaître les signes les plus visibles. Ainsi, je jetai à la poubelle deux paires de chaussures, des chemises qu'il venait de s'acheter, et son jean préféré. Comme il m'était devenu soudain intolérable qu'il ne payât ni le loyer, ni les courses, ni la femme de ménage, j'avais dit à cette dernière d'arrêter de laver son linge ; mais un jour où j'étais absente, il exigea d'elle qu'elle le fît. J'étais tellement furieuse qu'il profitât ainsi de moi, que je mis en vente sur eBay son bureau, son fauteuil de chef d'entre-prise, ainsi que ses chemises et ses costumes.

Quand venait le soir, je sentais le drame possible. J'avais envie d'appeler au secours mais à qui m'adresser ? Mon angoisse montait, jour après jour, heure après heure. En dépit des chansons douces que je mettais pour endormir les enfants, chaque soir, la souffrance était grande. Loin des belles histoires, des paroles de tendresse et des caresses, nous étions dans la barbarie. « *La petite biche est aux abois, dans le bois se cache le loup…* »

Parfois, le loup venait dîner avec les enfants et moi et, quand il avait fini, il se levait de table, sans débarrasser. C'était un animal, pensais-je, qui allait élever ses enfants comme des animaux. Et de fait, les enfants, qui n'avaient pas fini de manger, se levaient aussi : Max avait faim vers 22 h 30, je lui gardais son assiette pleine, que je lui servais dans son lit. Et Sacha, en pleine régression, se réveillait en pleine nuit pour prendre un biberon.

Les enfants, agités, agressifs, hyperactifs, tyranniques, ne voulaient pas dormir. J'étais à bout, face à mes limites, mais je tenais bon, en vaillant petit soldat. Ils finissaient toutes les nuits dans mon lit, agrippés à moi, et affolés aussi. Max brisa un verre sur la tête de son frère, il fallut lui faire des points de suture. Le pauvre Sacha avait également une sorte de gastroentérite qui n'en finissait pas. Dans l'appartement flottait une odeur de vomi mélangée à celle d'un parfum écœurant que j'avais versé sur ses chemises dans un moment d'égarement.

Pendant ce temps, pour constituer son dossier, Jérôme me harcelait, m'envoyait des SMS, annonçait « je suis à la maison, j'attends les enfants », alors qu'auparavant, il pouvait passer une semaine sans les voir ni prendre aucune nouvelle d'eux lorsqu'il partait en voyage.

Un soir, à 20 heures, il dit qu'il voulait sortir avec les garçons. Je refusai en assurant qu'il était l'heure de se coucher ; il prit Max et Sacha ; je me précipitai vers eux, saisis Sacha dans une main et Max dans l'autre.

Max hurla. Jérôme cria : « Espèce de tarée », en s'avançant vers moi d'un air menaçant. Je dégainai mon téléphone, composai un numéro au hasard, en disant : « Oui, madame l'Avocate, il me menace devant les enfants… »

Il stoppa net.

La vérité, c'est que mon avocate ne répondait jamais au téléphone. Les rares fois où je réussissais à lui parler, elle me coupait la parole au bout de deux minutes, en me disant : « Je suis au Palais. » Parfois, lorsque je m'inquiétais du temps que prenait la procédure, elle me disait deux phrases au lieu d'une : « Je suis au Palais avec le juge. Je lui ai parlé de votre cas. »

Je ne pouvais donc rien faire pour le sortir de chez moi ? Il faut qu'il parte, me répétais-je sans cesse – qu'il parte, ou bien il va y avoir un drame. Comme je ne pouvais pas l'obliger à s'en aller, je m'évertuais à lui rendre le quotidien infernal. Le soir, je finis par faire à manger pour les enfants et moi, mais pas pour lui. Il terminait les restes des repas, tel un chien. Il n'avait aucune dignité, et se traitait avec les mêmes égards qu'il avait pour les autres. Je devenais comme lui, hargneuse et avare. Je ne me reconnaissais plus. J'avais l'impression de devenir folle.

Pourquoi m'étais-je lestée d'un tel poids ? La question, lancinante, m'obsédait. Quelle bêtise, quel aveuglement, quelle dépravation m'avaient menée jusqu'à cette épave ? Et comment me pardonner de l'avoir fait ?

L'imaginer avec mes bébés me rendait inconsolable. C'est terrible de lâcher prise, de laisser ses enfants avec l'ennemi juré, cet homme qui me haïssait. Comment me séparer de la chair de ma chair ? C'était un déchirement, un déracinement, un exil de moi-même.

Comme Sacha vomissait toujours, je passai une journée entière avec lui, pour lui faire faire des analyses, échographiques, radiologiques, de selles et de sang. Il s'avéra que Sacha avait attrapé un parasite. Lorsque je me renseignai sur Wikipédia au sujet de ce mot, je trouvai la définition suivante : « *Un parasite est un organisme qui dépend d'un autre organisme (hôte), pour sa nourriture et son toit, sans rien lui donner en échange. Les buts ultimes des parasites sont la survie et la reproduction. Avec une personne comme hôte, les parasites se nourrissent au détriment de cet individu qui perd les bienfaits de sa nourriture et des nutriments essentiels, le laissant fatigué et affamé.* »

Mon Dieu ! C'était un portrait saisissant de mon mari. Mon petit Sacha avait en quelque sorte introjecté son père sous forme de maladie.

Une nuit, Jérôme rentra tard, me regarda, pendant un long moment. Je fis semblant de dormir, en retenant ma respiration. Intérieurement j'étais affolée. J'habitais au quatrième étage, il pouvait très bien me jeter par la fenêtre ! N'était-ce pas ce qu'il avait indiqué à Joanna ? Je pensai à tous ces hommes chassés par leur femme, qui s'en débarrassaient, sans qu'on trouve la preuve de leur forfait. Étant donné l'état dans lequel j'étais, il lui serait facile de dire que je m'étais suicidée. Je sentis une sueur froide couler le long de mon échine. Il continua de me regarder pendant plusieurs minutes qui me parurent une éternité, j'avais maintenant le cœur qui battait la chamade.

Puis je l'entendis partir, se diriger lentement vers la chambre des enfants. Mon cœur fit alors un bond dans ma poitrine. Je me levai sur la pointe des pieds pour l'observer. Il s'était couché dans le lit où dormait Sacha, tête-bêche avec lui, nu. Je tentai de le réveiller mais il était ivre mort. D'une main tremblante, je fis une tentative pour le pousser hors du lit mais son corps reposait, inerte : un poids lourd, inamovible.

Je savais que si j'appelais la police maintenant, mon divorce serait terminé. Il irait en garde à vue.

Je le regardai, sans savoir quoi faire. Même ivre, à ma merci, il me faisait encore peur. Je pris mon téléphone, commençai à composer le 17, et raccrochai. Je n'en étais pas capable. Je repris mon téléphone, et d'une main tremblante, je le tendis lentement vers lui pour prendre des photos.

Le lendemain à midi, lorsqu'il se réveilla, je lui montrai les photos, en lui disant de partir, de nous laisser tranquilles, d'avoir la dignité de vivre ailleurs. Il tenta de m'arracher le téléphone de la main, je lui dis que c'était inutile, que j'en avais déjà envoyé des copies à mon avocate. Il pâlit pendant une minute, puis se reprit :

— Si tu crois que ça me fait peur, tu te trompes, ma jolie. Si tu savais ce que je prépare sur toi... Tu crois que tu es la seule à prendre des photos ? J'en ai des très belles, de toi dans une voiture, avec ton amant, prises par un détective. Que dirais-tu de les afficher sur ton mur de Facebook ?

21

Plus la tension montait, plus la relation entre Joanna et Jérôme progressait, même si je faisais des erreurs qui l'éloignaient parfois de moi, comme s'il sentait le danger. Puis je rattrapais la faute par quelque flatterie, et il s'intéressait à nouveau, non pas à Joanna – à qui il ne posait étonnamment aucune question –, mais à lui, se contemplant dans le miroir valorisant de son ex-nouvelle-amie. Dans le cours de la journée, il me menaçait de mort ; et dès la tombée de la nuit, il me faisait revivre le temps béni des premières amours, des flirts, des approches sentimentales. Selon l'heure, il me haïssait ou me désirait.

Je devais animer tout le groupe d'amis virtuels de Joanna. Il fallait que je les fasse exister, qu'ils s'envoient des mots, des messages, des commentaires pour être crédibles. Philippe, celui qui aimait les voitures, échangeait ses points de vue sur la question des Vélib' avec Élodie, la cycliste. Céline, la parachutiste, avait fait quelques sauts à l'élastique avec Joanna et Charles, le financier anglais secrètement amoureux de cette dernière. Ils s'entraidaient, se confiaient leurs problèmes, se faisaient confiance, se tenaient au courant de leurs humeurs, de leurs tracas et de leurs dernières découvertes sur YouTube. Ils faisaient des blagues. Céline était devenue fan d'Isabelle Boulay, Élodie était partie en vacances à Marrakech. Philippe allait en vacances dans les Caraïbes, il était fou de joie. Élodie avait obtenu 95 % à « Complète les paroles », et à « Quel monsieur et madame es-tu ? », elle avait obtenu la réponse : « Madame Ordinateur, toujours enfermée chez toi, ton ordinateur est ton meilleur ami. Tu te moques de la nature et tu es amoureuse de tes jeux. » Non, ça n'allait pas du tout. Sa passion, c'était le cyclisme. Donc elle aimait la nature, et pas les ordinateurs. Et par quel miracle Élodie était-elle une telle experte en paroles de chansons ? C'était bizarre. J'enlevai les questionnaires. Et je les remplaçai par : « Quelle chanson de Gainsbourg es-tu ? » Le résultat était : *Je suis venu te dire que je m'en vais.* Tous ces personnages étaient des images que je projetais de moi ; et c'était moi qui répondais à leur place. Au quiz : « Quel proverbe te correspond ? », Philippe avait obtenu la sentence sur la solitude : « Je crois tellement à l'indifférence du monde que si un chien suivait mon corbillard, je penserais que c'est dans l'espoir qu'il trouve un os. » Au quiz : « Que fuis-tu le plus ? », Céline avait eu ce résultat : « Tu as confiance dans les personnes qui t'entourent. Tu donnes beaucoup d'amour aux gens et le fait de te sentir trahie, surtout par une personne très proche, pourrait t'anéantir. » Élodie « apprenait à se taire, chaque jour un peu plus », et « à tenir plus du roseau que du chêne ». À la question : « Quelle chanson de Michael Jackson es-tu ? », elle répondit : « Tu es

Thriller. » À « Si tu étais un trouble psychologique », elle avait trouvé : « L'angoisse. »

C'était compliqué de créer des personnages. Ils étaient forcément une part de moi, et pourtant ils ne devaient pas l'être non plus. Comment faire pour qu'ils aient une vie par eux-mêmes ? Pour qu'ils tiennent leur rôle ? Pour que Jérôme y croie, il importait de leur donner une chair, pas seulement une ossature. L'histoire ne suffisait pas. L'histoire n'était qu'un patron sans tissu. Il fallait l'étoffe des caractères. Qu'ils soient différents les uns des autres, qu'ils pensent, qu'ils aiment, qu'ils parlent, chacun avec son propre langage. Qu'ils soient cohérents. Comme si je devais m'incarner en eux, et chercher au fond de moi ce qui pouvait être eux. Ou plutôt, chercher au fond d'eux ce qui pouvait être moi. Oui, c'était cela : il fallait partir d'eux. Et ensuite les ramener à l'humain universel : qui aime, déteste, travaille, proteste, pleure, rit, etc.

Philippe, Élodie, Céline, Charles, Cédric, Sébastien, Christine vivaient leur vie de personnages, acquérant leur indépendance un peu comme des enfants s'éloignent de leur mère lorsqu'ils deviennent adultes. Tous les jours, j'étais contente de les retrouver, de converser avec eux, d'apprendre d'eux, de les voir vivre, sortir, dîner, rire. Ils grandissaient. Et je me sentais grandir à travers eux. C'étaient eux, les personnages virtuels, mes nouveaux amis qui remplaçaient les autres, ceux qui m'avaient trahie. Je les voyais quand je le décidais, ils ne me décevaient pas, ils étaient drôles, ils m'éloignaient de la tristesse. Ils m'étonnaient, ils me surprenaient. J'aimais bien

Élodie, qui trouvait toujours de nouveaux défis, qui partait à vélo en Normandie pour le week-end, qui menait une vie très saine pour oublier son manque d'amour. Christine, elle, m'énervait, avec ses voyages en Inde, son idéologie bouddhiste, ses thés ayurvédiques et ses cours de yoga. J'avais l'impression qu'elle fuyait son mal-être, son angoisse, sans vraiment y faire face. Elle était remplie d'artifices alors qu'elle disait être dans le vide. Charles, lorsqu'il venait pour quelques jours à Paris, tentait de voir Joanna, malgré leur rupture. Il organisait des soirées au restaurant avec tous les amis, pour tenter de la reconquérir. Il me faisait de la peine. Pourquoi était-elle si fermée à ses tentatives d'approche ? Elle ne pensait qu'à lui. À Jérôme.

C'était un jeu vidéo grandeur nature. Comme il fallait de nouveaux amis, pour faire vivre le groupe, je demandai à des personnes réelles de devenir les amis de mes nouveaux amis, que je choisissais tous en Belgique et au Québec, parce que de toute évidence, les Belges et les Québécois sont plus sympathiques et accueillants que les Français, et j'avais donc plus de chances de devenir leur amie. J'allai aussi m'inscrire dans des groupes d'anciens élèves des écoles qui m'acceptaient bien volontiers. Ainsi je devins ancienne élève de Lakanal, de Janson-de-Sailly, de Jean-Baptiste-Say, de Kléber à Strasbourg, de Montaigne à Bordeaux… que de vies j'ai vécues ! Que d'enfances, que de voyages. J'obtins bientôt une animation réelle sur leur mur virtuel où se mélangeaient les nouvelles de la vie politique, sociale et nocturne à Bruxelles et à Montréal, et les souvenirs de potaches à ceux de mon groupe. Je devais répondre aux questions des vrais amis de mes faux amis. D'où viens-tu ? Que fais-tu ? D'où se connaît-on ? Veux-tu faire ce quiz ?

Jérôme aussi voulait voir Joanna, et je me demandais comment j'allais faire. Combien de temps cette relation virtuelle pouvait-elle durer ? Quand allait-il se lasser de converser avec elle ? Et moi ? J'avais suffisamment d'éléments pour mon dossier. Et pourtant je continuais. Pour quelle raison obscure ? Plus il me vouait de haine, plus je voulais qu'il brûle pour Joanna. Je désirais le conduire jusqu'au désir extrême, jusqu'à l'incandescence, je voulais le rendre captif : il fallait que je pénètre davantage son intimité, pour rattraper ce que je n'avais pu faire dans le mariage. Parler avec lui, le comprendre, le valoriser, lui donner confiance en lui, et surtout, savoir qui il était vraiment. Je m'intéressais à lui, j'essayais de l'aider, d'être rassurante sans être maternelle, d'être présente sans être étouffante, le faire réfléchir sans le contredire, être curieuse sans être inquisitrice, de le valoriser sans que cela se remarque. En fait, grâce à Joanna, j'essayais de construire un couple : le couple idéal, dont je découvris le secret ultime : un couple virtuel, qui ne se rencontre jamais, et où la femme rassure l'homme sans jamais rien lui demander.

Joanna Feltis.
Alors ? Toujours dans ton divorce ?

Jérôme Portal.

Je m'organise, là. Je reste pour occuper le terrain, je sens qu'elle va bientôt craquer. Elle est à bout, ça se voit. Elle a des cernes. Elle est blême. Je ne l'ai jamais vue aussi maigre. À mon avis, elle est au bord de la dépression nerveuse. Si ça continue, je pourrai peut-être la faire interner, et j'aurai la garde complète des enfants. Le fait que j'aie demandé un renvoi, ça l'a achevée. Elle s'imaginait qu'elle pourrait se débarrasser de moi en quelques semaines et je suis toujours sur le pont.

Joanna Feltis.

Mais tu es sûr que c'est ce que tu veux ? Tu ne préfères pas avoir du temps pour toi ? Tu voyages beaucoup à ce que je vois. Je crois que tu ne te rends pas bien compte de ce que c'est que de s'occuper des enfants à plein temps. J'ai une amie qui en a deux, elle est débordée, et ce ne sont pas des jumeaux !

Jérôme Portal.

Comment sais-tu que j'ai des jumeaux ? Je ne crois pas te l'avoir dit.

Joanna Feltis.

Je ne savais pas ! Je disais cela comme ça…

Jérôme Portal.

Je veux simplement la mettre en difficulté, la déstabiliser. Elle ne supporte pas d'être séparée de ses enfants.

Joanna Feltis.
Pourquoi la détestes-tu autant ?

Jérôme Portal.
Pas du tout, je ne déteste personne. Mais tu ne sais pas ce que c'est : une malade, une manipulatrice, une démente. C'est un danger pour les enfants. Je me demande bien ce que j'ai pu lui trouver. Je n'aurais jamais dû faire des enfants avec elle. En fait, je n'aurais jamais dû la croiser. J'aurais mieux fait de me casser une jambe, ce jour-là. C'est curieux, mais quand on dit qu'il faut se fier à sa première intuition… On s'est rencontrés dans un train. Quand on s'est retrouvés sur le quai en arrivant, je me suis dit : Je ne vais pas lui demander son numéro. J'aurais dû me méfier, écouter ce que mes amis et ma famille me disaient. Ils ne l'ont jamais aimée. Heureusement, j'ai beaucoup de témoignages contre elle.

Joanna Feltis.
Qui va témoigner contre elle ? Des amis à toi ?

Jérôme Portal.
Des amis communs à qui j'ai parlé. Et puis, d'autres personnes aussi.

Joanna Feltis.
J'aimerais bien que tu m'en dises davantage.

Jérôme Portal.

J'ai parlé à sa sœur pour qu'elle ne témoigne pas contre moi… mais pour moi !

Joanna Feltis.

Un vrai Machiavel ! Comment as-tu fait ? Qu'est-ce que tu as dit ? Comment a-t-elle réagi ?

Jérôme Portal.

Je l'ai invitée à dîner, elle était flattée. Je l'ai traitée avec tout le respect et la considération nécessaires. J'ai joué au père éploré, au mari bafoué. J'ai même versé quelques larmes. Je lui ai expliqué que je ne voulais pas divorcer, que sa sœur que j'aimais toujours était prise d'une folie maniaque suite à un épisode dépressif, et qu'il ne fallait pas l'écouter car elle voulait tout détruire sur son passage. J'ai fait suivre ma femme par un détective, et j'ai découvert qu'elle avait un amant. J'ai montré à sa sœur des photos d'elle joliment compromettantes. Je lui ai fait écouter des enregistrements aussi. Ça l'a sidérée. Tu aurais dû voir sa tête. Elle est tellement coincée, la pauvre. C'est une professeure de piano ratée qui se prend pour Martha Argerich, totalement dépressive ; un effet de la corde sensible ! Une pauvre fille, comme elle.

Joanna Feltis.

Oui, il faut être vraiment bête pour ne pas s'apercevoir de la manipulation. C'est étonnant qu'elle soit si naïve.

Jérôme Portal.

Dès que je n'aurai plus besoin d'elle, bon débarras ! J'ai récolté un témoignage accablant sur la façon dont elle crie sur les enfants, de la part d'une ex-nounou que j'ai payée, même pas très cher.

Joanna Feltis.

Et ses amies, elles ont témoigné contre elle ?

Jérôme Portal.

Je suis en train de draguer sa meilleure amie pour ça.

Joanna Feltis.

Tu es très fort !

Jérôme Portal.

Non, c'est juste que je me bats pour mes enfants. Tu es une femme, tu me comprendras, toi : je n'ai aucune limite en ce qui les concerne. Et puis, je vais l'asphyxier financièrement.

Joanna Feltis.

Quel est ton plan ?

Jérôme Portal.

On a un bien en commun, on doit le partager. L'expert qui a fait une estimation de la maison est un copain à moi. Il l'a sous-évaluée. Je vais la forcer à me céder sa part, et je la revendrai après !

Comme cet homme me haïssait ! D'où venait cette haine, cette folie ? Était-ce parce qu'il sentait que je lui échappais et qu'il ne le supportait pas ? Était-ce parce que j'avais blessé son orgueil en demandant le divorce ? Sa haine lui permettait de ne pas se remettre en cause, et de reporter toute la faute sur moi. Il fallait que j'obéisse aux ordres ; si je n'obéissais pas, je méritais la mort.

Moi aussi je ressentais une haine implacable. Moi aussi j'avais envie qu'il disparaisse. Moi non plus, je n'envisageais pas d'autre solution devant son déchaînement. Sa haine me salissait, me défaisait, me déconstruisait, m'anéantissait en même temps qu'elle me captivait et me remplissait. C'était passionnel. Jusqu'où irait mon masochisme ? Et mon sadisme ? Plus je m'adonnais à ce jeu morbide, plus je ressentais une curieuse sensation de flottement et d'égarement. J'étais entre Agathe et Joanna, entre la part sombre et la part solaire de moi-même, plongée dans les ténèbres, et noyée de lumière.

Joanna Feltis.
Je ne t'imaginais pas aussi rusé, ni autant impliqué dans la paternité jusqu'à en devenir maternel ! À l'époque, tu étais bien plus léger ! Je n'ai jamais rencontré quelqu'un d'aussi libre que toi, tu sais.

Jérôme Portal.
Je le suis toujours… Tu verras, d'ailleurs, quand on se retrouvera. Tu viens quand ?

22

C'était le mois de février à Paris, et Dieu versait des larmes, comme disait Sacha. Les enfants étaient partis en vacances avec leur père. La porte s'était refermée sur eux. J'avais glissé derrière elle, glissé, glissé sans fin. J'étais restée un bon moment ainsi, éperdue, prostrée. Pour me rendre jusqu'à mon lit, je devais passer devant la chambre vide des garçons. Arriverais-je à tenir jusque-là ? Je pris mon courage à deux mains, et fis le chemin, en détournant le regard, puis je revins sur mes pas, fermai la porte, sans regarder à l'intérieur.

Je me déshabillai, me glissai sous les draps, sans force, sans forme, comme si on m'avait vidée de ma substance, de mon être – comme si on m'avait privée de moi. La sonnerie du téléphone retentit : c'était Samuel. Je laissai sonner, sans le prendre. Il rappela, je finis par décrocher.

— Agathe, dit-il.

— Oui ?

— Ça n'a pas l'air d'aller.

— Comment le sais-tu ?

— D'après le son de ta voix. Et puis, ce sont les vacances, tu dois te sentir mal, je voulais te proposer de partir. Je t'emmène prendre l'air quelques jours.

— Non, non, impossible.

— Tu n'as rien à faire, seulement te laisser conduire. Je viens te chercher en bas de chez toi.

— Mon mari me fait suivre, je ne peux pas. C'est trop dangereux pour la garde des enfants.

— On fera attention, dit-il, on se mettra des chapeaux et des grosses lunettes noires. Et une écharpe autour du cou. Allez, viens, cela ne t'engage à rien. Tu n'as qu'à fermer les yeux et te laisser porter.

— Il a fait prendre des photos de nous.

— Des photos ?

— Par un détective.

— Il a fait ça !

— Je suis désolée.

— Pourquoi désolée ?

— Tu dois avoir peur que ta femme tombe dessus.

— Non. J'ai peur pour toi… Ne t'inquiète pas, on sera prudents.

— Et ta femme, tes enfants ?

— Ils sont partis en vacances dans le Sud.

C'est du joli, pensai-je. Sa famille est partie en vacances, et lui en profite pour essayer de se trouver une maîtresse. Les hommes sont hypocrites, oui – et les femmes sont faibles.

— Je ne comprends pas comment tu peux laisser ta femme partir seule en vacances. La pauvre. Tu devrais plutôt aller la rejoindre. D'accord ?

J'étais écœurée. Je n'avais aucune énergie à dépenser pour une relation amoureuse, je ne croyais plus à l'amour, au couple et encore moins aux hommes, que je trouvais fourbes, lourds, lâches, mesquins, menteurs, malhonnêtes, égoïstes, bêtes, méchants, et pour tout dire, insignifiants.

De toute façon, un homme, ça ne sert plus à rien de nos jours. Ça ne fait pas la vaisselle, ça ne s'occupe pas des enfants, ça ne fait même pas l'amour, parfois ça ne gagne pas d'argent et ça salit du linge. Dans le cadre du mariage, ça n'assume le statut ni d'époux, ni de père, ni d'amant. C'est juste encombrant. Il n'était pas question qu'on m'y reprenne. Je jurai mes grands dieux qu'on ne me referait pas le coup. J'étais épuisée. Je ne voulais plus d'amour. Joe Dassin l'a bien chanté : *L'amour, c'est comme un oiseau, ça voyage très loin, ça tombe de très haut.* Je ne voulais plus jamais m'entendre dire « mon amour ». Ni le dire à qui ce que fût. Je voulais ne plus jamais sentir mon cœur trembler, ni être intranquille. Ne plus être triste, puis gaie, puis triste. En attente d'une sonnerie de téléphone, je n'en étais plus capable. Comme de me perdre en l'autre. De ne plus envisager ma vie sans l'autre. M'acheter des habits en pensant à un regard qui n'était pas le mien. Me préparer. Me sentir exaltée, emportée, transportée. Être bien, puis mal. Je serais désormais au-delà du registre des émotions, d'une humeur égale, atone, impavide. Je cultiverais une certaine maussaderie. *L'amour c'est comme un poker. Et c'est presque toujours le moins menteur qui perd.* Puisque j'avais tout perdu.

Depuis que les jumeaux étaient partis, je ne me sentais pas bien du tout. Ils me manquaient, telle une partie de moi-même qu'on m'aurait arrachée. C'était inhumain. Ils étaient trop petits. Et moi aussi. Ils étaient encore des bébés. Moi aussi. Quelle société est assez folle pour séparer un enfant de sa mère ?

J'avais tellement besoin de leur parler, d'entendre leur voix. Mais Jérôme refusait de me les passer au téléphone. Ils étaient loin, dans un club de vacances en Guadeloupe. Il devait être heureux, il avait réussi à me chasser de sa vie. Il passait des vacances de rêve et il n'avait pas l'intention de les « laisser perturber » par mes coups de fil. Mais c'était la première fois, depuis qu'ils étaient nés, que je me séparais de mes enfants pour une période aussi longue. Je ne les avais jamais quittés plus de deux jours. J'étais dans un noir désespoir. C'était tellement violent que je me protégeais en ne ressentant plus rien. Sinon, j'aurais eu trop mal. De temps en temps, je sortais dans la rue, hagarde, puis je rentrais dans la maison vide, effarée. Le chagrin m'égarait. Je ne savais plus du tout qui j'étais. Je devenais folle.

La nuit, j'avais de la fièvre jusqu'au délire. Dans mon sommeil, je parlais et murmurais des choses absurdes. J'avais des toux asphyxiantes, je respirais comme les « gueules cassées » de *La Chambre des officiers*. Je ne me nourrissais plus parce que je n'avais pas faim, j'étais de plus en plus maigre. Voilà au moins un point positif : j'avais enfin réussi à devenir anorexique.

De temps en temps, lorsque j'avais le courage d'ouvrir la porte, je regardais leur chambre vide. J'écoutais le silence, que je désirais tant quand ils étaient là. Je regrettais de leur avoir demandé de ne pas faire de bruit. J'aurais tout donné pour entendre leurs cris, leurs pleurs, leurs colères, ces moments où ils me mettaient à bout, face à mes limites. Je voulais qu'ils me réveillent dix fois la nuit comme ils avaient l'habitude de le faire depuis leur naissance.

Le jour, je vacillais. J'avais l'impression que j'allais m'évanouir. J'avais une sorte de grippe qui n'en finissait pas. Je me laissais dériver, comme un bateau. Dans mes délires, je basculais entièrement, je n'arrivais même pas à pleurer, j'étais anesthésiée et aveuglée par la souffrance, je voulais voir mes petits, je voulais les sentir, les respirer, je voulais leurs mains dans les miennes et les voir sourire, car eux seuls savaient trouver mon sourire. Dans la vérité de leur cœur, ils savaient qui j'étais, et combien je les aimais. Combien de fois ai-je douté, combien de fois me suis-je dit que je n'aurais pas dû divorcer, que je n'en étais pas capable, que je faisais partie de ces gens qui ne pouvaient pas le faire.

J'envoyais des mails désespérés à Jérôme et à mon avocate, parfaitement impassible, qui n'avait que faire de ma souffrance ; on voyait bien que ce n'était pas son métier, et qu'elle n'allait pas commencer à la prendre en charge, même juridiquement.

Cher Jérôme, est-il arrivé quelque chose aux enfants ? Pourquoi refuses-tu que je leur parle ? Je voudrais juste pouvoir entendre leur voix, 5 secondes.

Cher Maître, puis-je vous demander de faire un courrier au conseil de Jérôme Portal lui disant que je m'engage à lui payer un téléphone, puisqu'il prétend avoir cassé le sien, de manière à ce que je puisse parler aux enfants ?

Cher Jérôme, j'ai du mal à comprendre pour quelle raison tu ne veux pas que je parle aux enfants.

Cher Maître, pouvez-vous faire la demande au conseil de Jérôme Portal pour que je puisse téléphoner aux enfants une fois par jour 5 minutes et que je dédommage Jérôme Portal de ces appels ?

Cher Max, cher Sacha,
Je suis tellement fière que vous sachiez lire. Cela me permet de vous dire que vous me manquez. Je voudrais tant vous parler et entendre votre voix. Je veux que vous sachiez que je pense à vous tout le temps.

Votre maman.

En relisant, je me dis que j'en avais assez d'avoir une attitude christique, et je réécrivis :

Cher Max, cher Sacha, chers enfants,
Je sais que vous ne pouvez pas encore comprendre cette lettre, mais un jour vous la lirez et vous saurez.
Depuis que vous êtes partis, j'étouffe et j'ai du mal à respirer. C'est si dur d'être sans vous. Ce soir, je voulais vous parler, mais votre père ne l'a pas permis, et quand vous êtes avec lui, c'est lui qui décide et je n'y peux rien. J'ai écrit, j'ai expliqué, j'ai supplié, j'ai fait tout ce que j'ai pu. J'ai proposé de l'argent car il a dit qu'il ne voulait pas payer le téléphone, mais il n'a pas voulu non

*plus. Je voulais vous écouter même sans vous parler,
j'avais tellement besoin d'entendre juste le son de votre
voix, même quelques secondes, mais il ne l'a pas
permis. Votre père est un homme qui n'a qu'une envie :
me séparer de vous, et qui n'a donc aucun amour pour
vous.*

Votre maman.

Sur Facebook, je ne savais plus quoi répondre à
Jérôme qui voulait voir Joanna. Je ne donnai pas de
nouvelles. En revanche, sur mon vrai compte Facebook, plusieurs messages m'attendaient, dont celui
d'un homme qui avait l'air plutôt beau sur la photo
affichée sur le profil. Mince, athlétique, blond, avec
un sourire désarmant.

Solal Brenner.
Bonjour Agathe. Je suis un fan. J'adore vos
textes. J'y trouve des résonances profondes. Je suis
sûr que vous aimez la poésie. Accepteriez-vous
d'être mon amie sur Facebook ?

Cela faisait longtemps qu'on ne m'avait pas parlé
de poésie. Eh oui, j'avais bien besoin d'un ami.
Puisque d'un amour, je n'en étais pas capable.

23

Si ce sont les caresses du commencement
Les premiers baisers sans les premiers tourments
Les regards échangés au seuil du sentiment
Alors non ça ne m'intéresse pas.

Si cela ne dure que l'espace d'un baiser
Si l'amour meurt juste après quelques années
Une rencontre un mariage ou un nouveau-né
Alors ça ne m'intéresse pas.

Si l'amour consiste à tomber amoureux
À vivre quelques mois en se croyant heureux
Transporté par l'idée nouvelle d'être deux
Alors ça ne m'intéresse pas.

Si c'est aimer plusieurs fois plusieurs hommes
Plusieurs bouches plusieurs corps que l'on somme
Additionnés en somme pour mieux recommencer
Alors ça ne m'intéresse pas.

Si c'est aimer plusieurs fois plusieurs âmes
Plusieurs courbes plusieurs corps qui se pâment
S'unissent le soir, le matin éteint la flamme
Alors ça ne m'intéresse pas.

Si l'amour c'est sentir son cœur palpiter
Seulement lorsqu'on croit qu'on va perdre l'aimé
Aussitôt possédé tu veux déjà t'en passer
Alors ça ne m'intéresse pas.

Si c'est aimer comme on s'aimait
Avec des mots tendres et des ardents secrets
Pour après se haïr, se fuir, se harceler
Alors ça ne m'intéresse pas.

Si pour trois ans d'amour, quatre de désespoir
Si huit ans de mariage, c'est cinq ans dans le noir
Si c'est compté d'avance en heures, en jours, en
                                    [soirs
Alors ça ne m'intéresse pas.

Si c'est se marier sous des rires de bonheur
Faire des enfants ensemble les bercer quand ils
                                    [pleurent
Pour les faire pleurer lorsque l'amour se meurt
Alors ça ne m'intéresse pas.

Si ce sont des paroles de belles promesses
Je t'aime tu es ma vie et puis je te déteste
Je ne veux plus parler de ces grandes traîtresses
Elles ne m'intéressent pas.

Une semaine avait passé sans que j'entende le son de la voix de mes enfants. Une semaine pour pleurer et écrire des chansons tristes. Une semaine, autant dire un mois, un an, une vie. J'avais l'impression que j'avais vieilli et que j'allais ouvrir la porte à mes jumeaux de quarante ans, et que moi, j'en avais soixante-quinze.

Enfin j'allais les retrouver. Mon cœur battait à se rompre. Je me préparai comme si je recevais le président de la République. Toutes les cinq minutes, je regardais l'heure, j'avais le trac. Le trac de voir mes propres enfants. Je n'avais aucun doute sur leur capacité à se souvenir de moi, ni à se jeter dans mes bras. Mais j'appréhendais le moment, un peu comme avant un rendez-vous amoureux avec quelqu'un qu'on n'a pas vu depuis longtemps et au sujet duquel on s'interroge : Comment va-t-il me trouver ? Suis-je ridée, fatiguée, défaite ? C'est cette impression que l'on ressent après avoir subi une grande douleur : celle d'avoir accompli un voyage, et de revenir de loin, de très loin.

La sonnette retentit. Mon cœur bondit. Ils étaient là, enfin. Sans un regard pour Jérôme qui rentrait sa valise, je les serrai dans mes bras. Sacha s'y réfugia langoureusement, alors que Max sautait autour de moi comme un lapin.

— Vous m'avez tellement manqué ! J'ai voulu vous appeler tous les jours mais votre père ne voulait pas, dis-je après que Jérôme eut disparu dans son bureau.

— Pourquoi ? demanda Sacha.

— Parce qu'il est méchant, murmurai-je, abandonnant toute règle élémentaire de préservation de l'image paternelle. Parce qu'il est très très méchant avec moi.

— Papa et toi vous vous discutez toujours ? demanda Sacha.

— Papa et toi vous allez vous réconcilier ? demanda Max.

— Non. Je vous ai déjà dit que non.

— Papa, il avait une amie en vacances, elle s'est baignée avec nous, je lui ai demandé pourquoi elle n'était pas avec ses enfants, elle a dit qu'ils étaient avec leur papa, et je lui ai dit pourquoi leur papa était pas avec elle, elle a dit parce qu'ils se discutent, observa Sacha. Comme vous.

— Ah bon ! Et comment elle s'appelle, cette amie ?

— Elle s'appelle Selena, dit Max.

— N'importe quoi, elle s'appelle Vanessa ! dit Sacha. On n'est pas dans *Arthur et les Minimoys* !

— Ah oui ! Comme c'est intéressant ! Et Papa, il lui faisait des bisous à Vanessa ?

— Oui, dit Sacha.

— Papa s'est marié avec elle, ajouta Max.

— Très bien. Et elle a combien d'enfants ?

— Elle a dit… quatre enfants…, dit Max en comptant sur ses petits doigts.

— Encore mieux !

— Mais non, c'est pas vrai, elle n'a pas d'enfants ! dit Sacha.

— Elle est très jolie, renchérit Max, et d'ailleurs tu sais quoi ?

— Quoi ?

— Elle te ressemble ! On dirait toi !

— Mais en moins vieille, ajouta Sacha.

— Bon, ça suffit maintenant. Allez, on va prendre un bain.

J'avais envie de leur enlever toute la crasse accumulée pendant ces vacances de contact étroit avec leur père et sa fiancée.

Je comprenais mieux pourquoi il n'avait pas voulu que je parle aux enfants. Il avait peur que je sache qu'il était parti avec sa maîtresse de chez Ulla.

— Et toi, Maman, tu vas rester seule ? demanda Sacha, dans le bain.

— Oui, mais je serai avec vous.

— Il faut que tu te trouves un mari, tu sais !

— Mais un mari, c'est pas facile à trouver, c'est très rare de tomber amoureuse, d'avoir envie de vivre avec un homme, d'avoir des enfants avec lui.

— Oui, mais il faut que tu te trouves un autre mari.

— Tu crois ?

— Je te préviens, moi je n'aime pas les maris qui ont des cheveux longs.

— Alors, je vais faire attention de ne pas en choisir un avec les cheveux longs.

Je sortis Max et Sacha du bain, les pris dans mes bras en les frottant avec la serviette. Je les respirais comme on respire l'air pur des montagnes.

— Vous m'avez tellement manqué, tous les jours, et je disais : Qui m'a enlevé mes bébés ?

— Maintenant je suis là, dit Max, l'air protecteur, du haut de ses six ans.

— On ne te quittera plus, ajouta Sacha.

Les enfants, dans l'après-midi, commencèrent à me raconter leurs vacances. Ils avaient l'air plutôt gais ; en fait, on avait tellement joué à « youpi on divorce », qu'on était en train de leur transmettre des fausses valeurs. Ils me révélèrent qu'ils étaient toute la journée au « Mini-Club » et qu'ils n'avaient pas beaucoup vu leur papa, qui était très occupé avec la fille… J'étais révoltée mais je ne pouvais rien faire. Je devais accepter de perdre le contrôle. Mais jusqu'où ?

En défaisant leur valise, je trouvai une clef USB que Jérôme avait sans doute oubliée. Je la pris : s'il tenait à rester chez moi, c'était à ses risques et périls. Il n'avait pas encore compris cela ? Je l'entendis sortir de son bureau, j'enfouis rapidement l'objet sous mon pull. Il entra dans la chambre des enfants, se mit à fouiller dans leurs affaires.

— Tu n'as pas vu une clef ? demanda-t-il.

— Non, lui dis-je en le regardant, l'air étonné, l'objet contre mon ventre.

Plus tard, dans ma chambre, je le sortis, je le mis dans mon ordinateur, afin de voir ce qu'il contenait. Peut-être allais-je avoir des preuves supplémentaires, des informations capitales sur ses capitaux ou sur ses péchés capitaux ? Quel ne fut pas mon étonnement de découvrir qu'il y avait non pas la copie de son disque, mais… du mien ! Je regardai la date : il avait dupliqué mon disque dur le mois précédent. Il était donc en possession de tous mes documents, mes chansons, mes contrats, mes comptes – tout, il avait tout.

Ainsi, je compris que s'il voulait rester chez moi, c'était à mes risques et périls.

Le lendemain matin, je refis les bagages des enfants pour les emmener en vacances. Avant notre départ, il fallait faire l'échange de passeports. Il avait les passeports, j'avais le livret de famille, l'échange devait se faire en simultané. Comme dans un film d'espionnage, je lui tendis le livret de famille en même temps qu'il me remettait les passeports.

J'avais quarante ans, je partais en vacances seule avec mes enfants.

Il n'était plus question que je parte avec ma sœur, qui d'ailleurs n'avait pas donné signe de vie, et se préoccupait étrangement peu de mon sort.

En dernière minute, j'avais réservé un petit hôtel près de Royan.

C'était un hôtel familial. Tous les enfants y gambadaient surveillés par leurs deux parents. Quel crève-cœur de penser que j'étais seule, désormais, à m'en occuper. Tout autour de nous, de charmantes têtes blondes se tenaient bien à table et ne hurlaient pas des insultes en se bagarrant comme des forcenés. Durs, excités, démoniaques, les deux garçons semblaient profiter des moments publics pour faire des crises spectaculaires.

Max ne voulait pas rester assis, j'étais obligée de lui donner à manger sous la table où il se réfugiait, tel l'enfant sauvage filmé par Truffaut. Au dîner, nous étions placés à côté d'une famille parfaite, qui changeait tous les jours de couleur (blond, roux, brun), mais pas de statut : deux ou trois enfants parfaits, se tenant très bien, avec deux parents beaux, minces et souriants, qui regardaient leur progéniture avec fierté et adoration. Je les dévisageais comme une hallucinée, en me demandant pourquoi, moi, je n'y avais pas eu droit ?

Retrouver les enfants après avoir passé une semaine sans eux, c'était difficile. Nous nous étions déshabitués les uns des autres. Les premiers jours furent éprouvants. Ils me tyrannisaient, me harcelaient, m'empêchaient de dormir, étaient en opposition avec moi, comme s'ils m'en voulaient. Ils m'obligeaient à être tout ce que je n'étais pas : une femme colérique, tyrannique, qui mettait ses enfants dehors.

Et tous les soirs avant de dormir, Sacha pleurait à chaudes larmes.

— Maman, disait-il, tu sais pourquoi je pleure ?

— Pourquoi ?

— Parce que j'aimais mieux quand Papa et toi vous étiez ensemble.

— Moi je n'aimais pas.

Tous les soirs, c'était la même discussion.

— Pourquoi vous vous quittez ? demandait-il, inlassablement.

— C'est des problèmes d'adultes, tu comprendras plus tard.

— Mais ex-pli-que-moi pourquoi l'Amour se quitte.

— Tu ne peux pas comprendre.

— Explique-moi quand même.

Comment assumer cette souffrance, cette torture morale que je faisais subir à mes enfants en divorçant ? Comment y faire face ?

Max, quant à lui, se réfugiait dans un mutisme inquiétant. Lorsqu'il regardait le plafond, l'air songeur, sans dire un mot, j'avais envie d'appeler Jérôme et lui demander qu'on se remette ensemble tout de suite.

La deuxième partie de la semaine fut plus agréable, parce que je retrouvai le rythme des enfants, la loi qu'ils m'imposaient – et qu'ils respectaient davantage la mienne. On pouvait louer des vélos avec des petites carrioles, je les emmenais dans de grandes balades, c'était une façon de les tenir au calme. Je pédalais, avec mes enfants derrière, l'horizon devant nous, sous un ciel menaçant, l'iPod sur les oreilles, j'écoutais Mademoiselle K et je me disais que j'étais forte, que j'étais capable de le faire, de les emmener sur mon vélo pour aller à la mer.

Parfois les enfants me parlaient de leur père, ils me disaient qu'ils avaient envie de le voir. Je voulais leur dire que leur papa avait brisé ma vie, nos vies, que leur papa n'aurait jamais dû être leur papa. Quand il les avait au téléphone, il ne leur parlait que des cadeaux qu'il leur avait achetés, ou de ceux qu'il projetait de leur faire lorsqu'ils rentreraient à la maison. En fait, c'était eux qu'il achetait.

Mes parents me téléphonaient chaque jour pour savoir comment je m'en sortais. Ma mère avait des mots sévères à mon endroit dès que j'élevais la voix pour calmer ces petits monstres qu'étaient devenus les enfants.

— Si tu continues comme ça, disait-elle, ils ne voudront plus venir chez toi.

Le soir, après le coucher des enfants, je poursuivais ma conversation avec Solal sur Facebook. Solal… Je ne pouvais résister à l'appel de ce prénom : *Belle du Seigneur* était mon roman-culte. Solal me faisait rêver. Rêver à l'Ariane que j'étais, celle du début – et celle de la fin, qui énerve tellement son amant qu'il est obligé de la fuir. Grandeur et misère du couple. On retient les belles pages du début, les premiers battements de cils, le preux chevalier, les bains, les fruits croqués au milieu de la nuit, mais on oublie la fin, où Solal ne supporte plus la présence d'Ariane, où il déteste jusqu'à son odeur, et où il invente des déplacements professionnels pour pouvoir se retrouver dans une chambre d'hôtel, enfin seul. Lorsque nous nous étions rencontrés, j'avais fait découvrir *Belle du Seigneur* à Jérôme. Mais il l'avait perdu avant de le terminer, et il n'avait jamais su la fin. Il en était resté à l'idylle, la passion, la dévoration amoureuse. Mais le couple, vraiment, ne commence qu'au moment où ils sont tous les deux, face à face, dans une maison. Il débute vraiment au moment où il se termine : ce roman est la critique la plus radicale que l'on ait portée à l'amour.

J'avais confié à Solal – le vrai – que je divorçais, dans des conditions difficiles, compliquées, torturées. Il me prodiguait des conseils avec douceur et sérénité. Étant psychologue pour enfants, il avait une écoute attentive, particulièrement lorsque j'évoquais les difficultés que j'avais avec mes fils perturbés par le cataclysme – ce dont je ne me privais pas, parce que j'étais perdue avec eux, et j'avais vraiment besoin d'être guidée. Tout cela était si nouveau pour moi. Je savais que mes enfants étaient dans une détresse profonde, bien trop violente pour leur jeune âge.

Solal Brenner.

Agathe, je ne connais pas les détails de votre situation, mais d'après le ton des messages que vous m'envoyez, il me semble que vous vivez des moments difficiles : sachez que je suis de tout cœur avec vous.

Agathe Portal.

Oui, c'est vrai. Avec Max, il y a une lutte terrible, je n'en peux plus. Il est déchaîné, je ne sais pas ce qu'il a. J'ai perdu le contrôle.

Solal Brenner.

Vous vous énervez contre lui ?

Agathe Portal.

Oh oui ! je l'ai même frappé ! C'est horrible. Hier soir, je l'ai mis dehors alors qu'il pleuvait, tellement il était déchaîné !

Solal Brenner.

J'ai dans ma consultation beaucoup de petits patients enfants de divorcés, et je comprends parfaitement votre situation. Vous devez vous sentir seule ?

Agathe Portal.

Non, pas vraiment, j'ai l'habitude d'être seule avec eux. Mon mari n'est jamais présent, même en vacances.

Solal Brenner.
Ils parlent de leur père ?

Agathe Portal.
Oui, parfois. J'avoue que ça me fait mal d'entendre ça. Une ordure pareille.

Solal Brenner.
Je comprends que vous soyez en colère. Cependant, j'attire votre attention sur le fait qu'il est très néfaste pour les enfants d'entendre des choses négatives sur leur père : quoi que vous pensiez de lui, il faudrait que vous vous efforciez de ne pas ternir l'image du père auprès des enfants. Essayez de l'oublier, de vous occuper de vous, de penser à autre chose. Avez-vous quelqu'un près de vous ?

Agathe Portal.
Non. Je ne peux pas. Je ne pense qu'au divorce. D'ailleurs je suis le divorce. J'ai tout de mon côté en fait, je suis en position de force, puisque 1) : il n'est jamais là, et moi je suis toujours là, les enfants sont petits ; 2) : d'un point de vue financier, je n'ai pas à lui céder ma part de la maison (imaginez-vous que je lui ai demandé de mettre ma part aux noms des enfants et il a refusé !). Mais le problème c'est que si je m'engage dans une lutte en contentieux avec lui, il me faudra tenir le coup moralement et je ressors d'années de maltraitance, d'estime de soi au plus bas, de tromperies. Je suis à bout, c'est ça le problème. C'est bête parce que j'ai tout pour me battre mais pas les ressources psychologiques. Et la

culpabilité, cette terrible culpabilité qui est la source de tous les maux.

Solal Brenner.
Vous devriez lâcher prise, à mon avis, sur l'appartement et l'argent…

Agathe Portal.
Mais je vais être en situation difficile. Je n'ai rien de côté.

Solal Brenner.
Ce sera le prix à payer.

Agathe Portal.
J'ai déjà payé le prix fort. Vous ne voyez pas ? Je suis seule, perdue et désespérée.

Solal Brenner.
Ce genre de personnalité a besoin de vous arnaquer, d'une façon ou d'une autre. Donnez-lui donc cet os à ronger. Et utilisez votre énergie pour faire quelque chose de constructif. Réfléchissez bien avec votre avocate…
Je vous embrasse et à très vite… Essayez de bien dormir ce soir… Et ne frappez pas vos enfants !
Solal.

24

Je suis devant le Palais de Justice.

Immense, imposant, il s'étend sur l'île de la Cité, où je prends un café, seule avec moi-même pour me concentrer et réviser mon texte. Le début ressemble à une chanson :

« Je suis tombée amoureuse de mon mari dans un train. »

Mais la suite à une tragédie.

« Nous avons vécu une période d'amour pendant laquelle nous avons beaucoup voyagé. Nous étions bien ensemble. Nous nous aimions. Nous nous sommes mariés. Nous avons eu deux enfants. La crise conjugale a commencé environ un an avant la conception de nos enfants, et s'est aggravée peu à peu. Nous avons tenté d'améliorer les choses, de nous retrouver. Mais il n'était jamais là pour les enfants, n'avait plus de désir pour moi, préférant surfer sur le web pour consulter les sites de rencontres sexuelles, et il refusait de contribuer d'une quelconque façon aux dépenses du ménage. Un jour, j'ai découvert que mon mari avait ramené une jeune femme à la maison à une heure de l'après-midi. J'ai alors compris qu'il voulait me signifier qu'il ne désirait plus vivre avec moi. J'ai donc entamé une procédure de divorce. J'ai choisi Me Favre pour tenter d'obtenir un accord et préserver les enfants… »

Mon avocate avait fait passer les pièces : les comptes de l'expert-comptable et des relevés bancaires montrant les dépenses assumées par moi exclusivement pour les enfants. Je n'avais pas mis les extraits de la conversation avec Joanna sur Facebook, je les réservais pour plus tard. Je n'avais pas non plus joint la photo de lui. J'avais peur. Peut-être allais-je regretter amèrement cette faiblesse coupable ?

J'avais reçu les pièces communiquées par Jérôme : des relevés de droits d'auteur datés du temps où j'avais gagné de l'argent, qu'il avait pris sur mon ordinateur, des témoignages de ses amis disant que je n'étais jamais auprès de mes enfants et, pire, que j'étais un danger pour leur santé mentale, des lettres de mères d'élèves stipulant que Jérôme était un père attentionné et très présent.

En ayant du mal à retenir le tremblement de mes mains, je lus la lettre de ma sœur. Elle témoignait du fait que je sortais tous les soirs, que je ne déposais pas mes enfants à l'école, que, depuis l'enfance, j'avais un caractère difficile, sauvage, et que j'avais des « faiblesses psychologiques ». Il y avait aussi des bandes audio de conversations qu'il avait eues avec Laura, à mon sujet, dans lesquelles elle disait que j'avais toujours été impossible à supporter et caractérielle, que j'avais utilisé mon mari pour faire des enfants, mais qu'au fond je n'avais pas envie de fonder une famille.

Elle parlait à bâtons rompus avec lui, elle ignorait qu'elle avait été enregistrée. Je ne pus écouter jusqu'au bout. C'était trop dur de l'entendre et de comprendre qu'il avait réussi à me séparer des miens d'une façon irréversible.

Et il y avait les fameuses photos de Samuel et moi, dans la voiture.

En somme, deux versions bien différentes de la même réalité... Qui la juge allait-elle croire et quelle incidence cela aurait-il sur nos vies ? Comment allait-elle faire la part des choses ? Aurait-elle suffisamment de psychologie pour débusquer le menteur et savoir qui était la victime et qui était le bourreau ou succomberait-elle aussi au charme de mon futur ex-mari ? Ayant répété mon texte plusieurs fois, je me levai, sortis du café, traversai la Seine, puis m'arrêtai un instant devant l'imposante bâtisse, où seraient décidées les modalités de ma liberté.

Je franchis les grilles dorées du boulevard du Palais. J'entrai dans la cour d'honneur. Au fond, j'empruntai l'escalier de pierre qui conduisait au vestibule, entouré des quatre statues allégoriques : la Force et l'Abondance, la Justice et la Prudence. C'étaient les quatre piliers du mariage qui m'avaient fait si cruellement défaut. Après leur avoir rendu hommage, je franchis la porte et gravis les marches de l'édifice vers l'immense salle des Pas Perdus où s'agitait une foule d'avocats en habit, de magistrats et de plaidants.

J'avançai, impressionnée, interloquée, me rendant compte que notre relation intime était entre les mains de la République. Publique.

Qu'il allait falloir exposer ma souffrance, mes défaillances, ma décadence, personnelle, privée. Que je devrais m'expliquer. Que l'affaire, désormais, ne m'appartenait plus en main propre. Et aussi, que la justice seule déciderait de l'issue de cette affaire conjugale.

J'arrivai au troisième étage, où m'attendait mon avocate, pimpante, maquillée, un sourire radieux sur les lèvres comme si elle allait assister à mon mariage. J'étais en tailleur noir, à peine maquillée, pâle et maigre.

— Alors, dit-elle en me scrutant le visage, vous allez bien ?

— Si on peut dire.

— Bon, bon. Vous êtes prête ?

— Oui. Et vous ?

— Pour la garde, on est d'accord ? On demande un week-end sur deux, du vendredi au dimanche 18 heures, et du mardi à la sortie de l'école au mercredi soir, 18 heures. Et la moitié des vacances. De toute façon, la juge n'accordera pas moins que ça.

J'étais déçue. C'était trop long, j'aurais voulu les avoir davantage. Elle m'avait imposé cela, d'un coup, à la dernière minute, sans que j'aie même eu le temps d'y penser.

— Et pour la pension ?

— Il propose 400 euros en tout, et nous, 600 par enfant. De toute façon, c'est la juge qui va décider... Regardez, il arrive... C'est lui, non ? Comme il a l'air mauvais ! J'espère que la prochaine fois vous saurez mieux choisir !

— Rassurez-vous, il n'y aura pas de prochaine fois.

Elle dardait des yeux sombres sur un homme d'une quarantaine d'années au regard dur, parfaitement vêtu d'un costume gris et cravate sombre, et qui ressemblait en effet à mon mari, si ce n'était la silhouette amincie, et la barbe de trois jours qu'il s'était laissé pousser, étrangement. La magie du divorce transforme les époux bedonnants et abandonnants en pères amincis, soucieux d'eux-mêmes. En l'examinant plus attentivement, je me dis qu'il avait dû suivre un régime, et que cette barbe, qui poussait drue et noire, lui donnait un vague air de ressemblance avec Ahmadinejad.

Tout ce que je lui avais demandé dans le mariage sans l'obtenir, il se l'octroyait de lui-même dans le divorce. Mon mari : un étranger, un adversaire. C'était terrible de le retrouver dans cette enceinte, avec deux avocats et un juge alors qu'il y avait dix ans, je me mariais en blanc. Qui aurait pu prévoir que notre histoire se terminerait ainsi ?

Lorsqu'en blanc, j'avais dit oui à Jérôme, je pensais que nous serions heureux toute notre vie. Dans mon rêve, on était seuls au monde, on se parlait, on se confiait, pendant des heures. On était émus. On était bienheureux, nos cœurs se touchaient, nos corps se mêlaient, nos yeux se souriaient. On s'endormait dans les bras l'un de l'autre. On se regardait devant un verre de vin. Aériens, main dans la main. On ne discutait pas de choses matérielles. On était spirituels et charnels, incarnés et intemporels. On sautait de joie, on rêvassait en pensant l'un à l'autre, on s'écrivait des mails, on s'appelait pour un oui ou pour un non.

Lorsque nous étions ensemble, le temps s'arrêtait. En journée, on travaillait chacun de notre côté, puis le soir, on se retrouvait. Nous sortions ensemble, au Zic Zinc, aux Trois Baudets, à la Flèche d'Or. Nous riions. Les fins de semaine étaient délicieuses. Les journées voluptueuses. Les après-midi paresseuses. Les nuits volubiles. On parlait, on écoutait Dominique A, Thomas Fersen et Arthur H, on trinquait, on s'aimait, on parlait, on fumait, et ainsi de suite jusqu'à l'aube. Il était la première oreille, attentive et critique, de mes textes. Il aimait être le premier à lire ce que j'écrivais.

Prévenant, il n'osait m'interrompre lorsque je lui racontais une histoire, une anecdote, il était à l'écoute de mes désirs, qu'ils soient exprimés ou qu'ils soient tus. Il cherchait ce qui pouvait me faire plaisir. Lorsque je quittais une pièce, il me suivait du regard. Avant de le voir, je me préparais pendant des heures : je prenais des bains, j'enduisais mon corps d'huile et de parfums, je me maquillais, je choisissais une robe. Puis j'attendais. La sonnerie du téléphone, la sonnette de la porte, le sillage de son parfum. La nuit, je me réveillais pour lui dire « je t'aime ». Plus je le voyais, plus je m'habituais à sa présence, et plus il m'était impensable de vivre sans lui. Et je décidai, d'un commun accord avec moi-même, que la vie et son sens s'organiseraient désormais autour de lui.

On passait des nuits blanches à se regarder, et je le trouvais beau. C'était un rêve à deux, chacun nourrissant de sa substance celui de l'autre. Avec sa liturgie, l'amour déshabillait le corps et revêtait l'âme de lumière. L'amour était un projecteur qui dissimulait les défauts et les mauvais profils, tout en exaltant les beaux angles, comme sur une photographie de chez Harcourt où les visages, sublimés par la lumière, semblent prolonger la légende. Nous étions heureux de nous voir. On se mêlait l'un à l'autre, bouleversés de nous être rencontrés dans ce train, évoquant sans cesse cette histoire incroyable, notre histoire. Notre vie était pavée de roses, qui s'égrenaient en pétales doux et soyeux à l'odeur suave. Nous étions glorieux. Passionnés l'un de l'autre, désireux de nous connaître, de passer du temps ensemble.

— Allez-y, me dit mon avocate, c'est à vous.

J'entrai dans une petite pièce, haute de plafond, avec un large bureau derrière lequel trônait la juge. Celle-ci, jolie femme d'une cinquantaine d'années, brune, au regard pétillant, me fit signe de m'asseoir.

— Alors, ça va ? dit-elle. Vous en êtes où ?

— C'est la guerre.

— Ça se passe très mal ?

— La cohabitation est terrible, il est agressif, les enfants ne sont pas bien.

— Il est bon père ? Comment est-il avec eux ?

— Ça va, mais c'est dur de penser qu'ils vont être avec lui seul. Je m'en suis toujours occupée. Lui, jamais.

Je m'arrêtai brutalement. Avec l'émotion, j'avais complètement oublié mon texte.

— Et soudain, poursuivit la juge, il se découvre un amour fou pour ses enfants ? Il clame que c'est le seul véritable amour, c'est bien ça ?

— C'est bien ça. Ce que j'appelle le syndrome de Balavoine. « *C'est mon fils, ma bataille.* »

— D'accord, je vois très bien ; c'est ce genre d'homme qui se transforme en papa poule après le divorce.

— Maintenant, il est avec une femme. C'est pour ça qu'il a accepté de divorcer.

— Ah ça c'est drôle, toute la journée, j'en vois des hommes qui disent « je divorce à cause de la religion », ou « je divorce parce que l'on ne s'entend plus ». Et après je vois les femmes qui me disent « il est parti avec une autre ». Il n'y en a pas un pour assumer.

— Il ne veut pas endosser la responsabilité.

— Et vous ? Vous avez quelqu'un ?

— Vous n'y pensez pas. C'est dur de trouver quelqu'un de bien.

— Il faut songer à vous. Vous vous êtes consacrée à vos enfants mais maintenant il faut que vous retrouviez du temps pour vous. Vous voyez, moi, je l'ai fait, divorcer et me dévouer exclusivement à mon enfant, mais maintenant je le regrette… mes enfants sont partis et je me retrouve seule. La vie passe très vite, les enfants grandissent à toute allure, alors pensez à vous…

Je la regardai, les yeux pleins de larmes. J'avais l'impression d'être devant le juge de ma vie.

— Oui, madame le Juge.

— Allez on va voir le sire.

Et voilà, le sort en était jeté ! En quelques minutes à peine. Je sortis de la petite salle, chancelante, avec tout mon texte qui me revenait soudain à la mémoire, comme par magie. J'attendis l'audience de mon mari, qui dura moins de cinq minutes. Il en ressortit, l'air plutôt gai, puis nous entrâmes dans la petite salle, mon mari avec son avocate, la grosse poule caquetante, et la mienne, qui trônait en dessous de son brushing, impeccable.

La juge nous fit signe de nous asseoir, tous les quatre. Mon mari était à la gauche de son avocate, qui était à côté de mon avocate, et j'étais de l'autre côté. C'était bien. Nous étions aussi loin que possible. C'était abominable.

Voici, telle que je me la remémore, la retranscription de la scène, qui eut lieu entre la juge, l'avocate de mon futur ex-mari, Me Roquais, mon avocate, Me Favre, Jérôme et moi.

Roquais : Alors, pour ce qui est du départ de Monsieur, nous avons demandé un délai d'un mois.

Favre : Dans la mesure où Monsieur s'engage à ne plus harceler ma cliente.

Roquais : Monsieur Portal est victime du harcèlement de votre cliente qui est allée jusqu'à vendre ses affaires personnelles sur eBay !

Favre : Bon, vous réglerez ça directement entre vous. Pour le loyer, nous avons demandé la moitié, jusqu'à ce que Monsieur quitte le domicile.

Juge : Attendez, je voudrais voir les ressources des époux… Pas de devoir de secours ?

Favre (pressée d'en finir) : Ils sont d'accord sur ce point. Pour le partage patrimonial, les notaires ont déjà commencé le travail.

Juge : Qu'est-ce qu'il y a à partager ?

Favre : Un bien immobilier.

Juge : Donc je vais investir vos deux notaires, si vous en êtes d'accord.

Favre : C'est d'accord pour moi.

Roquais : Pour moi aussi.

Juge : D'accord. Ressources de l'un et de l'autre, vous avez les déclarations ?

Roquais : 28 543 euros pour Monsieur.

Favre : 15 086 euros pour Madame.

Favre : Ma cliente, qui pendant le mariage a assumé la totalité des charges du ménage, n'a pas fait d'économies, elle ne demande pas de devoir de secours, elle demande 600 euros par enfant en tenant compte de l'incidence des impôts et des activités extrascolaires.

Roquais : Tout d'abord, si madame le Juge accorde la garde alternée comme le demande mon client, il n'y aura pas de pension du tout. Dans le cas contraire, j'offre deux fois 300 euros, les revenus de Madame sont suffisants. En outre, Mme Portal a justifié de charges excessives par rapport à ses besoins. Peut-on croire qu'elle dépense 3 000 euros par mois de nourriture !

Favre : Il faut prendre en considération que ma cliente a assumé l'intégralité des frais d'impôts de son mari.

Roquais : Votre cliente a eu des revenus supérieurs à ceux de mon client, et elle gagne très bien sa vie en tant que parolière.

Moi : Je ne suis pas Pascal Obispo, madame le Juge.

Juge : Heureusement ! Donnez-moi les conclusions sur les enfants.

Favre : autorité parentale conjointe, résidence principale chez la mère, pour le père un vendredi sur deux, du mardi au mercredi soir 18 heures.

Roquais : il n'en est pas question. Monsieur souhaite la garde alternée. Madame n'est jamais là. Monsieur Portal a décidé de se libérer pour se consacrer à ses enfants.

Moi : Mon mari a voyagé dans dix pays les dix derniers mois. Je suis restée chez moi depuis la naissance de mes enfants, à m'occuper d'eux, alors qu'il n'était jamais là.

Roquais : Je vous en prie, laissez-moi parler ! Madame se bat pour une garde qu'elle va répartir entre la nounou à plein temps et ses parents. Madame hurle sur ses enfants et s'en occupe avec une oreillette de téléphone en permanence. Monsieur Portal est extrêmement attaché aux enfants. Il est celui qui montre aux enfants qu'il y a une alternative paisible à toutes les crises de madame Portal, il arrive à les calmer, il est gai et joueur, ce que madame Portal ne sait pas faire.

Jérôme (la larme à l'œil) : J'ai épousé une femme caractérielle, c'est mon choix, je l'assume. Ça fait trois ans que notre couple va mal et que j'ai tout fait pour calmer ma femme, jusqu'à une certaine limite. Mais j'ai épousé une femme dépressive qui est incapable de s'occuper de ses enfants, à cause de sa santé psychique. Depuis qu'elle a un amant, elle a décidé de me quitter.

Il faut que les enfants soient chez moi le plus possible pour lutter contre son influence. Et durant le temps que je ne donne pas à mes enfants, ils ne seront pas avec une mère digne de ce nom, ils vont le passer avec une femme angoissée qui ne s'intéresse pas à eux. Il faut donc que je puisse exercer mes droits de père au maximum, dans des conditions de vie non dégradantes.

— Non mais c'est un comble, ça ! commençai-je.

Mon avocate me darda un regard noir, qui me fit arrêter ma tirade tout net.

Juge : Bien. Vous avez autre chose à préciser ?

Jérôme : Je travaille dur sur le site Internet que j'ai créé, je n'ai pas d'autre activité, et cela ne me rapporte pas grand-chose pour le moment. Voilà, ajouta-t-il, j'ai juste besoin de voir mes enfants.

La juge nous fit signe de partir. Sans dire au revoir à mon futur ex-mari, je descendis les marches avec mon avocate.

— Mais ! dis-je, scandalisée. Nous n'avons même pas eu le temps de parler ! Alors, parce que son avocate crie plus fort que vous, il va avoir la garde alternée !

— Mais non, mais non. Ne vous en faites pas. C'est loin d'être acquis, croyez-moi.

— Mais bien sûr que je m'en fais ! J'ai eu l'impression que vous le défendiez lui, et pas moi ! Vous m'avez empêchée de parler, et en plus vous n'avez rien dit !

— Pas du tout, je vous défends contre vous-même !

— Je me défendais toute seule, oui ! Vous ne connaissiez même pas le dossier !

— Ah ça, mais je ne vous permets pas ! Et je ne vois pas pourquoi vous vous mettez dans tous vos états ! Madame Portal, ce n'est pas la peine de projeter sur moi tout votre ressentiment contre votre mari.

— Alors, que va-t-il se passer maintenant ? Et puis arrêtez de m'appeler madame Portal.

— Dans un mois, on recevra l'ordonnance de non-conciliation avec les mesures provisoires, concernant la garde et la pension, et à partir de là, on fera le partage patrimonial pour essayer de vous divorcer au plus vite.

— Mais quand quittera-t-il l'appartement ?

— Un mois après avoir reçu l'ONC.

— L'ONC ? Vous ne pouvez pas parler comme tout le monde !

— L'ordonnance de non-conciliation.

— Ça fait deux mois encore à tenir !

— Je vous l'avais dit qu'il allait nous donner du fil à retordre !

25

Après l'audience, chacun rentra de son côté, vers l'appartement : le même appartement. Nous venions de nous déchirer devant le juge, et nous rentrions dans notre maison. La tension était à son comble. Je sortais tous les matins pour accompagner les enfants à l'école avec ma valise. La nuit, je me couchais avec mon ordinateur, mon téléphone, mon agenda, tous les documents nécessaires pour le divorce, ceux que je lui avais pris et les miens, qu'il n'avait pas pu me prendre. Je dormais en chien de fusil, au beau milieu de mes affaires. Et je me réveillais en tremblotant de peur.

Le lendemain, nous avions rendez-vous avec la maîtresse de Max et de Sacha. Elle nous annonça que Sacha ne suivait rien, qu'il chahutait et qu'il ne reconnaissait plus les lettres de l'alphabet, quand il n'écrivait pas les lettres à l'envers. J'eus beau lui expliquer que c'était un moment difficile, qu'il fallait lui donner du temps, elle assura qu'avec une telle attitude, c'était le redoublement en fin d'année scolaire. Mais si Sacha redoublait, comment le séparer de son frère ? Comment pouvait-on envisager un tel désastre après celui de la séparation de ses parents ? Et d'un autre côté, comment faire redoubler Max alors qu'il suivait, lui, parfaitement ?

— Vous devez comprendre, et être patiente avec lui. Je suis sûre qu'il va évoluer, dans le bon sens. Il lui faut juste un peu de temps.

— Je voulais aussi vous dire qu'il manquait des cahiers.

Comme j'avais acheté tous les cahiers et livres des enfants, je demandai à Jérôme :

— Tu peux acheter les cahiers ?

— Non, dit-il.

— C'est indigne, dis-je.

Je me levai, pris machinalement le manteau de Sacha, il me répondit : « Laisse, c'est moi qui les prends ce week-end », avec un infâme rictus.

En attendant qu'il quitte définitivement les lieux, nous avions prévu de ne pas passer les week-ends ensemble : quand il les avait, je partais, et vice versa. Mais où aller ? Il était hors de question de me rendre chez ma sœur, ou chez Maud. Je commençai la nuit aux Trois Baudets, à un concert d'Éric Toulis, qui, dans son bleu de travail, se moquait du monde et de lui-même. J'écoutai la complainte du violoncelliste qui ne peut pas prendre de voiture, car le violoncelle est trop grand, et qui se retrouve à marcher, encombré, sans fin, attaché à l'instrument de sa torture en même temps que de sa liberté. Puis je passai le reste de la nuit au Zic Zinc, à boire des bières et à deviser de tout et n'importe quoi. Dondon apprenait à tout le monde une nouvelle façon de tenir les pintes de bière pour qu'elles se réchauffent moins vite, entre le pouce et l'auriculaire qui forment comme une anse sur le verre. Puis il nous parla des disques vinyle, et de la beauté particulière de leur son. Il en possédait des milliers. On discutait de musique, de groupes, de concerts, de tout et de rien. Pour la première fois depuis longtemps, je m'intéressais à autre chose qu'au divorce. Mais je me rendis compte que j'avais décroché. Ces années de maternité, de mariage et de divorce m'avaient ostracisée.

À six heures du matin, je rentrai chez mes parents, je me couchai dans une bouffée d'angoisse. Je pleurais en m'endormant, je me réveillais en larmes, je me rendormais : je voulais mes bébés. Je me dis que j'allais démolir l'image de Jérôme aux yeux des enfants, cela faisait deux ans que je me retenais, alors qu'il me haïssait, me trompait, me traitait si mal, je n'en pouvais plus d'être une héroïne éthique. Ce parasite (Jérôme, pas le ver) m'avait laissée « fatiguée et affamée ».

J'étais animée de sentiments curieux à l'endroit de mes enfants. Je les aimais plus que tout au monde, je ne pouvais pas vivre sans eux, et je leur en voulais de me faire tant de mal par leur absence, et de me lier à jamais à cet homme que je n'aurais jamais dû rencontrer. Ce que mon petit Sacha, dans son langage à lui, traduisait parfaitement lorsqu'il murmurait à mon oreille : « J'aurais préféré ne pas exister. »

J'étais aspirée dans un gouffre : le vide même de Jérôme, celui qui m'avait attirée lorsque j'étais tombée amoureuse de lui. Je remplissais la coquille de son âme par mes émois, mes fantasmes et mes projections. Comme il n'était pas, comme il n'avait pas d'être ni de consistance, pas de conscience, pas de personnalité, je pouvais dessiner les contours que je voulais et en faire l'homme de mes rêves. Il s'était prêté à ce jeu, il avait joué son rôle à merveille. Séducteur, il avait appris de moi comment il fallait être pour me plaire et il s'y était conformé pendant un moment. En quelque sorte, je l'avais imaginé, construit, écrit, et bien entendu, j'en étais tombée amoureuse puisque je l'avais inventé. Maintenant que je ne l'aimais plus, son néant m'anéantissait : j'étais confrontée, avec la disparition de Jérôme, à ma propre disparition. C'était moi que j'avais aimée en lui, c'était moi que je perdais. Et je n'arrivais pas à y faire face.

À mon retour, le dimanche soir, je constatai que Jérôme, qui n'en était pas à une transformation près, avait amorcé une transmutation en « super-papa ». Comme les jouets Transformers de mes garçons, en l'espace de deux clics, il était passé du robot à la voiture turbo. Durant cet horrible week-end, il m'avait envoyé des mails concernant toutes les activités qu'il faisait faire aux enfants : musée, atelier peinture, cinéma, parc, zoo et manège. Il était le papa gâteau, il avait tous les suffrages des enfants, car il les emmenait jouer et leur achetait des pains au chocolat, mais il ne les lavait pas, ne les couchait pas, ne s'efforçait pas d'éduquer leur goût à des nouvelles saveurs diététiques et biologiques, et encore moins d'intéresser Sacha à la lecture ; et moi, j'étais la sorcière, la mauvaise fée qui effectuait toutes les corvées, sous les huées des jumeaux.

Le samedi suivant, c'était au tour de Jérôme de quitter les lieux. Mais il resta à la maison, comme si de rien n'était. J'avais invité des amis, Jérôme exigea que je les renvoie, car cela le dérangeait.

Je refusai, lui demandai de partir.

— Tu me parles mal, répondit-il.

Je répétai gentiment ma demande.

— Peux-tu partir s'il te plaît ? Ce n'est pas ton jour. Et j'ai des invités.

Mes amis sonnèrent. Mais Jérôme se posta devant la porte pour me barrer le passage.

Alors je sortis dans le couloir et expliquai la situation à mes amis, qui s'en allèrent. Puis j'appelai la police.

Lorsque les policiers arrivèrent, Jérôme était parti. Ils me demandèrent, très attentifs, si mon mari m'avait déjà violentée, agressée, je répondis que non. Ils visitèrent la maison, constatèrent le départ de mon mari, et me conseillèrent d'aller dormir ailleurs avec mes enfants, puisque je n'avais pas le droit de lui enlever l'accès au domicile conjugal.

Le lendemain, Jérôme apporta un grand sac. Il avait certainement trouvé un appartement. Dans la chambre des enfants, comme si je n'existais pas, il prit leurs livres préférés, les jeux de Sacha et les voitures de Max, les cadres de photographies, leurs doudous irremplaçables, puis il se rendit à pas tranquilles dans la salle de bains pour prendre la brosse à dents électrique.

J'avais le cœur qui battait à se rompre. Je fis un barrage de mon corps pour l'empêcher de s'emparer de la brosse à dents, mais il me poussa. Lorsque je m'y opposai à nouveau, il me donna un coup de pied. Je

221

saisis mon portable et composai le numéro de la police : devant lui, cette fois.

Il s'installa confortablement au salon en allumant une cigarette.

— Encore un coup de bluff ? dit-il d'un air sarcastique.

Quelle ne fut pas sa surprise lorsqu'on sonna à la porte. Je me levai, allai ouvrir. Deux policiers et une policière entrèrent, me demandèrent pour quelle raison j'avais appelé. Je leur dis que mon mari était en train de me voler et qu'il m'avait frappée. Pendant que les deux policiers le questionnaient, lui faisant ouvrir son sac, la policière m'interrogea sur les faits. Me prenant à part, elle me demanda si je désirais porter plainte.

— Que se passe-t-il si je porte plainte ? demandai-je.

— On l'emmène en garde à vue.

— Quand ?

— Tout de suite.

J'hésitai.

— Et sinon ?

— Sinon, vous déposez une main courante. Et on le laisse partir. Mais vous devriez faire attention, madame, beaucoup de maris deviennent violents dans cette situation. Songez à vous protéger, vous et vos enfants.

Je ne savais pas quoi faire. Nous étions là, dans le salon, lui avec son sac, et trois policiers.

Je renonçai à porter plainte. Par pitié, par lâcheté, par faiblesse. Par bêtise. Par trop bonne éducation. Par passéisme. Par respect de l'homme ? De l'époux ? Du père ? Par peur. Oui, par peur. Il m'avait mise dans une situation de panique, de bête pourchassée.

Pauvres pères d'enfants que vous dites aimer plus que tout au monde, ne savez-vous pas qu'en plongeant leurs mères dans l'angoisse et la peur, vous leur faites plus de mal que quiconque au monde ? Alors que vous vous délestez de vos enfants chez votre propre mère, la leur est seule, elle, à s'en occuper, alors qu'à bout, elle en est incapable tant elle souffre, tant elle est mal, tant elle s'en veut d'en être arrivée là.

La police partit. Lui aussi, en emportant triomphalement la brosse à dents. J'étais brisée.

26

Jérôme Portal.

Alors ma belle ? Plus de nouvelles ? Est-ce que tu viens à Paris ou pas ?

Joanna Feltis.

Oui ! Je serai là le mois prochain. Faisons de ce moment une vraie fête ! Dis-moi… Quels sont tes fantasmes ?

Jérôme Portal.

Intéressant… Cela fait longtemps qu'on ne m'a pas posé cette question.

Bondage…

Bondage ? Qu'est-ce que cela pouvait bien vouloir dire ?

Je tapai le mot « bondage » sur Wikipédia : « *Le bondage est une pratique érotique qui consiste à immobiliser le corps de son partenaire généralement au moyen de cordes, mais le terme peut parfois être utilisé pour l'utilisation de tout autre accessoire de contrainte.* »

Stupéfaite, je commençai à chercher sur Google des informations au sujet du bondage. C'est ainsi que j'appris que l'étymologie de ce mot signifiait : servage, asservissement, esclavage. La forme la plus connue du bondage était celle, popularisée au Japon, consistant à ligoter son partenaire à l'aide de cordes, mais on pouvait également le pratiquer avec tout autre accessoire de contrainte : menottes, lanières en cuir, bandes adhésives, etc. Cette forme particulière de rapports sexuels était une pratique sadomasochiste : le bondage (en abrégé BDSM) se rapportait à une relation de domination psychologique.

En tapotant sur mon clavier, mes mains tremblaient. Je n'en croyais pas mes yeux. Comment était-ce possible ? Cela faisait dix ans que je vivais avec cet homme, j'avais eu deux enfants avec lui et je n'avais jamais eu accès à cette vérité-là. Et soudain, tout s'éclaira : n'avait-il pas utilisé le mot « enchaîné » pour parler de sa prouesse sur mon canapé ? C'était pour cette raison qu'il allait sur les sites de rencontre sexuelle ! Comme j'étais naïve !

Joanna Feltis.
Quel programme ! Monsieur a du goût ! Dis-m'en un peu plus… Tu me vois déjà attachée dans une chambre… ou tu veux me ligoter toi-même ?

Jérôme Portal.
Je t'attache, je te bande les yeux… ?

Joanna Feltis.
Continue.

Jérôme Portal.

Quoi qu'il arrive, tu seras toujours ma petite puce.

Joanna Feltis.

Merci ! Tu es un vrai sadomasochiste, alors !

Jérôme Portal.

Pourquoi fais-tu cette remarque blessante ?

Crois-tu pour de bon que je sois un sadomaso ?

Joanna Feltis.

La phrase sur la « petite puce »… C'est la première chose affectueuse que tu me dis depuis le début de nos échanges… Que tu me le dises après la perspective d'une séance de bondage, c'est amusant, non ?

Jérôme Portal.

L'étais-je déjà quand nous étions ensemble, toi et moi ?

Joanna Feltis.

Oui, mon trésor, tu l'étais totalement, quand nous étions ensemble ; tu me faisais souffrir et tu ne semblais pas le voir, ou plutôt t'en émouvoir… Mais on ne va pas remuer la cendre.

Jérôme Portal.

Je t'ai sans doute fait souffrir en te quittant, mais qu'en était-il lorsque nous étions ensemble ? Écoute, je te propose le marché suivant : je te parle

de mes fantasmes, et toi tu m'expliques qui j'étais.
Ainsi je comprendrai peut-être mieux qui je suis.

Joanna Feltis.
Ça marche ! Et tu me diras aussi pourquoi tu es
parti ?

Jérôme Portal.
Alors c'est ça que tu veux savoir ?
C'est pour cette raison que tu m'as contacté,
n'est-ce pas, Joanna ?

Joanna Feltis.
Je n'ai aucun compte à régler avec toi, Jérôme, ça
fait trop longtemps… Mais voici ce que j'ai vécu. Il
y a d'abord eu la phase de séduction, où tu étais
charmant, attentif, tu t'intéressais à moi, tu voulais
savoir qui j'étais, tu me flattais, tu m'appelais
« princesse », tu me disais que j'étais belle, que tu
avais envie de moi, même si tu ne donnais pas beaucoup : il y avait toujours une distance et un jeu où
je devais sentir que tu m'échappais. Alors précise,
tu me veux habillée comment ? String, dentelles,
cuissardes ? Attachée à quoi ? Raconte-moi par le
menu tout ce que tu me feras…

Jérôme Portal.
Je ne crois pas être prêt à me priver de la séduction. Pour moi, c'est fondamental. C'est l'essence
du couple, et c'est ce qui m'a le plus manqué dans
le mariage…

Donc, on se rencontre dans un bar. Tu auras une jupe avec des porte-jarretelles, je te ferai quelques caresses en buvant un verre. Je te parlerai, je te ferai rire, je glisserai une main sous ta jupe.

Que penses-tu de ce début ?

Joanna Feltis.

Pour un début, c'est très bien… Mais ensuite ? Dis-m'en un peu plus.

Jérôme Portal.

Ensuite, on se rend dans la chambre d'hôtel que j'ai réservée. Je te caresse dans l'ascenseur. On entre dans la chambre. Les liens sont sur le lit. Je les prends, et je commence à t'attacher. Soigneusement. Les mains, d'abord, pour t'immobiliser, puis les pieds, et ensuite le reste. Je fais des nœuds tout autour de ton corps, et comme tu protestes, je finis par te mettre un bâillon.

Je t'ai donc fait souffrir ? Explique-moi comment.

Joanna Feltis.

Assez vite, tu n'étais content que lorsque tu me dominais. C'est seulement quand tu voyais que j'étais malheureuse que tu pouvais me donner un peu d'affection. Tu ne me faisais jamais de cadeaux.

Jérôme Portal.

Tu exagères ! Pour ton anniversaire, je t'avais offert un bouquet de roses. J'avais fait toute la ville pour le trouver !

Joanna Feltis.

Je continue ? Tu étais narcissique et égocen-
trique. Tout tournait autour de toi. Oui, j'étais malheureuse, je pleurais beaucoup, j'avais l'impression
que tu me punissais de quelque chose mais je ne
savais pas de quoi… Et lorsque je te disais que
j'étais malheureuse, tu me répondais que j'étais
névrosée, que je n'étais pas douée pour le bonheur,
que je n'étais pas capable de jouir, de savourer la
vie, alors je me taisais.

Envoie la suite, je n'en peux plus d'attendre, et je
t'en dis davantage… Menottes ?

Jérôme Portal.

Pas de menottes, c'est trop vulgaire. Des liens,
partout sur le lit, en croix, habillée, pile ou face ? je
me demande… pile bien sûr.

Joanna Feltis.

Tu me culpabilisais beaucoup. Tu disais que tout
était toujours ma faute, lorsque ça n'allait pas entre
nous. En revanche, tu ne te remettais jamais en
question. Tu ne disais jamais clairement les choses.
Même pour les rendez-vous, c'était toujours
compliqué. Tu ne savais pas quand tu serais là.
Voulais-tu qu'on t'attende ? Lorsque j'essayais de
parler des problèmes avec toi, tu répondais toujours d'une façon floue.

Tu changeais sans cesse d'opinion, selon les personnes avec lesquelles tu te trouvais. C'était un peu
déstabilisant parce que tu n'admettais pas que je
change d'avis, que je sois imparfaite. Tu me

dévalorisais. Tu me disais des choses humiliantes, tu me rabaissais devant les autres. Mais tu susurrais que tu m'aimais, et je te croyais.

Jérôme Portal.
Ainsi attachée, bâillonnée, je te laisse sur le lit. Je ferme la porte à clef.

Joanna Feltis.
Tu te plaignais souvent d'une surcharge de travail mais je me demandais si çe n'était pas pour me fuir.
Après avoir fermé la porte à clef, tu reviens ou pas ?

C'était la question. Est-ce qu'il fuyait ou est-ce qu'il revenait ? Mon mari était-il un sadique ? Un masochiste ? Un méchant ou un gentil ? *Autrement dit, était-il le bourreau, ou la victime de mon masochisme ?*

27

Solal Brenner.
Alors ce divorce, ça avance ? Vous en êtes où ?

Agathe Portal.
J'attends l'ordonnance de non-conciliation, pour
qu'il lève enfin le camp. Je suis sûre qu'il va avoir
la garde partagée, j'en ai des haut-le-cœur, je
n'arrive plus à avaler quoi que ce soit, je n'arrête
pas de maigrir, je ne supporte pas l'idée d'être
séparée de mes enfants, c'est dur, je suis à bout, je
crois que je vais sombrer.

Solal Brenner.
Sombrer ? C'est-à-dire ?

Agathe Portal.
Je ne sais pas trop. Je me sens un peu déprimée,
c'est vrai. Je devrais peut-être prendre des antidépresseurs. Qu'en pensez-vous, docteur ?

Solal Brenner.

Vous êtes fragile, et pourtant je vous sens forte. Quelque chose me dit que vous avez plus d'un tour dans votre sac.

Agathe Portal.

Mon mari est dans mon appartement, en train d'œuvrer contre moi et je me sens de plus en plus défaite, épuisée. Il faut des trésors de patience pour élever un enfant et je ne suis pas capable de tenir. Je me lève, j'habille les enfants, je leur donne le petit déjeuner, je les emmène à l'école : je suis déjà contente de ma journée.

Solal Brenner.

Comme je vous comprends. Je suis passé par ces phases moi aussi : je suis divorcé deux fois. Autant dire, Agathe, que vous avez affaire non seulement à un psychologue mais aussi à un spécialiste du divorce ! À chacun ses failles. Quand votre mari doit-il partir ?

Agathe Portal.

Dans une semaine selon l'ONC. Je continue de me battre. J'ai déposé une main courante contre lui…

Divorcé deux fois ! Vous êtes une vraie star ! Des enfants ?

Solal Brenner.

Deux enfants, de la première. La seco... brève, délicieuse et ruineuse erreur (pour vous ... surer). Et pour quel grief la main courante ?

Agathe Portal.

Il est venu prendre des affaires chez moi, j'ai voulu lui interdire de passer, il m'a un peu bousculée, et j'ai appelé la police.

Solal Brenner.
Bien joué ! Et la police est venue ?

Agathe Portal.

Aussi vite que possible. Je ne supporte pas qu'il vienne prendre mes affaires. Il faut bien que je me défende, non ? J'en ai assez d'être toujours la victime.

Solal Brenner.

Je sais combien les moments que vous vivez sont difficiles. L'expérience et la pratique de mon métier m'ont appris que l'épreuve de la séparation est l'une des plus traumatisantes et difficiles de la vie. Ensuite, si l'on a pris la précaution de ne pas rompre le dialogue, de ne pas abîmer ce qui a existé, de ne pas le nier, alors le jour se lève sur un autre rapport à l'autre permettant de maintenir le lien des parents entre eux. C'est ce lien qui est essentiel au bien-être des enfants, plus que le lien conjugal.

Agathe Portal.

J'ai du mal à imaginer que nous pourrions avoir un tel lien, le contentieux est trop grave. Et puis, ce qui me mine, c'est justement d'avoir un lien à vie avec lui. Cela, je ne peux l'admettre. Et de toute façon, ce n'est pas du tout son objectif, sinon il ne se comporterait pas comme il le fait.

Solal Brenner.

Pour vous éclairer un peu, je peux vous dire que l'angoisse d'un homme, ou plus exactement d'un père, lors d'un divorce, c'est de perdre sa place dans le quotidien de l'enfant et qu'un autre homme la prenne et le remplace. Il est plus difficile pour un homme de « partager » la parentalité que d'imaginer un autre homme dans le lit de son ex-femme ! C'est paradoxalement au moment du divorce qu'un homme découvre les notions de famille ou de parentalité, et les différents projets à côté desquels il est passé lorsqu'il était marié.

Agathe Portal.

Mon futur ex-mari est un adolescent attardé. Il ne deviendra jamais un homme.

Solal Brenner.

Ne croyez pas cela. C'est aussi souvent lors du divorce qu'un homme découvre ce qui se passe dans une maison entre 17 heures et l'heure du coucher ! Les psychanalystes écrivent que c'est « la mère qui fait le père » : c'est encore plus vrai quand arrive le divorce, mais selon d'autres mécanismes.

Lorsque tout le monde comprend que le divorce c'est la dissolution du lien conjugal en même temps que le renforcement du lien parental, alors le calme revient après la tempête. L'autre angoisse, c'est la mise en place d'un système immuable, rigide, que rien ne viendra modifier dans le temps.

Agathe Portal.
Je comprends bien le point de vue de l'homme. Mais comment le rassurer, alors que pour moi il n'est pas question d'envisager une garde alternée et comment rétablir un dialogue dans un cadre aussi sinistré, où l'on s'est fait tellement de mal ? Je ne sais pas, et surtout je n'y crois pas.

Solal Brenner.
Je crois qu'il est important de rassurer le père en disant clairement que vous n'allez pas détruire son image auprès de vos enfants. C'est la mère qui désigne le père d'un enfant : cette désignation doit être renouvelée lors du divorce, avec encore plus de force ; vous devenez « la gardienne du temple » : c'est-à-dire garante de l'exclusivité de la fonction paternelle. Vous devez montrer que vous en avez la conscience, le devoir et surtout le désir. Ce qui signifie ne jamais dire du mal du père aux enfants.

Agathe Portal.
Je n'en ai pas le désir. J'en suis très loin. Et ce n'est pas mon problème. Et lui non plus. Il m'en veut, je vous assure, même si je ne sais pas de quoi.

Solal Brenner.

Lors d'un divorce, un homme ressent une blessure narcissique très violente, c'est à vous de veiller que la blessure ne touche pas le père, mais seulement l'homme.

Agathe Portal.
Et je m'y prends comment ?

Solal Brenner.
Il faut séparer les concepts, « disséquer » pour isoler d'un côté le couple conjugal, de l'autre le couple parental. Dire que le divorce n'est qu'une affaire conjugale, que la coparentalité est non seulement un devoir, une nécessité mais aussi un désir, peut-être même un jour un plaisir. Le rassurer en faisant preuve d'empathie au sens propre, c'est-à-dire en examinant la situation depuis sa position. Or sincèrement, pourriez-vous me dire les yeux dans les yeux – ou plus exactement le clavier dans le clavier, la souris sur la souris – que l'on peut assumer les devoirs de la paternité et en vivre les plaisirs deux jours toutes les quinzaines ?

Agathe Portal.
Il est hors de question que j'accepte la garde alternée. Mes enfants et moi, nous n'y survivrions pas.

Solal Brenner.
Si de toute évidence la garde alternée ne vous paraît pas une bonne solution, le « régime minimum »

ne l'est pas non plus ; il empêche toute implication vraie et représente une sanction socialement très dégradante pour un homme parce qu'elle est imposée par un juge. Lors d'un divorce, l'homme a peur ; peur que la garde dont il bénéficie soit la « mesure » du père qu'il est. Du jugement, il comprend ceci : « Vous ne méritez pas d'être père plus que 4 jours par mois. » Dans ce cas, il y a deux risques : le désinvestissement ou l'installation d'un conflit chronique extrêmement nuisible aux enfants.

Agathe Portal.
Et la solution miracle, docteur ?

Solal Brenner.
La solution passe par la créativité et le compromis. Créativité pour trouver une solution de garde « sur mesure » en fonction de vos deux organisations, de l'âge des enfants. Le lieu de la créativité n'est certainement pas le cabinet du juge. Le compromis permet d'échapper au jugement, à la sanction. L'exercice de la coparentalité pendant toute l'enfance et l'adolescence est un exercice subtil du compromis. Autant ne pas en rater la première étape. C'est l'occasion de découvrir d'emblée que le couple parental existe, qu'il est vivant, fertile. Car il sera bon pour vous aussi que vos fils continuent à tisser une vraie relation avec leur père, bon pour l'auteur d'avoir des moments de quiétude et de travail, bon aussi pour la femme d'avoir du temps pour ne pas seulement être mère… Bon enfin pour les enfants d'avoir en face d'eux des

parents épanouis dans ce rôle, ayant aussi d'autres investissements et continuant ensemble comme deux rails parallèles à tracer la route.

Agathe Portal.
Oui, mais pour l'instant on en est loin, et je vois plutôt le cataclysme que cela représente pour des enfants de voir un foyer disloqué, le désastre de la séparation, j'ai du mal à envisager autre chose…
Quel âge, vos enfants ?

Solal Brenner.
Douze et dix ans.

Agathe Portal.
Dites-moi, Solal, et vous, où en êtes-vous ? Célibataire ? Polygame ? Homosexuel, notoire ou refoulé ? Ou venant de sortir d'une relation compliquée ? Quel est votre problème ?

28

Après quatre semaines d'angoisse, d'insomnie, de tension, quatre semaines d'ulcères, de palpitations cardiaques, de sueurs nocturnes et d'appétit coupé, quatre semaines de regards consternés de mes parents (qui venaient de fêter leur soixante et unième année de mariage), trois semaines de lutte contre le parasite (le ver, pas le mari) qui avait envahi nos estomacs, aux enfants et à moi, depuis que Sacha avait eu la générosité de nous faire rencontrer la famille de son hôte, bref : quatre semaines plus tard, je recevais enfin la fameuse « ordonnance de non-conciliation » qui allait définir et régler notre vie d'une façon temporaire, avant que le divorce ne fût prononcé. J'ouvris l'enveloppe d'une main qui tremblait si fort que j'avais du mal à la tenir, et dépliai le papier qui allait décider de ma vie et de celle de mes enfants.

Mes yeux fouillèrent, fébriles, la feuille, à la recherche des modalités de garde, puisqu'il n'y avait que cela qui m'intéressait. Je vis que la Loi allait enfin le chasser de chez moi, qu'elle l'obligeait à payer, au moins pour ses enfants, 600 euros par enfant, soit 1 200 euros par mois.

Et surtout, il avait les enfants les fins de semaine paire de chaque mois, du vendredi à la sortie des classes jusqu'au dimanche à 18 heures. Tous les mardis soir, depuis la sortie d'école jusqu'au mercredi 18 heures. Je pris la feuille, sans savoir si je devais pleurer ou rire, danser ou m'écrouler : cela voulait dire que je ne verrais pas les enfants un week-end sur deux. Plus le mardi et le mercredi, et les semaines où il les avait, cela faisait 5 jours sur 7 sans voir les enfants, et c'était un cauchemar. Mais c'était moi qui avais la garde.

Je contemplai pendant de longs instants les phrases de la Loi, tant j'avais du mal à y croire. Je relus, plusieurs fois, pour tenter de m'imprégner de ce texte venu d'ailleurs, qui, avec son vocabulaire propre et son ton détaché, prononçait la vérité de ma vie intime. La Loi « disait », la Loi légiférait, la Loi mettait de l'ordre dans ma vie chaotique. Par l'intermédiaire de la juge, la Loi parlait au futur, pas au conditionnel ni au passé :

« Disons que monsieur Jérôme Portal devra avoir quitté les lieux au plus tard le 10 mai 2008. »

« Monsieur Jérôme Portal partagera par moitié le montant du loyer familial jusqu'à son départ. »

La Loi était mon avenir. Tout ce que je n'avais pas réussi à faire pendant le mariage, la Loi l'instaurait. Pour une fois, je me dis que cela valait la peine de payer des impôts. Que ceux qui ne veulent pas s'en acquitter retournent à l'état de nature, celui dans lequel j'avais vécu ces six derniers mois : l'enfer. Vive l'état de droit ! Qui nous sortait de la horde primitive dans laquelle nous nous étions vautrés comme des bêtes, et incitait mon mari à se comporter comme un homme, non comme un animal. Qui le contraignait à être humain, au lieu d'une bête aveuglée par la blessure narcissique. Qui me protégeait contre ce monstre haineux et toxique qu'il était devenu, et l'obligeait à partir de chez moi. Qui le mettait dehors, puisqu'il n'y avait pas d'autre façon de le faire. Qui lui donnait la dignité qu'il avait perdue, et celle qu'il n'avait probablement jamais eue.

Lorsque j'appelai mon avocate, elle me dit que ce n'était qu'un début, que rien n'était sûr tant que le divorce n'était pas prononcé, qu'une bataille était gagnée, mais pas la guerre. Ce n'étaient que des mesures provisoires. Je devais poursuivre le combat. Ce qui signifiait : plus de temps, plus de dossiers, plus d'argent.

Mon avocate m'indiqua que pour alimenter mon dossier, il pouvait être utile de prendre un détective privé. Elle me donna le numéro d'un contact que je rencontrai dans un café du quatorzième, loin de chez moi.

En entrant, je regardai de tous côtés pour voir s'il n'y avait pas quelqu'un qui m'épiait. Je vis alors un homme d'une quarantaine d'années, aux cheveux gris, au visage allongé, attablé avec un journal, et une écharpe bleue qui était le signe de reconnaissance dont nous étions convenus.

— Ne vous en faites pas, dit le détective, je suis venu avant pour sécuriser l'endroit. Personne ne vous observe, vous pouvez en être sûre. À présent, dites-moi de quoi il s'agit.

— Voilà, dis-je en chuchotant, j'aurais besoin de documents supplémentaires au sujet de mon mari car nous sommes en plein divorce. Il me faut des preuves qui attestent qu'il est alcoolique, qu'il se drogue, et qu'il me trompe.

— Concernant l'alcool, vous pouvez demander une visite médicale en cherchant les gamma GT : il faut demander qu'il s'y soumette.

— Ça reste combien de temps dans le sang ?

— Oh, très longtemps. Moi, à l'origine, je suis militaire, et, voyez-vous, nos gars, quand ils passaient la visite médicale, on leur disait de faire attention. Pour la drogue, c'est plus compliqué, mais vous pouvez aussi la trouver en faisant des analyses sanguines. S'il refuse, c'est un bon point pour votre dossier.

— L'avocat m'a précisé qu'il faut quand même des preuves et des pièces.

— Actuellement, vous êtes séparés de corps ?

— Oui.

— Ça se passe comment ?

— Indescriptible.

— Et avec les enfants, il est normal ?

— Oui.

— Vous m'avez préparé un fond de dossier ?

— Non, dites-moi ce dont vous avez besoin. Je peux vous l'envoyer par mail ?

— Oui, bien sûr. Alors il faut une photo, le numéro de portable, de téléphone fixe, numéro de voiture, téléphone de son entreprise, les endroits où il est susceptible d'aller, restaurants, bars, discothèques, éventuellement une photo de sa maîtresse, son adresse, voilà : tout ce qui nous permettra de le cerner.

— Il a aussi des comptes à l'étranger, et je le soupçonne d'avoir détourné de l'argent.

— On peut faire une recherche si vous voulez.

— En Suisse.

— Impossible. C'est ultraprotégé, là-bas.

— On peut jeter un œil dans sa boîte aux lettres ?

— Oui, on peut envoyer quelqu'un qui a bonne mine, ou passer par les parkings, ou s'il y a un facteur, on entre en même temps et on prend le courrier. Le problème, c'est que c'est inexploitable par la justice : ça peut juste servir de renseignement. Ça coûte très cher pour un résultat pas certain.

— Et chercher des documents dans son nouveau domicile ?

— Ça existe, mais c'est réservé à des affaires à enjeu financier très important ; pour des affaires personnelles, monter des opérations de cambriolage dans un bureau, ça vous coûte 15 000 euros, et c'est tout un scénario à mettre en place…

— Très bien et… quel est le prix d'une mission ?

— 1 000 euros par jour. On vous remet un rapport, avec photos ou vidéo. Si on ne travaille que le soir, on vous facture 400 euros.

Je commençai à comprendre que le divorce était un marché qui faisait vivre toute une série d'intermédiaires. Et aussi que tout était une question de négociation.

— Bien, dis-je. Et si ce n'est que quelques heures, vous pouvez me faire un prix ?

29

Devant l'état de nos rapports, la juge avait préconisé une « médiation familiale » ; il fallait que nous nous rendions chez un médiateur, afin d'envisager, sinon une réconciliation, du moins une conciliation. Au bout de mille peines, Jérôme et moi avions accordé nos agendas pour tenter de trouver une heure où nous pourrions aller le voir ensemble.

Nous arrivâmes en même temps, devant un immeuble du sixième arrondissement. Un homme handicapé s'était réfugié dans le renfoncement d'un restaurant à côté de l'immeuble. Il tremblait, peut-être de froid, après avoir passé la nuit dehors. Recroquevillé sur lui-même, il dardait sur moi ses grands yeux bleus, avec une expression indicible. C'était le stade d'après la détresse. Celui de la résignation, de l'abandon, de la perdition. Sa souffrance, quelle qu'elle fût, l'avait égaré. C'était quelque chose qui ressemblait à la folie ; une expression inhumaine, qui me glaça le sang. Je m'approchai de lui. Il faisait froid. Je lui demandai s'il avait besoin de quelque chose. Il me fit un signe des yeux, pour me dire que non. J'étais pétrifiée d'horreur.

Jérôme et moi avons monté les marches en silence. Un homme d'une quarantaine d'années, en costume trois-pièces et nœud papillon, nous ouvrit la porte, d'un air débonnaire.

Nous nous sommes assis face à lui. Qu'allions-nous lui raconter ? Qu'allait-il ressortir de cela ? Je savais, moi, qu'il était inutile de parler avec Jérôme. Mais mon avocate m'avait indiqué que si je ne le faisais pas, ce serait mal noté par la juge.

— Nous sommes dans un processus de divorce, commença Jérôme, d'un ton de chef d'entreprise. La gestion des enfants est inefficace, à la suite d'un rapport de couple nocif. Cette situation génère une tension néfaste pour les enfants. Il faudrait donc pouvoir rétablir un dialogue entre les parties pour gérer le conflit d'une façon adéquate.

Je regardai attentivement mon futur ex-mari, en me demandant où diable il avait bien pu pêcher ce jargon de psychologue teinté d'un verbiage de management. Il avait un génie d'adaptation digne du caméléon de Madagascar.

— Est-ce difficile ? Êtes-vous triste ? demanda le médiateur en me fixant, l'œil gourmand.

— J'ai dépassé le stade de la tristesse, dis-je froidement.

— Mais avant, vous l'étiez ?

— Oui, bien sûr.

— Moi, dit Jérôme, je n'ai pas dépassé le stade de la tristesse.

— Et vos enfants, ça a été dur ? me demanda le médiateur.

— La séparation ?

— Non, la naissance.

— Très difficile, dis-je.

— Pas simple, n'est-ce pas, des jumeaux. Surtout pour la mère. Que s'est-il passé ensuite ?

— Ce qui se passe un peu dans tous les couples.

— Vous avez vécu ça comment, jeune mère, d'avoir des jumeaux ? C'est une épreuve, non ?

— Au début, c'est très dur, surtout quand on est seule.

— Il n'y a personne autour de vous ?

— Si. J'ai de la famille, des amis.

— Et vous ? demanda-t-il à Jérôme.

— Non, je n'ai personne, dit Jérôme en prenant tout à coup un air de Calimero, le petit poussin noir tout mignon à qui il n'arrive que des malheurs.

— Vous m'avez dit au téléphone que vous étiez venus pour discuter, vous étiez d'accord tous les deux ?

— Oui, dis-je, en empruntant à mon tour l'air de Priscilla, la petite amie de Calimero.

— Qu'est-ce que vous attendez de moi ?

— Il faudrait qu'on finalise le divorce pour arrêter les tensions, répondis-je.

— Donc un démariage. Que ça s'apaise, que vous trouviez une solution.

Un silence.

— Il y a un problème, dans le divorce, dit le médiateur. Ça peut être très positif, mais ça peut rendre paranoïaque. Pourquoi n'arrivez-vous pas à discuter ?

— Elle me dit : « J'ai un double appel » et elle raccroche, dit Jérôme.

— Pourquoi vous raccrochez ? me demanda le médiateur. Vous êtes en colère ?

— Non, pas du tout.

— Eh bien si, vous êtes en colère.

— Non, je ne suis pas en colère.

— Pourquoi vous ne discutez pas avec lui ?

— Parce que nous avons eu suffisamment de discussions, je préfère en rester là.

— Je n'ai pas l'impression qu'on ait échangé plus de dix mots en trois mois, dit Jérôme, d'un ton douloureux.

— Vous vous connaissez trop… Pourquoi vous êtes-vous séparés ? demanda-t-il en s'adressant à moi avec onctuosité.

— C'est un ensemble de petites choses, dis-je. À un moment donné, le désir n'y était plus.

— Vous dites là quelque chose de terrible.

— Non.

— Si, si ! Quand on n'a plus envie, on est triste. Vous êtes déprimée ?

— Non. Je ne suis pas déprimée.

— Mais je vois bien un fond de tristesse en vous.

— Non, je ne suis pas déprimée. Et je ne suis pas en colère non plus.

— Sûre ? Car j'ai l'impression que vous êtes en colère.

— Non, je ne suis pas en colère !

— Et vous ? demanda-t-il à Jérôme.

— J'ai l'impression d'avoir fait tous les efforts, tous les sacrifices pour que notre couple s'épanouisse, se développe. Mais j'étais trop seul, trop abandonné, pour poursuivre cet effort de chaque instant. Elle a décidé pour nous que nos vies seraient meilleures si elles étaient séparées. Rien ne m'avait préparé à ce tsunami existentiel.

— Vous êtes au bord des larmes.

En effet, en jetant un bref coup d'œil à Jérôme, je m'aperçus avec effarement qu'il avait sorti le grand jeu. Des larmes de crocodile coulaient sur ses joues. Ah, il était fort ! On aurait cru Dustin Hoffman dans *Kramer contre Kramer*. Et Daniel Auteuil, avec son air de chien battu dans *La Séparation*, ne lui arrivait pas à la cheville. Il faudrait penser à lui décerner un césar d'honneur et aussi un prix du scénario, pour le « tsunami existentiel ».

— Vous êtes d'accord ? dit le médiateur, la gorge nouée, lui-même gagné par l'émotion. Hein ?

— Complètement, dis-je, sans savoir avec quoi au juste.

— Vous avez l'impression d'un statu quo très dur ?

— La période entre l'assignation et le moment où il va quitter l'appartement est trop longue, ça nous fait beaucoup de mal, ça fait flamber la haine, on aurait dû l'écourter.

— Comment vous faites pour tenir ?

— Depuis plus de deux ans, je dors dans le salon, dit Jérôme. Je me réveille le matin, elle ne me dit pas bonjour. Agathe a pris une succession de décisions violentes avec le divorce.

— C'est parti de vous ? demanda le médiateur en s'adressant à moi.

— Oui.

— C'est donc vous, madame, qui avez déclenché le divorce ?

Son regard intense ne me quittait pas.

— Oui, c'est moi. Comme dans trois fois sur quatre. C'est moi et je suis donc la fautive, monsieur le Juge… pardon, monsieur le Médiateur.

— En tout cas, dit Jérôme, elle a pris la décision de faire une requête en divorce, au lieu d'un consentement mutuel.

— Oui, je vous comprends, dit le médiateur. On sent que vous êtes mal en point. Vous souffrez, n'est-ce pas ?

— Non, dis-je. Je ne souffre pas. Je souffle. C'est différent.

— Je ne m'adressais pas à vous, dit le médiateur. Mais à votre mari.

— Oui. Je souffre.

Quand on est médiateur, la moindre des choses, c'est de savoir qui souffre et qui ment. Mais il y a des imposteurs partout. Il faut dire, à la décharge du psychologue hors pair qui était censé nous faire dialoguer, que Jérôme excellait dans le rôle du mari quitté. Même moi, j'étais presque émue.

— Vous travaillez tous les deux ?

— Oui. J'écris des paroles… pour des chanteurs.

— Je dirige une start-up. La plupart du temps, je travaille chez moi. J'ai un confort d'exercice qui me permet de consacrer la moitié de mon temps à mes enfants.

— De quoi voulez-vous qu'on parle ?

— Ce serait bien qu'on arrive à mettre fin à cette guerre, dis-je.

— Il faut régler l'entente et dire à vos avocats : voilà ce que nous avons décidé ensemble, ce serait bien non ? dit le médiateur.

— Il faut régler les histoires d'argent, dit Jérôme.

— Oui, l'argent, c'est capital ! Êtes-vous d'accord pour qu'on poursuive cette séance la semaine prochaine ?

En partant de chez le « médiateur », j'appelai mon avocate et je lui dis, furieuse, que je n'y mettrais plus les pieds. J'en avais par-dessus la tête. Le médiateur, le notaire, l'expert-comptable, les avocats, les détectives, tous ces métiers de parasites vivant au détriment de leur hôte épuisé et affamé auxquels j'avais affaire depuis un an m'avaient usée jusqu'à la corde. Dans un premier temps, j'avais été dans une nébuleuse. Je ne savais pas qu'il y avait plusieurs types de maris, d'avocats, de notaires : les maris conciliateurs, ceux qui veulent vite en finir car leur maîtresse les attend, les maris procéduriers, ceux qui veulent en découdre jusqu'à la dernière petite fourchette, et les maris procrastinateurs, ceux qui aiment faire traîner les choses en longueur. Les avocates molles, celles qui crient fort mais ne font pas grand-chose, celles qui ne s'intéressent qu'à l'argent, et celles qui n'y comprennent strictement rien. Celles qui sont sensibles à la garde des enfants, et celles qui n'en ont rien à faire. Celles qui sont injoignables et celles qui vous répondent à minuit de leur BlackBerry. Celles qui n'ont pas lu le dossier et qui improvisent plus ou moins bien, et celles qui le connaissent par cœur et qui improvisent plus ou moins bien.

Et moi, je commençais enfin à y voir clair. Il y a des gens qui profitent de votre malheur pour vous saigner à blanc : ce sont les avocats. Il y a des policiers ratés qui jouent les agents secrets et qui feraient mieux de jouer aux cow-boys et aux Indiens : les détectives. Il y a des gens naïfs qui font semblant d'être plus intelligents que les autres : les médiateurs. Il y a ceux qui ont échoué à faire tous les métiers précédents : les notaires. Et ceux qui n'ont pas pu faire le métier précédent : les experts-comptables. Il y a ceux qui s'acharnent à démolir tout ce qu'ils ont construit, maison, couple et enfants : les maris. Et il y a celles qui se laissent prendre par tout le monde : les femmes.

30

Enfin le jour arriva. Le jour de ma délivrance. Je voyais le moment se profiler avec une impatience grandissante. La veille, Jérôme avait fait venir un déménageur qui mit toutes ses affaires dans des cartons, et mon cœur en joie. J'avais envie de danser autour de lui. Je n'avais pas ressenti une telle liesse, même le jour de mon mariage.

J'avais réussi, je l'avais mis dehors, j'avais eu la force de le faire, de tenir ! Je pouvais me féliciter. Je me sentais délestée d'un poids, prête à entrer dans ma nouvelle vie, ma nouvelle peau, mon nouveau moi. Je nourrissais des projets d'aménagement dans le no man's land qu'était devenu mon appartement : un nouveau décor, des meubles contemporains à la Christian Liaigre, des rideaux et des tapis marécageux. Je contemplais son bureau vide, avec béatitude. Comme il y avait toujours une odeur pestilentielle, cette odeur particulière faite de haschisch, de cendre froide et de *Gucci by Gucci*, je le repeignis, moi-même, un dimanche où les enfants n'étaient pas là. Quelle sensation enivrante que celle d'arracher la moquette qu'il avait si souvent foulée de ses pieds, et qui débordait de ses miasmes. J'avais l'impression d'être enfin chez moi, loin de cet intrus, mon mari.

Mais la joie fut de courte durée. Tout d'abord, parce qu'il m'était difficile d'éprouver une émotion. Les sensations, les sentiments flottaient autour de moi, dessinant un halo à mon cœur. J'observais tout d'un regard extérieur, comme si j'avais pris des bêta-bloquants. J'étais devenue atone, insensible, j'avais le cœur sec, je n'arrivais plus à rire ni à pleurer.

Et puis, un détail m'avait échappé : depuis que Jérôme avait quitté la maison, les enfants aussi partaient, du moins les jours où ils étaient avec lui. Et ces jours où je me retrouvais seule, dans l'appartement vide, étaient un enfer.

Seule, la nuit, la terreur régnait, avec cette impression d'étouffement et de persécution qui ne me quittait pas. Je ne souffrais pas de leur absence – j'étais incapable de souffrir – mais j'étais perdue sans mes enfants.

J'errais dans mon appartement biscornu, me cognant la tête contre les poutres, me demandant comment j'allais faire pour m'en sortir. J'avais un ulcère, une contracture musculaire dans le cou, mes dents se cassaient, les unes après les autres, sans que je sache pourquoi.

Ceux qui n'ont pas divorcé ne peuvent pas comprendre, les célibataires ne peuvent pas comprendre, seuls ceux qui sont passés par cette expérience peuvent entendre ce que je dis. J'étais en survie. J'avais l'impression qu'il fallait que je me reprenne, que je retrouve un état normal parce que c'était comme une maladie. Si on ne la traitait pas, elle allait empirer : j'avais la divorcite. J'étais maintenant séparée de Jérôme, il était clair que je ne l'aimais plus, et pourtant, toutes mes pensées me ramenaient à lui. J'étais obsédée. Je ne parvenais pas à sortir de la boucle, ni à penser à autre chose. Le moindre échange avec lui, le moindre accrochage me faisait aussitôt replonger dans mon obsession. Il suffisait qu'il me regarde pour que je sombre. Je n'arrêtais pas de penser à ce qu'il m'avait fait, toutes les scènes de ma vie avec lui se projetaient sur les murs de ma maison, à une vitesse folle. Toutes mes pensées me ramenaient à lui. Il était devenu l'Ennemi, l'Usurpateur, le Persécuteur. Lorsqu'il ramenait les enfants, j'étais prise de palpitations. J'allumais mon ordinateur, et cela me rappelait la première fois que j'avais découvert ses messages sur Facebook. Au lieu de travailler, je recherchais des informations sur lui, via Google ou Google Images. Quelle absurdité ! Plusieurs fois par jour, je consultais son mur sur Facebook pour voir ce qu'il faisait. J'avais besoin de savoir où il était. Je ne dormais plus, je ne mangeais plus, j'étais épuisée. C'était à la fois virtuel et passionnel. J'étais obsédée par Jérôme comme je ne l'avais jamais été, même à l'état amoureux. Il m'accompagnait partout où j'allais. Il était en moi, tel un démon, un djinn, une Érinye vengeresse, il ne me quittait pas. Je chuchotais en parlant au téléphone, je me retournais en marchant dans la rue pour voir si je n'étais pas suivie. J'avais l'impression qu'il m'espionnait encore, qu'il était derrière moi, à chacun de mes pas.

Dans la maison, quelque chose avait changé avec sa disparition, en plus de ses affaires. Au début, je n'arrivais pas à définir ce que c'était. Puis, je compris, c'était son odeur. La maison sentait le frais, la lessive, l'air pur. Je respirais l'air de la liberté. Et pourtant mon esprit n'était pas libre. C'était comme si je ne pouvais pas me passer de lui, comme si je n'arrivais pas à faire le deuil, non pas de notre relation, mais de lui, de son existence. Un lien terrible m'attachait à lui, ou plutôt à l'idée de lui – un lien à côté duquel l'amour n'était qu'un fétu : le lien de la victime à son bourreau. Il n'y a pas de nom pour décrire cette relation, qui pourtant est réelle, et qui s'apparente au syndrome de Stockholm. C'est le lien victimaire.

Que faisait-il ? Qui voyait-il ? Qui était-il ? En faisant repeindre son bureau, j'avais trouvé un vieux Macintosh mauve qui lui appartenait. Lorsque je le branchai, je découvris l'historique qui datait de six mois avant la conception des enfants et qui s'étalait sur cinq jours. Il y avait là une consultation effrénée de sites d'escort-girls, y compris de sites de « jeunes filles de 18 ans ». Tout était mythe, illusion, manipulation. Oui, même nos enfants avaient été conçus dans le mensonge.

J'étais perplexe : Pourquoi mentait-il ? Et à qui, si ce n'était à lui-même ?

Je passai en revue tous les événements de notre vie commune, en en comprenant soudain le sens intime, secret. Jérôme n'avait cessé de se fuir, et de me fuir, et je n'avais pas arrêté de le poursuivre et de le cajoler, victime du trop-plein de mon cœur et de mon imagination, jusqu'à ce qu'il n'en puisse plus. J'étais tombée amoureuse d'un chewing-gum, mais le chewing-gum, c'était lui : lisse, mou, élastique, il prenait la forme qu'on lui donnait. Qu'avais-je cherché chez lui si ce n'était cette faculté qu'il avait de se laisser modeler à mon image ?

Cette découverte m'entraîna dans un gouffre sans fond. Je n'arrivais pas à accepter l'idée que cet homme était mon mari. Et encore moins que cette femme naïve et stupide était moi. J'étais entraînée vers le bas, vidée de mon énergie, disqualifiée, terrifiée. En perdant l'homme que j'avais cru épouser, je me perdais aussi. Il était mon symptôme : il me cachait. Je m'abritais derrière lui. Maintenant, j'étais seule, face à moi-même, et l'abîme était sans fond.

Dans le naufrage domestique qui avait précédé le départ de Jérôme, j'avais réussi à sauver le DVD de notre mariage que je regardais, comme une hallucinée. J'observais chaque détail, chaque personnage de cet étrange ballet qui allait décider de mon avenir.

Je suis en blanc, recouverte d'un voile. Il est en noir. Il me regarde, ému. Les parents, la famille, les amis autour de nous sont aussi émus. En fait, tout le monde est au bord des larmes.

C'est un matin de juillet. Le soleil brille haut dans le ciel, et mon cœur est gonflé à l'idée que je serai bientôt unie à mon fiancé. Je pense avec exaltation à la vie nouvelle qui s'offre à moi, cette vie de femme mariée que je désire tant depuis que je suis enfant, conditionnée par ma famille, et aussi par ces maudits contes de fées. J'aime, je suis aimée, je me marie, et bientôt j'aurai des enfants qui viendront naturellement couronner l'amour triomphant, et non triompher de l'amour.

Les famille et belle-famille sont là, qui se congratulent. Je suis si heureuse. Heureuse d'être la princesse d'un jour, la princesse personnelle de mon amoureux, devenir sa femme, et donc, devenir femme, acquérir le statut de « Madame ». Enfin, je construis ma vie, j'en bâtis les fondations ; cela me rassure de ne plus être seule, sur des sables mouvants. La vie est belle, l'avenir souriant. Tout le monde affiche un air heureux et parfaitement complaisant.

Nous nous regardons, à travers le voile. Il me considère avec gravité, intensité, avec félicité. Il se retient pour ne pas pleurer, tellement il est heureux. Nous nous sommes trouvés, nous décidons en ce jour de nous consacrer l'un à l'autre – ou plus exactement, que je lui serai consacrée. Désormais, nos vies seront aussi officiellement liées qu'elles l'étaient intimement. Dieu et les hommes sont les témoins de notre amour.

Nous danserons toute la nuit jusqu'à l'aube. Le matin, je me réveillerai, en regardant la bague en or à mon doigt, et en me répétant la phrase qu'il a prononcée la veille, les yeux remplis de larmes : « Voici que tu m'es consacrée par cette bague. »

Ainsi donc, je suis consacrée. Sacrée, donc. Et con, également. Sacrément con. De croire que le mariage me rend sacrée. Je dis stop. Je reviens en arrière, au début, lorsque mon sort n'était pas scellé. Je mets cette image en pause : je suis célibataire pour l'éternité.

Je finis par envoyer un message à Solal, qui écoutait – ou plutôt qui lisait – mes griefs et mes plaintes et continuait de me conseiller, sur un ton serein qui me faisait du bien, car j'avais besoin de me sentir protégée, épaulée, et d'avoir une direction à suivre. J'avais confiance, je pouvais m'en remettre à lui. Il ne se lassait pas lorsque je lui parlais de Jérôme ; au contraire, il me posait des questions. C'était pour moi une nécessité vitale de lui parler, et aussi, de parler de Jérôme. Peut-être, justement, parce que c'était un inconnu, et que, cachée derrière mon ordinateur, je ne risquais pas grand-chose. Ses questions se faisaient de plus en plus précises, sur ma vie, sur le divorce ; sur ce que je ressentais, ce que je préparais. Je m'épanchais. Sur des pages entières, je me déversais, comme si je me lavais sous un flot de mots de tout ce que j'avais subi, et qui m'avait salie et brisée.

Je reposai à Solal les questions qui me brûlaient les lèvres : était-il remarié ? Avait-il quelqu'un dans sa vie ? Il ne répondait pas. Parfois, il me disait des choses qui m'énervaient, qui me remettaient en cause, qui me bouleversaient. Dans un de ses messages, il me demandait quels étaient mes fautes, mes manquements à l'égard de mon mari, il voulait savoir si son comportement n'était pas une réponse à ce que j'avais pu lui faire, si je n'avais pas changé depuis que j'avais eu des enfants. « Mais quoi, lui répondis-je, faut-il que je paye la double peine d'être mère : abdiquer sa vie, et perdre son mari ? – Non, m'écrivit-il. Ce n'est pas de cela que je parle. Il me semble que vous n'avez jamais vraiment aimé. Que vous vous êtes lancée dans ce mariage avec naïveté, et aussi par convenance, parce qu'il fallait vous marier, parce que cela vous arrangeait. »

Peut-être avait-il raison. Peut-être avais-je choisi cet homme pour discréditer à jamais l'idée de l'amour, du mariage, de la famille et du couple, pour dire : voilà, j'ai suivi la bonne voie, celle que tout le monde doit emprunter, et cela ne marche pas, ce n'est pas ma faute ! Si j'avais vraiment voulu former un couple, peut-être aurais-je choisi quelqu'un de plus fiable, de plus honnête ? Jusqu'où aimer ? Jusqu'où faire une place à l'autre ? Jusqu'au sacrifice de soi ?

« Peut-être, m'écrivit Solal, devriez-vous réfléchir à votre rapport aux hommes. Il y a un point qui m'intrigue dans votre histoire, c'est la question de l'argent. C'est vous, semble-t-il, qui avez insisté pour prendre en charge les frais du ménage. Pourquoi avez-vous accepté de le faire ? N'êtes-vous pas passée en force, Agathe ? Peut-être au départ, ne croyiez-vous déjà plus aux hommes ? Peut-être vouliez-vous être un homme ? Peut-être vous êtes-vous efforcée de suivre le plus mauvais chemin pour prouver ce que vous posiez comme axiome, dès le départ : que les hommes sont mauvais, inconstants, infidèles. »

C'était étrange comme cet homme me devinait. Avec lui, je pouvais enfin parler comme avec un ami de longue date. Je n'avais pas besoin d'expliquer, il me mettait face à moi-même, à mes contradictions, à mes doutes les plus profonds.

« C'est comme s'il y avait deux Agathe, poursuivit-il. Celle qui veut être une bonne mère et une bonne épouse, et celle qui veut vivre sa vie d'artiste, sa vie indépendante et rebelle, sa vie d'homme, en somme.

« Où est la vraie Agathe ? »

Où était-elle ? Qui était-elle, désormais ? Maintenant que je n'étais plus ni l'épouse ni la mère parfaite. Maintenant que j'avais chassé mon mari. Si j'avais choisi un tel homme, n'était-ce pas pour discréditer le genre masculin dans son ensemble ? Je pouvais vivre ma vie de femme, indépendante, libre, forte ; mais quelle femme étais-je, et quelle vie désirais-je vivre ? Étais-je sadique ou masochiste ? Était-il pervers ? Ou était-ce moi qui l'avais entraîné dès le départ dans un jeu pervers ? N'était-ce pas parfaitement pervers, ce que j'étais en train de faire, de prendre l'identité d'une autre pour converser avec lui ? Pourquoi le personnage de Joanna me plaisait-il davantage que le mien ? Pourquoi avais-je ce sentiment d'en avoir assez de moi ?

Dans les messages qui suivirent, Solal me posa des questions plus personnelles, qui montraient son intérêt pour moi. Il me demanda si j'avais déjà trompé mon mari. Je lui avouai, alors, qu'en effet, j'avais eu un amant. Je lui parlai de Samuel, de la façon dont on s'était rencontrés, puis du dîner, le soir. Je lui dis aussi qu'il était marié, et que je ne voulais plus le voir. Solal se montra très intéressé par l'anecdote. Il voulait savoir qui était cet homme, ce qu'il faisait, comment et où s'étaient déroulés nos ébats. Je lui avouai alors que j'avais pris conscience que mon mari ne savait pas aimer, dans tous les sens du terme. La relation avec Samuel m'avait fait comprendre à quel point mon mari était mal à l'aise avec une femme, c'est sans doute la raison pour laquelle il vivait entouré d'hommes.

Après ce message, Solal resta plusieurs jours sans m'écrire. Je me dis qu'il avait peut-être été heurté par mes propos, et qu'il avait été déçu par moi. Je lui écrivis plusieurs messages, mais il ne répondait plus. Les hommes sont vraiment des créatures bizarres. Cela me manquait, de parler avec lui, à un point que je n'avais pas imaginé. Même si je ne l'avais jamais rencontré, je m'étais attachée à lui, il était devenu un compagnon virtuel. Seule, sans soutien, je sombrai à nouveau dans la mélancolie et l'obsession.

Un mardi de grand désespoir, j'ouvris la fenêtre de la chambre de mes enfants, attirée par le vide. J'étais grisée, tentée de me jeter, d'en finir avec cette souffrance. Puisque je n'arrivais pas à en finir avec Jérôme, peut-être pourrais-je en finir avec moi ?

Une pluie battante trempa mes cheveux et mon visage baigné de larmes. C'était Dieu, sans aucun doute, c'était Dieu qui pleurait. Ils avaient besoin de moi. Chaque fois qu'ils revenaient de chez leur père, fatigués et affamés, ils me regardaient, l'air hagard, sentant la cigarette et le haschisch : car en vérité, Jérôme ne savait ni les nourrir ni les vêtir ni s'occuper d'eux. Il n'était qu'un père. J'étais leur mère. Peut-être un peu trop bouleversée pour être une mère parfaite. Mais j'étais leur mère quand même. Cette idée me ramena à la vie.

31

Après quelques semaines de silence, Jérôme reprit la lutte de plus belle. Il entama une correspondance électronique effrénée avec moi. J'étais submergée de messages de lui. Je n'y comprenais plus rien. Il ne m'avait jamais autant écrit pendant le mariage. Il avait fallu attendre le divorce pour qu'il se révèle graphomane !

C'est tellement simple d'envoyer un mail. Autrefois, dans les divorces, il fallait écrire la lettre, la timbrer, la porter à la poste, éventuellement l'envoyer en recommandé. Désormais, c'était simple et rapide : les messages électroniques avaient en outre une valeur juridique. Une véritable aubaine pour le jeune divorcé harceleur.

Mon avocate m'expliqua que les mails constituaient des pièces pour le dossier : mon futur ex-mari cherchait à démontrer qu'il était un père parfait, et que j'étais une mère indigne, un danger pour l'équilibre de mes enfants. En résumé, il nous donnait du « fil à retordre ». Mais qu'est-ce qu'un père parfait ? Un homme qui emmène ses enfants au zoo, au cinéma, et dans les ateliers de clowns du Jardin d'Acclimatation, ou un homme qui est capable de dicter la loi à ses enfants, qui leur inculque par la force de l'exemple des principes et des directions qui les guident moralement ? Dans ses mails, Jérôme assurait que je ne m'occupais pas des enfants, que c'étaient mes parents et les nounous qui s'en chargeaient. Je lui répondais, de plus en plus énervée ; cela m'ulcérait. Ses mots étaient autant de coups dans mon ventre, puisque, ne pouvant plus attaquer la femme, c'était à la mère qu'il s'en prenait. Chaque jour, il m'écrivait, sur des thématiques différentes : as-tu fait vacciner les enfants, as-tu changé de numéro de téléphone, je n'arrive pas à te joindre, j'ai décidé que j'allais parler aux enfants tous les jours, tu n'arrives toujours pas à assumer seule la « gestion » de nos enfants, peux-tu me prévenir lorsque les enfants ne sont pas à la maison ? Ou des phrases insidieuses, telles que : « Les enfants ont toujours eu beaucoup de mal à être avec toi, le divorce et le fait que tu sois désormais seule, sans mon aide, ne doit pas te rendre la vie facile. Peut-être peux-tu demander à tes parents, ou à ta sœur, ou bien à ta nounou, ou à ton amie Maud, de t'aider dans les tâches quotidiennes… Toutes ces personnes s'occupent plus souvent des enfants que toi » ; « Je cherche une solution pour limiter les méfaits psychologiques que tu exerces sur les enfants. »

D'autres courriers montraient en effet quel père extraordinaire il était : il se rendait aux réunions pédagogiques de l'école, il parlait avec les maîtresses des enfants, il devenait le meilleur ami des mères, lui qui ne pouvait pas les voir avant. Il se rapprochait plus particulièrement de celles qui étaient amies avec moi. Et quelle ne fut pas ma surprise, lors d'une réunion scolaire, de découvrir que le seul homme présent parmi la vingtaine de mères était mon mari ! Au plus profond de moi, cela me fit sourire. C'était grotesque. Et dire qu'il devait faire l'admiration de l'assemblée féminine !

Soucieux et même sourcilleux par rapport au bien-être et à la santé de Max et de Sacha, il disait leur faire des petits plats biologiques et parfaitement équilibrés. Lui qui ne les avait jamais emmenés dans un musée, ni à une séance de cinéma, lui qui n'avait jamais changé une couche, fait un biberon, acheté un habit, se targuait tout à coup de les mener à quantité d'activités aussi ludiques qu'éducatives, de leur faire la cuisine, parlant de « poisson grillé, viande grillée et crudités, crêpes, frites, yaourt, pomme ». Lui qui n'avait jamais mis les pieds ni chez un pédiatre, ni chez qui que ce soit qui ressemble à un membre de la profession médicale, se passionnait soudain pour les questions de santé publique. Mais comme il ne savait pas qui étaient les médecins des enfants, il se trompait sur l'orthographe, annonçant triomphalement qu'il avait consulté le « Dr MICHOT » ou le dentiste « JORISSE ». C'est-à-dire Michaux et Jauris.

Agathe,

Je t'informe que Sacha a vomi cette nuit vers 3 heures du matin une masse brune faite de l'essentiel du repas que je lui ai donné hier (légumes nouveaux, saumon label rouge, riz sauvage, fondant au chocolat biologique et farine complète fait maison avec les enfants et prune biologique).

Jérôme.

Agathe,

Max a fait ce matin une diarrhée d'une couleur bizarre (entre vert et gris) dans laquelle j'ai cru reconnaître des restes de frites et de hamburger. L'aurais-tu emmené à nouveau au McDonald's ?

Jérôme.

Agathe,

Je t'informe que j'ai fait analyser les selles de Max par le laboratoire XV spécialiste en ce domaine, comme en témoigne l'odeur qui y règne. Ils ont trouvé le repas digéré que j'ai donné la veille à Max (ratatouille aux cinq légumes biologiques, bar sauvage, cake au citron non traité fait dans l'atelier « Petits Pâtissiers en herbe » du Jardin d'Acclimatation et banane biologique).

Jérôme.

À travers les mails, je voyais, de jour en jour, cet enfant, cet adolescent, cet oncle, prendre l'apparence, sinon d'un homme, du moins d'un père, ou plutôt d'un « papa poule », comme l'avait dit la juge : une caricature nerveuse et grossière de père, calquée en tout point sur le modèle de la mère. C'était, en somme *un* mère.

Mon avocate me dit qu'il fallait absolument répondre à ses mails, mais certainement pas de la façon dont je m'y prenais, c'est-à-dire en l'insultant, car il essayait de me faire sortir de mes gonds afin que je me montre sous mon plus mauvais jour. Elle me parla d'une psychiatre qui s'était spécialisée dans le « démailing » : les psychiatres avaient de plus en plus souvent affaire à des harcèlements par mails dans le cadre du divorce.

Le Dr Lisard me reçut dans son cabinet, au cinquième étage d'un immeuble neuf, moderne. C'était une femme d'une quarantaine d'années, à l'allure avenante, positive. Je lui exposai la situation, et lui apportai la centaine de pages de prose envoyées par Jérôme en quelques semaines à peine.

— Agathe, ne soyez pas angoissée ! me dit-elle. Rien de ce qu'il dit n'est important. Vous êtes une artiste, vous n'êtes pas illettrée. Pas de panique. On va lui répondre quelque chose de très mignon et de désarmant !

— Oui, mais il essaye de montrer que je suis un danger pour la santé des enfants. Comme toujours, il ment puisque je lui ai envoyé trois mails pour lui expliquer quels étaient les médicaments pour soigner la pneumopathie de Sacha.

— Toujours pas grave ! On va lui répondre, bien sûr. Remarquez-vous qu'il emploie le « tu » qui tue ! Alors que vous, vous savez maintenant que ce « tu » ne traduit que de la médisance et de la paranoïa. C'est lui qui perd son self-control !

Dès lors, je transférai les messages de Jérôme à la psychiatre, qui y répondait à ma place.

Elle m'aidait à ne pas me laisser enfermer, ne pas tomber dans ses pièges. Sa formule était de « toujours tirer la queue de l'âne et non pas son licou ». Lui qui voulait démontrer son calme et sa sérénité en même temps que mon incapacité à être mère, se trouvait face à des réponses rassurantes, distantes, et totalement imperturbables, sans affects, d'une femme en parfaite maîtrise d'elle-même : le Dr Lisard.

Chaque semaine avait sa thématique ; il y eut la période de la grippe, puis celle d'une petite écorchure au genou de Sacha, qui devint, sous la plume prolifique de Jérôme, un « foyer infectieux », puis celle des devoirs des enfants, jusqu'à ce que survienne un sujet inépuisable qui lui permit de me harceler pendant plusieurs semaines : les lunettes de Sacha.

Cela commença ainsi :

Agathe,
Sacha cligne beaucoup des yeux. Il faudrait l'emmener voir un ophtalmologiste.
Jérôme.

Agathe,
J'ignore la raison pour laquelle tu fais preuve de mauvaise volonté au sujet de cette consultation ophtalmologique qui s'impose pourtant.

J'ai pris un rendez-vous que tu as jugé nécessaire de reporter, sans même me prévenir de cette annulation unilatérale, qui est en contradiction flagrante avec l'exercice de l'autorité parentale conjointe, je te le rappelle. Puis tu as annulé un autre rendez-vous en disant que Sacha avait une grippe. Cependant, comme je travaille chez moi, il se trouve que j'ai tout le loisir de m'occuper des enfants. J'ai donc pris contact avec le Dr Bansard qui, à ma grande surprise, m'a informé que tu avais déjà pris un rendez-vous la semaine prochaine, sans songer à me prévenir.

Pense à bien mettre les gouttes dans les yeux des enfants afin que leurs pupilles soient dilatées.

Jérôme.

Agathe,

Tu avais rendez-vous hier chez le Dr Bansard, ophtalmologiste.

C'était le rendez-vous après dilatation des pupilles des enfants qui devrait déterminer le diagnostic au sujet de Sacha. Or je n'ai eu à ce jour aucun compte rendu de ta part. C'est regrettable. Tu n'as aucun respect pour l'autorité parentale conjointe.

Jérôme.

Agathe,

J'ai bien trouvé les lunettes de Sacha, dans son sac, mais il me semble que ce sont les anciennes lunettes qui ne correspondent pas à sa correction actuelle, réévaluée après le rendez-vous avec le Dr Bansard.

Est-ce le cas ou bien as-tu acheté les mêmes montures que les précédentes ?

Si ce n'est pas le cas, il faudrait me remettre les nouvelles lunettes au plus vite car Sacha cligne des yeux lorsque je lui fais faire ses devoirs.

Agathe,
Il semble que tu aies acheté deux paires de lunettes à Sacha, je ne comprends pas pour quelle obscure raison tu t'obstines à les garder chez toi. Peux-tu, s'il te plaît, m'expliquer pourquoi il y aurait deux paires de lunettes chez toi et aucune chez moi ? Faut-il que j'en achète une troisième ? Ou nourris-tu le projet secret de saboter les devoirs que je fais avec lui ?
Jérôme.

Agathe,
Sacha est allé sans lunettes à l'école ce matin. Je suppose que tu as les deux paires en ta possession. C'est un préjudice grave infligé à Sacha qui ne pourra effectuer qu'un travail médiocre, s'il voit mal. À l'avenir, je te conseille de me remettre une paire de lunettes, afin qu'il puisse toujours en avoir une sur lui.
Jérôme.

Agathe,
Lorsque je ramène les enfants le dimanche et le mercredi, je trouve la porte ouverte alors que tu te dissimules dans ta chambre d'une façon puérile et antipédagogique. Les enfants trouvent cela très choquant.

Ce comportement est particulièrement outrageant lorsque les enfants sont malades, et qu'un échange entre nous serait souhaitable pour la prise en charge de leur maladie.

La prochaine fois, j'exige que tu te présentes lorsque je ramènerai les enfants, faute de quoi je ne les laisserai pas à la maison.

Pour ce qui concerne la transmission des informations médicales, Max a fait des selles normales aujourd'hui. Je lui ai donné du Smecta et du Débridat.

Sacha a eu les mêmes symptômes la nuit dernière, vomissements, diarrhée, nausées. Comme il n'a toujours pas ses lunettes, je n'ai pas pu lui mettre de film. La maltraitance physique et psychique que tu imposes aux enfants n'a décidément aucune limite.

Jérôme.

Réponse (de moi) :

Dis-moi espèce d'ordure, tu vas me lâcher. Je commence à en avoir marre de cette histoire de lunettes. J'ai acheté deux paires à Sacha, les deux à mes frais. Tu n'as tellement rien payé pendant notre vie commune que c'est pas maintenant que ça va commencer. Note bien que ce n'est pas pour moi mais pour ton fils. Mais même ça, tu n'en es pas capable. Tu préfères sans doute dépenser ton argent en pilules de Cialis pour éviter la débandade et te vanter de tes prouesses devant tes collègues qui ont le même âge mental que toi. Si tu continues de me harceler avec les lunettes, je vais t'envoyer l'assignation pour divorce pour faute, ça va te calmer sur les lunettes, espèce d'impuissant.

Agathe.

Jérôme (réponse de la psychiatre) :

Je comprends tout à fait que tu ne puisses pas emmener les enfants chez l'ophtalmologiste le mercredi ou le vendredi après-midi. Je sais que tu es très pris par tes activités. Moi, cela ne me pose pas de problème particulier. Je le ferai, même s'il est regrettable de devoir les y emmener après l'école, au moment où ils sont le plus fatigués.

En rentrant, il y a les devoirs, la toilette, le dîner, et les histoires à raconter avant de s'envoler dans de doux rêves. Tout cela retarde le coucher. C'est d'ailleurs pour cette raison que j'avais reporté le premier rendez-vous au mercredi après-midi, jour durant lequel les parents ont l'habitude d'emmener leurs enfants chez le médecin.

S'il m'a semblé judicieux de reporter le rendez-vous, c'est aussi que Sacha était affaibli par sa gastroentérite, même si le médecin a considéré que son état s'était amélioré. J'ai jugé bon d'éviter une rechute. Je pense que tu n'aurais pas agi différemment, si tu avais été à ma place.

Par ailleurs, je suis très surprise que tu trouves étrange que je ne veuille pas te voir lorsque tu ramènes les enfants. Je ne souhaite pas avoir d'échange avec toi, et surtout pas devant les enfants. Je ne veux plus être en conflit avec toi. Je ne veux plus que les enfants soient les témoins de telles scènes. Tu peux leur expliquer que nous nous écrivons, à leur sujet, et que c'est le mieux que nous puissions faire en ce moment. Je ne pense pas qu'il faille les mettre entre nous comme « réconciliateurs parentaux ».

Maintenant libre à toi de croire ce que tu veux. Il me semble qu'une réconciliation sera possible après le prononcé du divorce, lorsque nous y verrons plus clair. C'est cela, mon choix ! Et je ne crois pas que tu puisses décider par toi-même de l'invalider, sans motif.

Je te souhaite une excellente semaine,

Agathe.

P-S : Quant à oublier de leur mettre les gouttes dans les yeux avant la consultation, ne t'en fais pas. J'ai l'habitude, puisque j'emmène Max et Sacha tous les ans chez l'ophtalmologiste.

La psychiatre m'apprenait en fait à communiquer avec cet être étrange et démoniaque qu'était devenu mon mari divorçant. En déjouant ses pièges, elle posait aussi mes réponses comme celles d'une femme intelligente, posée, droite face à lui qui perdait pied. Elle renversait les choses. Elle le dirigeait fermement, et gentiment. En effet, elle lui répondait sans affects, et le mettait en face de la réalité, et je me rendais compte à quel point mes mails au contraire non seulement n'y parvenaient pas mais ne faisaient qu'aggraver la tension. Elle lui parlait comme si c'était un patient, avec une neutralité bienveillante, de la façon le plus factuelle possible : pour qu'il n'y eût pas le moindre accroc, rien qui pût se retourner contre moi. Elle reprenait ses expressions pour tenter d'annuler leurs effets. Elle m'apprenait à communiquer avec lui, dans le calme et la dignité, en évacuant toute l'agressivité, en restant sûre de moi, implacable et gentiment dominatrice alors que je m'épuisais en coups inefficaces. Si je l'avais eue près de moi pendant le mariage, peut-être n'aurais-je pas divorcé ?

32

Après quelques semaines de « démailing », la psychiatre me reçut à son bureau pour faire le point sur l'échange de messages. L'air grave, elle me tendit un dossier où apparaissaient ceux de Jérôme, dont elle avait souligné certaines expressions.

— Agathe, je dois vous parler. La situation est plus sérieuse que je ne le pensais. D'après ce que j'ai pu observer pendant ces semaines où nous lui répondions, votre mari a tous les symptômes et les attributs du pervers narcissique. Donc, la plus grande méfiance s'impose en temps de crise. Le pervers narcissique déteste perdre l'emprise qu'il a sur les êtres. Il peut s'énerver et devenir violent. Heureusement qu'il a quitté l'appartement, je peux vous dire que vous avez échappé au pire.

— Pervers narcissique !? Vous pouvez m'en dire plus ?

— Le pervers narcissique ne supporte pas qu'on remette en question l'image qu'il s'est forgée de lui-même et c'est pour cette raison qu'il cherche à détruire l'autre. Il ne ressent jamais aucune culpabilité, tout est toujours la faute de son partenaire. Étant totalement coupé de ses affects, de ses émotions, il est bien entendu incapable de tomber vraiment amoureux. Sexuellement, il clame haut et fort qu'il est un bon amant, mais il n'en est rien. La femme est pour lui un objet sexuel. Il ignore tout d'elle, il pense à lui, et à lui seul. Et si vous n'êtes pas contente, il va voir ailleurs. Cela correspond à peu près à ce que vous avez vécu ?

J'en restai bouche bée.

— En revanche, c'est un extraordinaire séducteur, jusqu'au moment où sa victime devient sa proie : alors il s'acharne sur elle sans répit. Il sous-estime son adversaire. Alors que vous, votre problème, c'est que vous surestimez votre adversaire. Vous êtes, d'un point de vue psychiatrique, masochiste. C'est sans doute la raison pour laquelle vous vous défendez si mal.

— Mais comment me défendre alors qu'il manipule tout mon entourage, même ma sœur, mes amis et les parents d'élèves !

— C'est votre faute, Agathe.

— Comment ?!

— Croyez-vous que leur relation à la réalité soit plus forte que la vôtre ? Vous ne vous êtes pas rendu compte de qui était votre mari pendant dix ans, et vous voudriez que les autres le fassent en quelques instants ? Si vous désirez retrouver votre sœur, un jour, il vous faudra passer beaucoup de temps à lui expliquer ce que vous avez vraiment vécu. C'est comme si vous reveniez de prison, ou du bagne. Ou pire, d'une séance de torture qui a duré une décennie. Elle ne peut pas imaginer, Agathe, parce que c'est inimaginable. Il faut que vous lui rapportiez chaque fait, chaque détail, que vous lui racontiez votre histoire pour lui montrer qui est vraiment votre mari.

— Mais si ce que vous dites est vrai, suis-je également perverse d'avoir tout accepté sans rien dire pendant si longtemps ?

— Il ne s'agit pas de distribuer les bons ou les mauvais points ni de coller des étiquettes. Juste de vous sortir d'affaire, ce qui, d'après moi, n'est pas gagné, ni pour vous ni pour vos enfants. Sachez que le pervers n'a pas de limite en général, et en particulier, il n'a pas de limite transgénérationnelle. Avec vos enfants comment se comporte-t-il ?

— On peut parler de fusion totale. Surtout depuis le divorce.

— Est-ce que vous tremblez lorsque vous le voyez, Agathe ?

— Oui.

— Est-ce que vous pensez souvent à lui ?

— Tout le temps, d'une façon ou d'une autre.

— Est-ce que vous êtes à l'aise en société ?

— Je ne vois pas le rapport.

— Avant tout, il faut que vous retrouviez confiance en vous. Sinon, vous serez incapable de vous battre. Si vous continuez d'endosser le rôle de la petite souris, vous serez mangée par le chat. Sachez que les pervers narcissiques sont procéduriers par nature. Ils s'épanouissent dans le divorce. Sachez aussi que ce type de divorce ne sera pas un divorce à l'amiable. 99 % des pervers narcissiques demandent la garde partagée des enfants. Autrement dit, c'est la guerre. Vous avez eu l'audace de le quitter, lui, Dieu !

L'affront est impardonnable. En l'épousant, vous êtes devenue sa possession. Il va tout faire contre vous, y compris utiliser ses propres enfants comme des pions sur un échiquier.

— Mais à votre avis, qu'est-ce qui pourrait juguler sa haine ? qu'est-ce qui pourrait l'arrêter ?

C'était la question. Comment arrêter la haine de quelqu'un qui projette sur vous les pires sentiments ? Quelqu'un qui vous déteste au point de vouloir votre mort ? Comment désamorcer le processus ?

— En coupant toute relation avec lui.

— Oui, mais lorsqu'on a des enfants ?

— Il faut changer, Agathe. Il ne vous lâchera que lorsqu'il sentira que vous êtes hors de portée. Armez-vous de patience, et battez-vous, intelligemment et fermement. Et surtout, arrêtez d'avoir peur.

— C'est difficile. Il m'a déstabilisée.

— En ce moment, votre mari se dit : « Je ne l'ai plus sous mon toit, mais je la possède toujours. » Même s'il ne vous voit plus, il le sent, comme un requin flaire l'odeur du sang. Le jour où il verra que vous vous détachez de lui, que ce qu'il fait ne vous affecte plus, alors seulement il vous lâchera pour une autre proie. Et ce jour-là, Agathe, il va probablement s'effondrer. Pour l'instant, ce qui le tient, c'est qu'il veut tout vous enlever, vos enfants, votre réputation, vos biens, ce que vous lui avez donné, cette image idéaliste mais irréelle de la vie du couple : il ne vous laissera rien. Mais cette image, Agathe, vous savez maintenant que ça n'existe pas, le monde parfait, ça n'existe pas. Le grand enseignement de la psychanalyse, c'est d'accepter son humanité, c'est-à-dire son imperfection.

Pervers narcissique : ces mots commençaient à résonner étrangement dans ma tête, étrangement vrais... il fallait que j'en sache davantage. Sur Google, il y avait une quantité impressionnante de sites sur le sujet. À croire que c'était le mal du siècle.

Je me connectai à pervers-narcissique.blogspot.com, y appris que le pervers narcissique manipule sa victime de façon à lui enlever toute arme de défense psychologique. En l'isolant de sa famille, de ses amis, il procède à un lavage de cerveau qui consiste à lui faire croire qu'elle est nulle et qu'elle ne pourra pas s'en sortir sans lui. Le propre de la victime est de ne pas pouvoir démasquer son bourreau ; mais il y avait un test que l'on pouvait faire pour vérifier si on avait affaire à un pervers, et j'obtins – Jérôme obtint – sur 30 questions, 29 bonnes réponses.

C'était tout son portrait : Jérôme utilisait la culpabilité pour assurer sa domination, il avait un rapport très problématique à la responsabilité, un rapport particulier au langage, qu'il utilisait d'une façon floue, il changeait d'avis en fonction des personnes à qui il s'adressait. Il me critiquait et me dévalorisait, il prenait un malin plaisir à séparer les gens unis, en particulier ceux de ma famille. Il se faisait passer pour une victime. Il mentait. Il était hypocrite et flatteur, roué, manipulateur. L'autre pour lui n'existait pas. Il n'y avait que lui, que son intérêt qui comptait.

Par les sarcasmes, le mépris, l'humiliation, le dénigrement, l'isolement, le harcèlement, les menaces, j'avais été insidieusement privée de tout libre arbitre et de tout regard critique sur ma situation. Ce processus d'emprise avait entraîné chez moi une saturation de mes capacités critiques et une abolition de ma capacité de jugement qui me conduisaient à accepter l'inacceptable et à tolérer l'intolérable. Et enfin, la violence augmentait au fur et à mesure que ma résistance diminuait jusqu'à devenir simplement une lutte pour la survie…

Tout cela était bien réel, mais inattaquable, du point de vue de la justice. Le harcèlement moral n'est pas puni. On attend que les maris tuent leurs femmes et leurs enfants pour les mettre en prison, s'ils ne se suicident pas.

Comme une hallucinée, je visionnai le court-métrage de Jacques Audiard sur les violences conjugales : une femme marchait dans le métro, l'air ravagé, car elle avait subi des violences psychologiques. J'avais l'impression que cette femme, c'était moi. Et je me posais sans cesse la question : comment cela avait-il pu m'arriver et pourquoi ? Pourquoi ne m'en étais-je pas rendu compte ? Et les autres, mes proches, ma famille, mes amis, pourquoi ne me l'avaient-ils pas dit ? Avaient-ils été également manipulés par Jérôme ? Comment avais-je été aussi aveugle à ce jeu qu'il menait avec moi ? Avais-je vraiment été dépossédée de mes capacités de jugement ? Avais-je vécu dix ans dans le mensonge ? Ma vie n'avait-elle été qu'un songe ?

33

L'équipe du divorce était maintenant au complet. J'étais devenue à moi seule une PME qui employait une dizaine de personnes : un avocat, un notaire, un avoué, un expert-comptable, un détective, un coach de divorce et une psychiatre, sans compter les assistants et les secrétaires. J'avais vidé mon compte en banque, mais j'avais quand même fini par réunir toutes les pièces nécessaires à mon dossier. J'avais la possibilité de faire établir un divorce pour faute. L'avocate n'attendait que mon feu vert pour envoyer les pièces et les conclusions à la partie adverse et au juge.

Je feuilletai l'épais dossier que j'avais constitué. Toujours enlisée dans mon statut de victime ou simplement épuisée par cette lutte ? J'étais lasse. Je n'avais simplement pas la force de l'envoyer. Par pitié, par crainte que mes enfants l'apprennent plus tard, ou par peur. Oui, par peur. Quand donc la peur cesserait-elle ? La peur, le sentiment le plus puissant, le plus originel, le plus fort, me paralysait.

Perplexe, je regardais les feuilles étalées sur mon bureau : tout d'abord, la pièce maîtresse, les relevés bancaires qui indiquaient que Jérôme avait mis de l'argent en Suisse. Il suffisait de les communiquer au juge pour déclencher un contrôle fiscal. Ainsi donc, mon meilleur allié dans ce divorce n'était ni mes amis, ni ma famille, mais le fisc. Solide, fiable, fidèle, subtil, toujours à l'écoute ; on pouvait compter sur lui en toute circonstance : le fisc était mon ami.

Il y avait aussi les éléments comptables pris sur l'ordinateur de Jérôme et les copies de ses comptes faites dans son bureau. Je ne voulais toujours pas me servir de la conversation avec Joanna. Je détaillais les photos prises par le détective. De piètre qualité, elles montraient Jérôme avec une femme, mais ne permettaient pas de dire s'ils étaient amis ou amants. Il y avait les clichés d'une femme asiatique – probablement la nounou – en train d'emmener les enfants au judo, mais on ne les reconnaissait pas vraiment, ils étaient pris de dos. D'autres photos, où l'on voyait Jérôme en train de s'occuper des enfants, étaient franchement contre-productives. Un seul détail était intéressant : Jérôme laissait les garçons seuls dans la voiture, et il partait. Pour combien de temps ? J'en étais malade. Cela me faisait penser au père qui avait oublié son enfant à l'arrière de sa voiture : celui-ci était mort de déshydratation. Quel cauchemar, le divorce ! Dans le dossier, figuraient également les lettres de témoignage, que je relus, en voyant défiler ce qui avait été ma vie et qui me paraissait déjà tellement loin. Tout ce qui m'avait semblé normal à l'époque me sautait maintenant aux yeux. J'avais vécu avec un pervers narcissique. Tout prenait une autre coloration, un reflet inquiétant et terrible. « J'ai été choquée par la façon dont Monsieur Portal critiquait sa femme, avait écrit une nounou. J'ai trouvé que Madame Portal ne s'énervait jamais. » « Je suis voisine de Monsieur et Madame Portal et j'ai souvent vu Agathe Portal et les jumeaux le dimanche après-midi au parc en bas de l'immeuble. Tout l'immeuble sait bien que Monsieur Portal se drogue et boit dans son bureau, où il est toute la journée. »

J'avais dans les mains une enveloppe que je venais de recevoir par la poste. Quelle ne fut pas ma surprise d'y lire l'écriture de Maud. Finalement. Elle s'était enfin décidée à la faire, cette lettre ! Que je parcourus, les larmes aux yeux, heureuse, non pas de la lettre, mais d'avoir retrouvé mon amie, soleil caché par les nuages de l'adversité.

« Je suis la meilleure amie d'Agathe Portal, commençait Maud, d'une écriture appliquée. Nous nous voyons très régulièrement chez elle. Je peux témoigner qu'Agathe Portal s'occupe tout le temps de ses enfants, joue avec eux, les fait sortir, les éduque d'une façon extraordinaire. C'est elle qui les emmène chez le médecin, qui les soigne lorsqu'ils sont malades, son mari n'étant jamais là. »

Maud avait pesé chaque mot, et soupesé chaque souvenir. Je restai longtemps à lire une phrase écrite par mon amie dans son témoignage : « Je dois dire que Jérôme et Agathe Portal ont été un couple uni et très amoureux, au début de leur relation. »

Qu'avait voulu dire Maud en ajoutant ces mots à son témoignage ? Voulait-elle me rappeler, et rappeler aux enfants que notre histoire ne se réduisait pas à lui, enfermé dans son bureau, en train de fumer et de consulter des sites de rencontre pendant que je sortais nos enfants au manège ?

J'étais en train d'écrire l'histoire de notre mariage, et cette histoire était devenue celle de notre divorce. Nous étions mari et femme. Nous devenions, à jamais, mari ou femme.

Alors, j'allumai mon ordinateur, et je fis une lettre à Jérôme. Une lettre que je réécrivis plusieurs fois, avant de lui envoyer, et d'en envoyer une copie à mon avocate.

Cher Jérôme,

Il est temps à présent de décider de la suite et de la fin du divorce. Tu connais, j'en suis sûre, les différentes possibilités que nous offre la loi : le divorce pour faute, le divorce pour altération définitive du lien conjugal, et enfin le divorce par consentement mutuel. C'est un choix important. Le divorce pour faute contraint les époux à apporter des preuves du manquement de l'autre aux devoirs du mariage. Cette forme de procédure sera une façon d'écrire ou de réécrire ce que fut notre histoire, qui nous laissera à chacun un goût amer. Je pense que nous devrions, aujourd'hui, tenter de voir plus loin, d'aller de l'avant, afin de protéger nos enfants et de leur permettre de grandir sereinement, dans le respect, puisque nous n'avons plus d'amour.

Je te propose de penser à nos enfants en oubliant tout le reste, et de faire un divorce par consentement mutuel. Cette demande, que je t'adresse, c'est la demande d'une mère au père de ses enfants, une proposition peut-être désespérée, mais du moins l'aurai-je tentée.

Essayons de nous montrer dignes : dignes d'être des parents.

Agathe.

34

Pour éviter le mortel danger de la chambre vide des enfants, je me remis à sortir lorsque Max et Sacha n'étaient pas là.

Jusqu'à cinq heures du matin, j'allais noyer mon chagrin au Zic Zinc. Avec tous les habitués, ceux qui restaient, les paumés de la vie, les bizarres, les « pas-comme-les-autres », les joueurs de cornemuse, les apatrides, les saltimbanques, les désespérés joyeux. Ceux qui vivaient au jour le jour et qui prenaient la vie comme elle vient. Ceux qui cultivaient l'universel, puisque la musique n'a pas de frontières. Ils connaissaient le langage de la liberté, quels que soient leurs problèmes, ils avaient cet espace-là. J'y retrouvais la tribu des musiciens, groupes de rock français, qui jouaient jusqu'au bout de la nuit. J'y rencontrais certains amis que je n'avais pas vus depuis longtemps. Il y avait même ceux d'avant le mariage, avec lesquels je revivais une nouvelle jeunesse, une adolescence. Je m'efforçais de ne pas parler de divorce même si j'y pensais toujours.

Rien autant que la musique ne peut exprimer la joie comme la douleur, les rires et les larmes, la tristesse de la vie. C'est une grâce d'être musicien, j'aurais aimé pouvoir composer, et chanter. Cela m'aidait, me nettoyait l'âme, me désenvoûtait. Chaque note était une image, et une sensation, une émotion. Peu à peu, je redevenais humaine. Je réapprenais à vivre, à sentir, à espérer. Avec certains groupes, aux accents klezmer ou tsiganes, j'avais l'impression d'entrer « vivante dans les mains de Dieu ». Il n'y a rien comme la musique pour guérir l'âme et le cœur.

Un musicien, un soir, me demanda si j'avais déjà chanté. Il me fit monter sur scène, et, comme j'étais un peu ivre, je me lançai, et je chantai ma chanson, *Une fille toute simple*. Pendant un moment, j'oubliai tout. Les clients dansaient, tapaient des mains, j'étais heureuse. J'avais oublié que j'étais musicienne. Que je savais chanter. J'avais oublié ou peut-être ne m'étais-je jamais autorisée à l'être. Pour trouver ma place, je m'étais distancée, différenciée de ma sœur et mes parents, effacée en quelque sorte. J'avais envie de m'affirmer. Je ne voulais plus vivre soumise.

J'ai recommencé à aller dans les concerts des Debout sur le zinc. Je suivais les chanteurs dans les répétitions ; je me suis remise à écrire des paroles. Et aussi, de la musique.

Après une nuit au Zic Zinc, au petit matin, en rentrant chez moi, j'écrivis une chanson. C'était différent des paroles d'avant. Les paroles venaient, comme si elles m'étaient dictées, et les sons s'organisaient autour d'elles dans l'harmonie. C'était ma vie, et cela ne l'était pas. C'était la femme en moi, cette femme que je n'avais jamais cessé de chercher, à travers l'amour, le mariage, la maternité, le divorce. J'étais le porte-parole de toutes les femmes. Ce que j'avais vécu de plus intime me dépassait, pour trouver un sens plus vaste que celui de ma propre existence, et s'organiser autour du son. Je transformais ma vie en mélodie. De cette boue, je faisais de l'or. De tout ce désespoir, un miroir de l'humanité, un cri de révolte, un rap dur, âpre, que j'enregistrai moi-même, avec les moyens du bord, sur Garage Band, et que j'envoyai par mail à Samuel Friedmann.

Je suis la femme qui se tait
Qui en silence se déplaît
Qui tout bas sait qu'elle s'est
Laissé traverser par les années

Je suis la femme de l'autre
Je ne suis pas la vôtre
Du quotidien sans faute
Je suis le pauvre apôtre

Je suis la femme glacée
Qui mesure ses pas
Je suis la femme pressée
Blessée hébétée par ses combats

Je suis la femme assise
Qui ne réfléchit pas
Je suis la femme soumise
Celle qui ne compte pas

Je suis la femme éternelle
Si jeune et si âgée

Du monde je suis la sentinelle
Mais je suis fatiguée

Je suis la femme douce
Doucement révoltée
En murmurant je pousse
Le landau d'un bébé

Et si je me lamente
Personne ne le sait
Et si je me tourmente
On ne m'entend jamais

Je suis la femme abolie
Qui en toutes ses nuits
Vit l'insupportable nostalgie
De tout ce qu'elle a omis

Je suis la femme coupée
Des hommes sans volonté
Je suis la femme décimée
Qui n'a pas décidé

Je suis la flamme vacillante
Qui s'agite dans le noir
Je suis l'adolescente
De la grande descente

Je suis la femme d'un soir
Que l'on ne rappelle pas
Je suis la femme au miroir
Qui ne se rappelle pas

Je suis la femme divorcée
La femme alternée
Déchirée partagée
Envies et vies brisées

Je suis la femme trompée
Qui s'est trompée elle-même
De ma prison dorée
Je suis le blême emblème

Je suis la femme enceinte
De ses rêves fidèles
Je suis la mère la sainte
Je ne suis pas rebelle

Je suis la femme agie
Qui agie agira
De la femme je suis fille
Qui vécue revivra.

35

Solal Brenner.

Bonjour Agathe, il y a une éternité que je ne vous ai pas donné de nouvelles, excusez-moi. J'étais par monts et par vaux. J'espère que vous ne m'avez pas trouvé trop insistant la dernière fois ?

Agathe Portal.

Non, pas du tout. Cela m'a donné à réfléchir. Je suis heureuse de vous lire. Et si on parlait un peu de vous ? Vous ne m'avez pas dit où vous en étiez de votre vie ?

Solal Brenner.

Célibataire. Père exemplaire : je fais les courses, je prépare à dîner pour mes enfants, je les emmène au parc. Je n'étais pas ainsi pendant le mariage. Que voulez-vous, quand on dit qu'il faut un divorce pour faire un homme, c'est vrai.

Agathe Portal.

Et vos enfants se portent bien ?

Solal Brenner.

Le mieux qu'ils peuvent. Ce n'est pas facile, j'en conviens. Et les vôtres, comment sont-ils ?

Agathe Portal.

Depuis que mon futur ex-mari est parti, je vais beaucoup mieux et donc, eux aussi. Mais chaque fois qu'ils reviennent de chez leur père, ils me traitent de sorcière et ils me frappent. Je suppose qu'il doit leur dire un mal fou de moi.

Solal Brenner.
Vous le haïssez toujours autant ?

Agathe Portal.
Non, je ne le hais plus. J'ai de la peine pour lui.
Finalement, la haine est aussi ignorante de l'autre que l'amour. À quel moment rencontre-t-on l'autre ? Jamais. Il n'y a pas d'intersubjectivité : que les errances égotistes des personnes qui se croisent en croyant se reconnaître, sans jamais se connaître. Mais cela ne m'affecte plus. Je suis hors d'atteinte dorénavant.

Solal Brenner.
C'est la différence entre les hommes et les femmes. Dans le divorce, les femmes se sentent libérées, les hommes enchaînés.

Agathe Portal.
J'aime beaucoup discuter avec vous, ne pourrions-nous pas nous voir, un jour ? Ou avez-vous

peur que je ne vous trouve moins bien que sur la photo ?

✳✳

Joanna Feltis.
Alors ? Tu te défiles ou quoi !

Jérôme Portal.
Pas du tout ! J'étais un peu bousculé ces derniers temps. Libère-toi vite, je rêve de t'enchaîner… Où en étions-nous ?

Joanna Feltis.
Attachée, je t'attends dans une chambre d'hôtel, tu es parti, après avoir fermé la porte à clef. Tu reviens ?

Jérôme Portal.
Non, Joanna. Je n'osais pas te le dire mais… tu t'es égarée dans le chemin que tu as choisi. Lorsque je te parlais de bondage, ce n'était pas exactement ce que j'avais en tête.

Joanna Feltis.
C'était quoi ?

Jérôme Portal.
Attends ! Rappelle-toi notre pacte. Tu devais me dire ce que tu penses de moi.

Joanna Feltis.

D'accord. Progressivement, je me suis retrouvée esseulée. Tu n'aimais pas mes amis, et tu n'aimais pas que je les voie non plus. On rendait visite à ta famille mais jamais à la mienne, que tu avais du mal à supporter. Je me suis retrouvée à t'attendre, car tu étais de plus en plus fuyant. J'ai l'impression que tu avais des complexes mais je ne sais pas de quoi. Souvent, tu me laissais espérer des choses, comme des voyages, que tu annulais au dernier moment. Ce que je ne voulais pas, tu me l'imposais, et ce que je voulais, tu ne me l'accordais pas.

Jérôme Portal.

Lorsque je t'ai parlé de « bondage », je rêvais que tu m'attaches. Tu me demandais quels sont mes fantasmes. Maintenant tu sais. Tu es la seule à savoir, en dehors de celles, anonymes, avec qui je le pratique. J'ai toujours pensé que j'avais un lien génial avec toi, que tu étais l'unique.

Joanna Feltis.

Peux-tu me dire pourquoi tu m'as quittée, Jérôme ?

Jérôme Portal.

Je t'ai quittée, Joanna, parce que tu étais trop. Trop forte, trop belle, trop intelligente, trop aven-turière, trop séduisante. Je me suis senti menacé par toi. J'avais l'impression que tu cherchais à avoir le dessus sur moi, que tu ne ferais qu'une bouchée de moi. Physiquement aussi, tu m'en demandais trop. Je ne pouvais pas satisfaire tes besoins, je ne me sentais pas à la hauteur. J'ai commencé à te détester pour ça. Je t'ai quittée parce que j'ai toujours pensé que je ne serais qu'une étape dans ta vie, que tu trouverais quelqu'un de mieux. Je t'ai quittée, parce que je t'aimais.

Tu vois, j'ai joué le jeu. Je suis sincère avec toi, comme je ne l'ai jamais été, même avec ma femme.

« Ma femme » : il n'avait pas encore compris que c'était fini. Il disait « ma femme », comme il disait « à la maison ». J'étais toujours *sa* femme, *sa* chose. Je restai un long moment devant ces deux mots, en comprenant soudain que je n'en aurais jamais fini avec lui. Ainsi donc, c'était lui qui était « enchaîné sur le canapé » par Vanessa ! Elle n'était pas sa maîtresse, mais la maîtresse : la dominatrice.

Et j'étais sa femme, à qui il n'avait pas accordé l'espace d'un souffle pour respirer, sa femme qu'il avait attachée à la corde de ce mariage pour l'empêcher de se mouvoir, sa femme qu'il avait enfermée dans la prison vide de son âme. Il ne se résoudrait jamais à la laisser vivre en paix.

Joanna Feltis.
Et avec ta femme, justement, comment ça se passe ?

Jérôme Portal.
Pour l'instant c'est difficile, mais j'ai bon espoir qu'un jour, nous puissions devenir un couple

parental qui continuera à tracer sa route, comme deux rails parallèles.

J'allais lui répondre lorsque je m'arrêtai sur la dernière expression. Cela me rappelait quelque chose. Quelque chose que j'avais lu il n'y avait pas très longtemps. Mais où avais-je vu ce genre d'expression toute faite ? Dans le dernier *Cosmo* ? Dans la bouche du médiateur ? Ou de Maud ?

Je la relus plusieurs fois, sans arriver à trouver d'où elle venait, lorsque soudain, mon cœur fit un bond dans ma poitrine. Fébrilement, je sortis du compte Facebook de Joanna et entrai à nouveau dans le mien, où je retrouvai la dernière conversation avec Solal Brenner : « *Bon enfin pour les enfants d'avoir en face d'eux des parents épanouis dans ce rôle, ayant aussi d'autres investissements et continuant ensemble comme deux rails parallèles à tracer la route.* »

Je repensai à certaines de ses formules, lors du rendez-vous chez le médiateur, et aussi à tout ce qu'il m'avait fait dire sur les enfants, et mon désarroi, et mes aveux sur Samuel, sans parler de toute ma stratégie concernant le divorce, que je lui avais livrée, à cœur ouvert. Et Solal, de *Belle du Seigneur*, que je lui avais fait découvrir.

Il m'avait pourtant donné un indice, comment ne l'avais-je pas compris plus tôt ? Je sentis une sueur froide le long de l'échine, alors que je comprenais que *Solal Brenner n'était autre que Jérôme Portal.*

Joanna Feltis.

Jeudi soir, je serai à Paris. Rendez-vous à l'hôtel Pershing Hall, dimanche soir, à minuit, chambre 17. Apporte deux bougies que tu allumeras. Attends-moi dans la chambre éteinte, les yeux bandés. Je me charge du reste.

36

Je suis arrivée devant la grande bâtisse près des Champs-Élysées.

Je m'étais parfumée, maquillée et habillée. J'avais mis une perruque blonde. J'avais sélectionné la corde, je l'avais pliée en deux, ayant repéré sa ligne médiane. J'avais bien révisé mes leçons. J'avais lu que les cordes doubles étaient plus efficaces : on gagnait en rapidité en entourant la peau, et on pouvait faire des figures symétriques, qui donnaient une dimension esthétique à l'œuvre.

J'entrai, je demandai une clef de la chambre 17 à la réception, où une jeune femme me confirma qu'une personne m'attendait. En entrant, je vis son ombre, à la lumière des bougies. Les instructions avaient été respectées.

Je m'approchai.

— Joanna, c'est toi ?

Sans lui répondre, je glissai la corde autour de ses mains et ses chevilles, et serrai.

— Continue. C'est exactement ce dont je rêvais.

— Chut, murmurai-je en lui collant une vignette adhésive sur la bouche.

Je commençai lentement à l'attacher, en suivant une image repérée sur la Toile. Je sentais des sueurs froides glisser sur mes tempes. Une écharpe autour de la tête empêchait la vision. Toute gesticulation était devenue impossible. Heureusement, la literie était molle. On aurait dit une bête retournée sur sa carapace, une mouche collée à la toile d'une araignée géante qui aurait tissé sa maison absurde autour d'elle. La corde enserrait la forme humaine dans une toile sophistiquée. Les mains étaient prises, domestiquées, de manière à limiter les possibilités d'action. Je n'avais rien oublié : pas une once de peau. Les cordes solidement nouées autour des mains, des jambes, des fesses entravaient toute velléité d'indépendance. La corde serrée créait une prise. Plus les tentatives d'évasion seraient violentes, plus la prise se resserrerait. Aucune protestation, aucune décision n'était possible. C'était une condamnation : à subir une destinée qui n'avait été voulue que par lui-même. Étrange ironie : avec l'absence de parole, de vision, d'ouïe, toute fuite était inenvisageable.

Encore une petite minute, et ce serait la délivrance. Mais pour cela, je devais le gifler, là où il était vulnérable.

Alors je procédai. Je mis la vidéo de nos noces qui s'afficha à la télévision. J'enlevai l'écharpe de sa tête. Quatre heures de film. Quatre heures pour réfléchir.

Puis je saisis la clef de la chambre, j'ouvris la porte et, sans regarder, je sortis.

Dehors, la pluie tombait.

J'avais une nouvelle chanson dans la tête.

37

J'étais en train de vivre quelque chose d'inouï. Un corps qui tombe, qui n'arrête pas de descendre, inéluctablement entraîné vers le bas, jusqu'au moment où la terre apparaît, avec la dernière marche, et je finis par me poser devant les grilles dorées du boulevard du Palais.

Finalement, j'avais bien fait de me marier : sans cela, je n'aurais jamais expérimenté une sensation aussi enivrante que celle de descendre les marches de ce tribunal.

Je sortis, chancelante, heureuse, malheureuse, libérée, ardente, gaie, triste, curieuse, maquillée, habillée, parfumée, talonnée par mon avocate, ne sachant s'il fallait rire ou pleurer, ne sachant qui appeler, comme un enfant qui voit le jour pour la première fois, comme un bébé qui vient de naître. Je planais dans les airs, avec une sensation de liberté, de libération : ce corps pesant et lourd devenait léger, aérien, tel celui d'un oiseau.

— Alors, dit Me Favre, l'air aussi radieux que si elle venait d'assister à son propre mariage. Je vous l'avais dit qu'il allait nous donner du fil à retordre !

En l'absence de Jérôme, les avocates avaient établi un accord que la juge avait entériné : Jérôme avait finalement renoncé à la garde alternée ; il avait les enfants un week-end sur deux, le mercredi et la moitié des vacances. Je lui laissais la maison de campagne, j'avais accepté de baisser la pension à 600 euros au lieu de 1 200. J'étais pauvre. Je repartais de rien. Tout ce que j'avais construit, tout ce que j'avais bâti pendant ces années de travail, je l'avais perdu. Tout s'était effondré, tel un château de cartes. Il m'avait tout pris. Ou plus exactement, je lui avais tout vendu, pour avoir la paix. Puisque tout se résumait à une histoire d'argent. C'était ainsi que notre histoire avait commencé. C'était ainsi qu'elle finissait : l'amour est un absolu pathétique.

— On se revoit bientôt ? dit Me Favre.

— Bientôt ?!

— Pour le prochain divorce ! Mais cette fois, madame Amiel, promettez-moi de faire un contrat de mariage, ce sera beaucoup plus simple !

Je souris, en lui tendant la main. Étrangement, cela me faisait de la peine de ne plus la voir. Depuis un an, elle faisait partie de mon quotidien. Je l'avais tour à tour admirée, détestée, méprisée, adulée, espérée, maudite. Elle avait tenu ma vie entre ses mains. Maintenant, j'étais libre, et seule face à mes choix.

J'étais devant le tribunal, la ville devant moi. J'avais le vertige, en même temps qu'une impression de revenir d'un très long voyage.

Au passage, je rendis hommage aux quatre statues : à la Force, je promis que je ne me laisserais plus jamais faire par un homme, ni par quiconque d'ailleurs. Devant la Justice, je m'arrêtai, un temps, pour lui demander : Pourrons-nous un jour nous pardonner ? Serai-je capable de me pardonner de l'avoir aimé ? Saura-t-il comprendre que j'ai osé le quitter ? Et accepter de n'avoir jamais été à la hauteur, d'avoir si singulièrement manqué d'élégance, dans le mariage autant que dans le divorce ? Cela me semblait aussi difficile que de savoir pourquoi j'avais choisi cet homme pour mari, et père de mes enfants, alors qu'aujourd'hui, si je devais le rencontrer dans un train, je ne le regarderais pas, et s'il m'adressait la parole, je ne lui répondrais sûrement pas ; et cet homme qui avait été mon mari ne serait probablement même pas un ami.

À l'Abondance, je fis le serment de ne plus jamais me marier sous le régime de la communauté de biens.

Devant la Prudence, je repensai à l'échange de SMS que j'avais eu avec Samuel Friedmann, la veille. Il m'écrivait qu'il avait aimé ma chanson, et il voulait que je la chante. Lorsque je lui dis que je ne chantais pas, il m'avait appelée : « Mais si, vous chantez, je vous ai écoutée l'autre jour, à 5 heures du matin, vous étiez un peu ivre, mais vous avez une voix superbe. »

Puis Samuel m'avait dit qu'il avait déménagé, que son divorce était en cours, et que même si trois fois sur quatre c'étaient les femmes qui demandaient le divorce, c'était lui qui était parti. « Ne vous empêchez pas de vivre, Agathe, ajouta-t-il. Le jour où vous verrez cet homme non comme le symbole d'un monde perdu mais comme un pauvre type qui cherche juste à vous détruire, vous serez libérée. Le problème, c'est de vous autoriser à vivre en n'étant pas une femme parfaite, d'une façon peut-être un peu plus égoïste. Et aussi, que vous puissiez penser que tous les hommes ne sont pas comme celui-ci. »

La Prudence, enveloppée dans sa robe d'airain, me regardait, d'un air interrogateur. À quoi bon se laisser tenter par l'amour, si c'est pour se parler ensuite par l'intermédiaire des avocats ? À quoi bon se marier à la Mairie si c'est pour divorcer deux rues plus loin ? L'histoire naturelle du mariage : un fil droit tendu entre la Mairie, la Maternité, le Tribunal. Une histoire de bâtiments, plus que de sentiments. Pourrais-je ouvrir à nouveau mon cœur ou était-il brûlé à jamais ? Allais-je brûler l'amour avec cet amour ? Serai-je capable d'aimer à nouveau ?

Chez d'autres éditeurs

L'OR ET LA CENDRE, Ramsay, 1997.

PETITE MÉTAPHYSIQUE DU MEURTRE, PUF, 1998.

LE LIVRE DES PASSEURS, avec A. Abécassis, Robert Laffont, 2007.

Composition réalisée par FACOMPO

Achevé d'imprimer en avril 2012 en France par
CPI BRODARD ET TAUPIN
La Flèche (Sarthe)
N° d'impression : 68717
Dépôt légal 1ʳᵉ publication : mai 2012
LIBRAIRIE GÉNÉRALE FRANÇAISE
31, rue de Fleurus – 75278 Paris Cedex 06

31/6667/5